兄弟喧嘩のイギリス・アイルランド演劇

岩田美喜

松柏社

はじめに

シェイクスピアの芝居には、仲の悪い兄弟が目白押しだ。しかもその仲の悪さが尋常ではない。『お気に召すまま』（一五九九頃）のオリヴァーが、オセローを憎むイアーゴーさながらに末弟オーランドーを憎むかと思えば、『から騒ぎ』（一五九八頃）のドン・ジョンも、「兄の庇護のもとで咲く薔薇になるくらいなら、生垣に生える雑草になったほうがいい」（一幕三場二一―二二行）とうそぶく。その他にも、『ハムレット』（一六〇〇頃）における先王ハムレットとクローディアス、『リア王』（一六〇六頃）におけるエドガーとエドマンド、『あらし』（一六一一頃）におけるプロスペローとアントーニオなど、片方が他方を害せんとする（あるいは既に害した）兄弟の姿は枚挙にいとまがない。『間違いの喜劇』（一五九二頃）のアンティフォラス兄弟（およびドローミオ兄弟）など、たまに例外もないではないが、シラキューズのアンティフォラスがまだ見ぬ双子の兄弟を慕って航海に出るのも、まさに兄弟をまだ見たことがないがゆえである。やはり、シェイクスピア劇において互いを見知っている男兄弟は、なべて難しい関係になってしまうのだ。

こうした〈兄弟喧嘩〉の主題を読み解くのに、従来もっとも重宝されてきたのは、L・A・モントローズが『お気に召すまま』を論じる際に提唱した、長子相続制度と演劇の関わりだ。イングランドでは中世後期から、世襲財産の分割消尽を防ぐため長子による単独相続の慣行が社会に広く浸透し、その慣行は長男と次男以下の子供たちとを必然的に対立させることになったというのがモントローズの議論だ。初期近代イングランドにおける兄弟関係が個人的な情愛に基づくものではなく、制度的かつ対立的なものであったため、シェイクスピアの喜劇はいかにこれを解消し得るかを描くことになったのだ（もちろん悲劇の場合は、いかに対立が解消できないかを描くことになる）。

これは非常に説得力のある議論で、彼に真っ向から異議を唱えることはとてもできないが、しかしまた同時に、これだけですべてを説明できるわけでもない。兄弟の確執を芝居の主題とする傾向は、長子相続制度が有効に機能していたルネサンス演劇に限ったことではないからだ。例えば、ジョージ・ファーカーの『伊達男の策略』（一七〇七）に登場するエイムウェル弟、R・B・シェリダンによる『悪口学校』（一七七七）のジョウゼフとチャールズ、オスカー・ワイルドの『真面目が肝心』（一八九五）におけるジャックとアルジーなど、一九世紀末に至るまで、演劇史上看過し難い重要性を持つ喜劇の多くが連綿と、兄弟喧嘩を描き続けているのはどうしてだろう。また、これら後代の喜劇作家たちのほとんどが、イングランドではなくアイルランド出身なのは何故なのだろう。

本書は、こうした疑問に応えるべく、イギリスおよびアイルランドの演劇を、〈兄弟喧嘩〉というトポスを切り口に、中世末期（一五世紀後半）から一九世紀末までを時代横断的に論じるものである。高度な専門分化が進む昨今の英文学研究においては、四〇〇年を通観する試みは異例かもしれない。だが、専門家による個別的な研究成果が逆説的に、演劇における兄弟表象を論じる視点を限定してきた点は否めない。本書は、従来は長子相続制との関連性で語られるばかりだったこのトポスが、本当はもっと多様な意味の層を持ち、変化し続けてきたことを、時代的に広範な演劇作品を渉猟することで明らかにする。

具体的には、これは初期近代の作品を中心にして二方向へまたがる議論となる。まず本書の前半では、ルネサンス期になってようやく明確な形を表す兄弟と相続の問題が、実は「創世記」にまで遡り得るほど古い主題であることを検証する。その一方、本書の後半では、ブリテン帝国という新しいナショナル・アイデンティティが、重商主義をその実践的イデオロギーとして英国に確立する一八世紀を特に際立った分水嶺と捉え、長子相続制度に基づいた土地中心の経済がもはや自明のものではなくなった一八世紀以降の芝居が、〈兄弟喧嘩〉の物語を、いかに時代と適合させていったかを考えることになるだろう。

序章では、具体的な演劇作品の分析に入る前段階として、ヨーロッパ文学の大きな源泉の一つである「創世記」を取り上げ、そこにすでに、カインとアベルやエサウとヤコブなど、兄弟の相克の物語が刻印されていることを確認する。彼らの物語は、聖書解釈学を通じて時代とともにその内包する意味を変化させ続けてきた。その結果、中世末期から初期近代イングランドの人々にとっても人類最初の兄弟殺しの物語は、自分たちの切迫した問題を扱うことを可能にする土壌として機能していたのだ。

こうした聖書的イメージが文学において世俗的な相続の問題と結びついた最初期の例として、第一章では、道徳劇『堅忍の城』（一五世紀前半）とタウンリー野外劇（一五世紀後半）を取り上げる。一般に寓意性が強く、個別的な家庭の遺産問題にはあまり関心を払わないと思われる道徳劇にすでに、相続財産の分割消尽に対する恐れ――これこそが長子相続制度をイングランドに根付かせたものだ――が描かれていることが、『堅忍の城』によって明らかになる。一方、タウンリー野外劇のうち「創世記」を扱ったいくつかの芝居では、人知を超えた神秘的な神の選びという宗教的主題に世俗的な色づけが施され、兄弟同士が父親の祝福と相続権をかなり生々しく相争う。しかし兄弟の反目と不和を描く『アベル殺し』とは異なり、『ヤコブ』の最後の場面で、タウンリー劇は突如として財産を巡る現実的な諍いを超克して、シェイクスピアのロマンス劇を先取りするような和解の場面を描いている。

だが、『ヤコブ』における和解は、カトリック的な救済史観がなせる技であり、第二章で論じられる、イングランド演劇初の正統古典悲劇『ゴーボダック』（一五六一頃）が奉じる演劇作法とは相容れないものであった。『ゴーボダック』はインナー・テンプル法学院の学生たちによって書かれた作品であり、彼らが常日頃訓練として行なっていた模擬裁判における弁論の語法が取り入れられていることは、つとに指摘されている。『ゴーボダック』は古代ブリテンの歴史を扱いながら、長子相続制度の是非を当事者対抗的に論じた弁論劇でもあるのだ。当事者対抗的とは言っても、全体の主旨としてはこの作品は長子相続制度を支持しているのだが、作者たちがもう一つの材源としたセネカの復讐劇に見られる宿命的な復讐の連鎖という主題が、長子相続制度の健全な機能など不可能なのではないかという疑念を突きつけてもいる。いわば、ルネサンス人文主義の息吹は、神のもとにすべては喜劇として終わるカトリック的な演劇を衰退させ、出口なしの感覚を持った悲劇を登場させたのである。

第三章は、『ゴーボダック』が絶望的な悪夢として提示した兄弟の相続争いを、祝祭喜劇に転じたシェイクスピアの『お気に召すまま』を論じている。この作品では、モントローズが論じた長子相続制度下における兄弟の軋轢と、カインとアベルを投影した聖書的なイメージが重なり合っているのだが、これらは互いに矛盾するようでいながら、ともに抜き難く作品の根幹と関わり合っている。だが、『お気に召すまま』は、このような構造的な矛盾と対立を超克し得る存在として、ロザリンドとシーリアという二人の女性を喧嘩ばかりの男兄弟に対置させる。さらに、ロザリンドおよび道化のタッチストウンに「もしも」という可能態を表す単語を好んで使わせることで、和解への第三の道を開いているのだ。

他方、第四章で論じる『あらし』は、仲裁者として女性登場人物を重視するという戦略を用いない。ここで問題にされるのはむしろ、ジェイムズ一世の治世下で急速に理論化が進んだ王権神授説と長子相続制の関わりである。魔術の探求に耽溺するあまり弟にミラノ公位を簒奪されたプロスペローが、最後にはそれを捨てて復位する様は、魔術を潜在的に統治者にふさわしくない学問として描き、ジェイムズ一世の論調に歩調を合わせる一方で、この芝居はプロスペローが持つ強迫観念的な不安にも焦点を当てることで、王権神授説へ密やかな異議をも申し立てている。だが、このように緊張感に満ちた学問の正当性に関する議論は、チャールズ一世の時代に初演されたジョン・フレッチャーとフィリップ・マッシンジャーの『お兄さん』（一六三五初演）には見られない。むしろ、ここでは学問が脱神秘化され、滑稽化されることで、長子相続制度が骨抜きにされており、『お兄さん』は『あらし』とは異なるやり方で、同時代の社会的な空気を敏感に嗅ぎつけ、それに物申していたのだ。

だが、こうしたルネサンス演劇の伝統は、一六四二年に勃発した内乱によって一時的に断絶する。第五章および第六章では、一六六〇年の王政復古によって公に復活した演劇興行が、名誉革命によってさらにそのイデオロギーを掘り崩されてゆく様を、二章にわたって考察する。王政復古演劇は、長らくチャールズ二世の宮廷文化を反映した放蕩主義の現れとばかり解釈されてきた。だが、J・D・キャンフィールドは、その背後にある争点とはおしなべて不動産であり、内乱時代に議会派に奪われた土地を、王党派のトリックスターが取り返すというパターンを持っていると看破した。王政復古喜劇が、近代市民社会へと移りゆく時代の流れに逆らったステュアート朝の懐旧的イデオロギーの演劇的表明であるという新たな認識は、本書が論じるポスト名誉革命期の演劇に起こった変化を可視化するのにも、大いに役立つ知見である。

トマス・シャドウェルの『アルセイシアの地主』(一六八八)、ウィリアム・コングリーヴの『愛には愛を』(一六九五)、ファーカーの『双子のライヴァル』(一七〇二)、そして『伊達男の策略』など、王政復古劇で目立った〈兄弟もの〉は、いずれも名誉革命の一六八八年を契機としているか、それ以降に書かれた作品である。つまり、〈兄弟の相克〉という主題は、名誉革命という大きな政治体制の変化の際に、これに賛成の者も反対の者も自らの主張に合わせて使用可能な、柔軟な器として用いられたのである。全体的な傾向としては、王政復古期の喜劇に見られた貴族的なイデオロギーは、名誉革命体制下では、ホイッグ派の劇作家たちによる近代ブルジョワ的なイデオロギーに取って代わられていく。長子相続制度によって苦労もせずに土地財産を手に入れる兄たちよりも、能力によって国家に奉仕する商人や職業軍人など、いわゆる「新しい紳士」――重要なことに、これらは相続から外された弟たちが就く職業であった――に軍配をあげるというのが、こうした芝居の特徴である。

さらに、ホイッグ派のシャドウェルは、この図式にアイルランド統治という新たな問題意識を加えた。ステージ・アイリッシュマンという道化的なストック・キャラクターを導入し、国家が管理すべき潜在的犯罪者として描くことで、アイルランドの徹底的な管理と制圧を示唆したのである。だが、彼の次世代作家であったファーカーは、シャドウェルに水を差すような態度でステージ・アイリッシュマンを扱った。一八世紀演劇の先駆者とされる彼はむしろ、弟たちが長子相続制度下で苦しむという一七世紀的な態度で兄弟の確執を描きながら、不遇な弟たちと滑稽なアイルランド人を二重写しにすることで、兄と弟をイングランドとアイルランドに重ねるという新たなレトリックを生み出したのである。

だが、ゆらぎを見せはじめた芝居の中の兄弟表象が、本格的にその内包する意味を換骨奪胎されてしまうのは、一八世紀後半のことであり、第七章はその変化を明らかにする。これまであまり指摘されてこなかったことだが、一八世紀後半に「笑える喜劇」を目指した芝居の多くが、チャールズという名前の男を主人公にしている。感傷喜劇と距離を置いた（あるいはそういう身振りをした）劇作家たちは、王政復古期の喜劇の痕跡を感じさせる陽気な王様チャールズ二世の名を自分たちのヒーローに与え、時には、現在の王の名である「ジョージ」と対比すらさせていたのだ。しかし、シェリダンの『悪口学校』においては、チャールズ二世のみならず、ホイッグ党の自由主義者チャールズ・ジェイムズ・フォックスの姿までもが主人公チャールズ・サーフィスの行動に重ねられており、チャールズという名は過剰な、対立する意味を負わされた不安定な記号になっている。また、兄ジョウゼフとの軋轢を劇中で顕在化させるのは、サーフィス家の世襲財産ではなく、東インド帰りのおじさんが一代で成した富である。つまりこの芝居は、伝統的な〈兄弟喧嘩〉のトポスを踏襲しているようでいて、その実、長子相続制度がすでに機能停止に陥っている社会を描いているのだ。

この点は、ジョン・オキーフの『若気の至り』（一七九一）では、さらに徹底的に強調されている。なにしろ、主人公が東インドからやってきた捨て子の旅役者であり、本当はイングランドの紳士の嫡男で本名がチャールズであると判明した後ですら、彼はその新しいアイデンティティを一種の役割演技として受け止めているような終わり方なのだから。演劇史の正典に組み込まれているとは言えないながら、本書の視点では『若気の至り』は非常に重要な芝居であって、この時期を境に、従来の意味での〈兄弟喧嘩〉の芝居は、死んでしまった。ゆえに、一九世紀以降の芝居は、死んでしまったトポスをいかにして、あたかもまだ生きながらえているかのように加工するかということが問題になるが、一九世紀イングランド社会の変化があまりにも激しかったため、演劇においても様々な試行錯誤が、比較的短い期間に次々と行われたのであった。

こうした事情を踏まえて書かれた本書の最後の二章は、一つか二つの芝居を比較的じっくりと精読してきた第五章までに対して、特に多くの芝居を一度に俎上に載せてその変化を見極めることに力点が置かれるため、各章の分量が非常に長くなっている。私見では、こうした種々の芝居の中でも成功している作品とは、いずれもルネサンス演劇の世界観——特に、世界劇場という包括的な演劇観——を、いかに産業化された近代に蘇らせるかということを志向している。そのため、最後の二章は、兄弟喧嘩のトポスに対する鎮魂歌であると同時に、近代以降の演劇がどのようにルネサンス演劇——とりわけシェイクスピア——を内面化してきたかを論じる章にもなっている。

具体的には、第八章では、一九世紀前半におけるロマン派の芝居が、長子相続制度を前提とした兄弟表象の機能不全にどう対処していたかを考察する。一八一〇—二〇年代には、S・T・コールリッジの『悔恨』(一八一三)や、バイロンの『カイン』(一八二一)など、ロマン派詩人たちによる兄弟ものの芝居が立て続けに書かれた時代なのだが、興味深いことにこれらの芝居は皆、チャールズ・ロバート・マチュリンの『バートラム』(一八一六)というゴシック演劇をハブにしたネットワーク上にある。『バートラム』自体は兄弟喧嘩の芝居でもなければ、ルネサンス演劇的でもないのだが、マチュリン演劇が抱える問題が、コールリッジやバイロンをかえって刺激し、彼らの思う理想の演劇を評論や作品で語らせることになったのだ。特に、今の時代では正統な演劇が可能なのは「精神の劇場」だけだと述べたバイロンの劇詩は、しばしば反演劇的だとされるのだが、実際は本章が扱う多数の近代以降に書かれた芝居の中でもっとも、シェイクスピア的なドラマツルギーを継承していると考えられる。

最終章である第九章では、一九世紀半ばに代表的な大衆劇作家として活躍したディオン・ブーシコーのメロドラマとオスカー・ワイルドの『真面目が肝心』を扱い、メロドラマが〈兄弟喧嘩〉という演劇的主題の最終局面に直面していたことを指摘した上で、メロドラマのパロディたる『真面目が肝心』が、この長い伝統の極北であり、かつ終幕のカーテンであったことを検証する。第八章までで扱ってきた戯曲は、曲がりなりにも「父を継ぐこと」に関する相克を描いてきたが、第九章で扱われる一九世紀後半の芝居では、そもそも父は不在である。父から子へという相続制度そのものがもはや存在し得ないかのようなブーシコーの劇世界では、兄弟関係は超自然的な絆として描かれ、オカルト化されることになった。

だが、『真面目が肝心』はさらにその上を行き、登場人物は皆、先行作品というテクストから生まれてきたかのように描かれる。しかし、記号でしかないキャラクターたちは同時に、作者が縦横無尽に引っ張り出す間テクスト性に満ちた遊びの中で、メタドラマ的に自分を作る記号に干渉しようとする。このようなワイルドのメタシアター性をポストモダニズムの先駆と捉える批評家も少なくない。しかし、重要なことに、ワイルドの間テクスト的な戯れは、むしろ『夏の夜の夢』（一五九六頃）のような、劇中の世界と劇外の世界の境界を一時的に掘り崩してしまうような、世界劇場的なエネルギーに満ちているのである。しかしその後、レディング監獄に入獄したワイルドがこのような演劇観を棄ててしまった時、初期近代の長子相続制度と深い関わりを持ちながら、二〇世紀近くまでかたちを変えながらゾンビのように頑張り続けた一つの演劇的伝統が、ついに本当の終焉を迎えたのである。

このように、広範な時代を横断的に見ることで一つの見解を導き出そうとする本書のアプローチは、美点と同じくらい欠点もある。その最たるものは、扱うすべての時代の各作品について、それに一意専心で取り組んでいる専門家と同等の議論をすることが叶わない、ということだ。例えば聖書学や書誌学の専門家は、本書が「創世記」や『堅忍の城』を扱う態度をあまりにも粗雑だと思うかもしれない。だが、本書がもっとも魅了されている問題——イギリスおよびアイルランドの演劇が、これほど長きにわたって兄弟と相続というトポスに関心を払ってきたことと、それほど蠱惑的な主題でありながら、時代の変化とともに否応なく変化していかざるを得なかったこと——を明らかにするには、このような蛮勇を振るうより他ない。筆者に能うかぎりの学問的な正確性をすべての章に対して注ぎ込んだつもりだが、誤りがあれば専門家のご教示をいただければ幸いである。兄弟喧嘩の芝居というこのめくるめく世界には、筆者にとっても読者にとっても、知れば楽しいことがまだまだある。どうか本書が、その議論を開く端緒となって欲しい。

兄弟喧嘩のイギリス・アイルランド演劇

もくじ

序章

「創世記」における兄弟の表象

「創世記」によれば、アダムとイヴの子であるカインとアベルにおいて、人類史上初めて〈兄弟〉という関係が生まれたとき、それは〈殺人〉という罪がこの地上にもたらされるときでもあった。「土を耕す者」であるカインが「羊を飼う者」である弟アベルを憎み、野に連れ出して殺したのである。これはしばしば、農耕民族と牧畜民族の抗争を反映した神話だと解釈されるが、まずは額面通りに家族の物語として読むことも忘れてはならないだろう。

カインの怒りは、「主はアベルとその献げ物に目を留められたが、カインとその献げ物には目を留められなかった」（四章四節）[*01]がために引き起こされた。メアリー・ダグラスの『汚穢と禁忌』が「レビ記」を論じた章でつとに指摘しているように、旧約聖書においては父（なる神）による祝福は、単なる比喩的な象徴などでは決してない。「祝福があらゆる良いことの源であり、祝福の撤回があらゆる危険の源であることが分かる」（五一頁）ほどの、一族の富と繁栄に実効性を持つ〈力〉として機能している。献げ物に祝福を得られなかったカインは、いわば「父を継ぐにふさわしくない長男」として退けられたのであり、その意味では実際に弟殺しの兇行に走る前から、すでに額に罪のしるしをつけられていたのである。

本章では、西洋文学の大きな源泉の一つである「創世記」を取り上げ、そこに内在する〈兄弟〉と〈相続〉という二つの問題に焦点を当てる。本書が分析の対象とするのは、中世末期から二〇世紀までのイギリスおよびアイルランドの演劇における兄弟の表象だが、ヨーロッパ的な想像力の根幹に座する聖書に描かれた兄弟の相克を最初に確認することで、全体を貫く議論の基礎工事としたい。

兄弟喧嘩の「創世記」

カインによる弟殺しの物語が、本書において非常に重要なことは間違いないが、「創世記」が問題にしている兄弟は彼らばかりではない。父の祝福をめぐって争う兄弟の物語を――それも、兄の側に分が悪い物語ばかりを――「創世記」は繰り返し描き出す。例えば、アブラム（アブラハム）の長子（イシュマエル）を身ごもった女奴隷ハガルに対し、神の使いは「彼は兄弟すべてに敵対して暮らす」（一六章一二節）と、おそらくハガルにとってありがたくないお告げをくれる。その予言の通り、イシュマエルは正妻サラから生まれた次子イサクをからかったために彼女から憎まれ、母ハガルとともにパンと水の革袋のみを背中に負ってベエルシェバの荒れ野をさまようことになった。

長子よりも次子のほうを、神の祝福を得た嫡子として持ち上げる「創世記」の態度は、イサクの子供たちの挿話では、兄弟が腹違いではないために、さらに苛烈な様相を呈する。イサクの妻リベカは双子を身ごもり、胎内で押し合う子供たちに苦しめられたので、神の御心を尋ねる。すると驚くべきことに、神は「一つの民が他の民より強くなり、兄が弟に仕えるようになる」（二五章二三節）と告げるのだ。ここは、使徒パウロも「ローマ書」で問題にした箇所だ。「その子供たちがまだ生まれもせず、善いことも悪いこともしていない」うちから、神は下の者を取り上げ、「自由な選びによる神の計画が人の行いにはよらず、お召しになる方によって進められる」（九章一一－一二節）ことを示したのだと、パウロは解釈した。かように不可解な、神の「自由な選び」のもとに生まれた双子はエサウとヤコブと名づけられ、先に生まれた毛深いエサウは父に可愛がられる一方、後から生まれたヤコブは母の寵愛を受ける。だが、パウロが示唆するように、ヤコブは確かにその「行い」によって神の愛を得られるような人物としては描かれていない。むしろ彼は、読者が共感するのがきわめて難しいような、狡猾な策士である。

例えばヤコブは、自分が調理していた煮物を欲しがる空腹のエサウに対し、畳み掛けるように「お兄さんの長子の権利を譲ってください」（二五章三一節）、「今すぐ誓ってください」（同三三節）と言い立て、愚かな兄に考える間を与えず、たかだかレンズ豆の煮物一皿で長子の権利を獲得してしまう。さらには、老いて目が見えなくなってきたイサクが死ぬ前に長子のエサウに父の祝福を与えようとすると、ヤコブは母リベカとともに父を騙してその祝福を盗み取ってしまうのだ。どうやら、長子が庶出であるかないかに関わらず、下の者が知恵と力で家督相続の権利と祝福を勝ち得ることを、「創世記」は是としているように見える。このような態度は、彼が暗闇で神（ないし天使）と戦って「イスラエル」という新しい名を勝ち得た挿話からも感じ取れるのではないだろうか。

さらに、そのヤコブの末子ヨセフが、兄たちの妬みによって殺されかけ、エジプトに売られて艱難辛苦を舐めた挙げ句、兄たちに小気味よいしっぺ返しをするに至っては、こう思わざるを得ない――おそらく「創世記」は、「先達を出し抜く知恵に長けた弟」が好きなのだ。下克上の教条を説いて飽くことのない「創世記」は、結部に近い第四八章でも、ダメ押しのように同じ構造の物語を繰り返す。病床のヤコブがヨセフの二人の子マナセとエフライムを祝福する場面で、ヨセフは「これが長男ですから、右手をこれの頭の上に置いてください」（四八章一八節）と述べ、父の手を長子マナセの方へ誘導する。するとヤコブは息子の手を拒んで、「弟のほうが彼よりも大きくなり、その子孫は国々に満ちるものとなる」（同一九節）と答え、エフライムをマナセの上に立てたのだ。

もちろん、こうした神話的物語の背景には、古代世界における部族の歴史が刻印されていることは間違いない。本書には、気が遠くなるほど膨大な厚みを持つ聖書研究の領域に深入りする能力はないのだが、例えばエフライムについては、その子孫とされる人々が、イスラエル王国成立（紀元前一一世紀頃）以前には必ずしも大きな部族ではなかったにも関わらず、分裂王国時代に北王国（紀元前九三〇―七二二）の最有力部族となったことを反映していると考えられている。『ホセア書』などの預言書が、しばしば「北イスラエル」の同義語として「エフライム」という語を用いることからも、こうした歴史的な事情が窺い知れるだろう。イスラエルの諸部族による拡散と移動と抗争の物語は、家族の離散集合――とりわけ深刻な兄弟喧嘩――の物語として読み替えられているのだ。

パリンプセストとしてのカインのしるし

ジョン・ゲイブルとチャールズ・ウィーラーの『文学としての聖書』によれば、こうした読み替えの背後にある詩的想像力を理解するためには、旧約聖書の空間意識に注意を向ける必要がある。旧約聖書が舞台とする地理的空間は、北はパレスティナ北端のダンから南はイスラエル南部のベエルシェバ（約一五〇マイル）、東西にかけてはヨルダン川西岸から地中海東岸まで（もっとも狭い幅で二五マイル）である。現代人の感覚ではもちろん、古代においてすら意外にこぢんまりした領域に過ぎないのだが、「聖書作者たちは、そこが実に広大な土地であるかのような書き方をし、聖書を読むうちにわれわれも、無意識にそれを受け入れてしまう」（五五頁）という二重性がそこには隠れている。また、旧約聖書の神がアブラハムとその子孫に与えた約束の地カナンは、地中海性の乾燥した気候が支配的なこの領域にあって、農地と安定した水資源を備え、外敵からの防御もしやすいという地理的条件を備えていた。彼らによれば、「後にどれほどこの地が理想化されることになったにせよ（シオンの山は、エルサレムの地形学よりも預言者たちの想像力に多くを負っている）、その基底にあるのが現実の、具体的な土地であったことに疑問の余地はない」（六八頁）のだ。こうした知見を踏まえれば、何故「創世記」にこれほど兄弟の物語が多いのかについても、得心が行く。比較的小さな、気候の厳しい空間内で土地を奪い合う現実の民族問題を、広大無辺な建国神話と二重写しにできるちょうど良い関係性モデルが、〈兄弟喧嘩〉だったのではないだろうか。

もちろん、旧約聖書そのものは、長い時間をかけて組み合わされたテクストであり、単一の歴史的認識によって解釈できるようなものではないことを、忘れるわけにはいかない。旧約聖書は、主なる神を「ヤハヴェ」と呼ぶ書き手（ヤハウィスト）によるJ資料、「エロヒム」と呼ぶ書き手（エロヒスト）によるE資料、それに祭司記者によるP資料という、時代が異なる三つの資料の複合体である。*02

それでも、『ハーパー聖書注解』は次のように考えている。いわく、「創世記」に繰り返し現れる「長子を素通りして弟を選ぶという神の神秘」（八六頁）という主題を扱ったJ資料が、ダビデ＝ソロモン時代に書かれたものであるとすれば、「この主題はおそらくダビデ王とソロモン王の権力の掌握と関係があるだろう――両者ともに長男ではなかったのだ」（八六頁）。

だが、このことは、「創世記」における家族の神話のすべてを、現実的な抗争のレベルに落とし込んで解釈すれば良いということを意味しない。歴史的な事件を解釈するために、遡求的に神話が作られる一方で、その神話の成就のために新たな歴史的行動が発生する。神話の層と歴史の層は、互いの物語に影響を与え合いながら、安易な解釈を許さない逆説や問いかけを生成してもいるのだ。

例えば、神はアブラム（アブラハム）を諸国民の父とすると告げ（一二章、一六章）、子孫と土地の繁栄を約束するが、その同じ「創世記」を貫く主題のひとつは妻の不妊である。すでに述べたアブラムの妻サラに加え、イサクの妻リベカも「子供ができなかった」（二五章二一節）ため、イサクが神に祈ってエサウとヤコブを得た。さらに、ヤコブに愛された妻ラケルも、ついにヨセフを身ごもるまでは長らく子供ができずに苦しんだ（三〇章）。神の約束という主題は、常に不妊、あるいは子供が生まれた場合であっても兄弟間の骨肉の争いという障壁と対になっており、その実現は不断の遅延を繰り返す。

だが、「創世記」に横溢する逆説はまた、神の呪いが恵みに転じる可能性をも示している。『ハーパー聖書注解』が指摘するように、「特徴的なことだが、［カインの］物語は審判のみで終わるのではなく、それを和らげる恵みを伴う。放浪者カインは、ヤハヴェが記した刺青によって守られる」（八九頁）。カインのしるしは、神の庇護であると同時に、本人がそれを必要とする殺人者であることを示す、正負を二重に表した記号なのである。同様の二重性は、家族という人間集団の破壊者であるカインが、地上最初の都市の建設者でもある（四章一七節）という逆説によく表れている。この時カインは、複数の（時には対立する）意味が書き込まれたパリンプセストなのである。

メアリー・E・ミルズは、旧約聖書が内包するこのような意味の複数性を「聖書的道徳」（Biblical morality）と名づけている。彼女によれば、旧約聖書が道徳的な枠組みを提示しようとしていることに疑いの余地はない一方で、個々の挿話が示す意味とその評価は多様であって、複数の書き手と複数の読み手が属する文化の視座が多層的に重なっている。旧約聖書が提示するものは「単一のメッセージではなく、むしろ互いに矛盾することもある、多血症的な解釈過剰性」なのだ（二四四頁）。かくて、聖書を読む行為は常に、自らの読みとは異なる解釈可能性に耳を澄ます、対話的な営みにならざるをえない。そして、「テクストとはそれぞれの文化の中で生き続けるものであり、かつ、それぞれの文化は自分たちに適した意味を求めてテクストを読み続けるものである」以上、「聖書的道徳は、聖書に意味を求める読者がいる限り、興味ある論題であるだろう」と彼女は結論づける（二六〇頁）。

ミルズの指摘するように、「創世記」の兄弟殺しについて西洋文化が取ってきた態度が様々でありつつも、その時代や国ごとの個別的な態度は意味の単一化を求めていたことは、以下に紹介する近年の二冊の聖書研究書からも窺い知ることができるだろう。ひとつはジョン・バイロンによる『テクストと伝統のなかのカインとアベル――最初の兄弟喧嘩に対するユダヤ＝キリスト教的解釈』であり、もうひとつはマシュー・R・シュリムが著した『兄弟殺しから赦しへ――「創世記」における怒りの言語と倫理』である。偶然ながら、両者はともに二〇一一年に出版されたものだが、そのアプローチは対照的で興味深い。

前者は、歴史上の聖書解釈の変遷を論じた研究書で、紀元前三世紀から八世紀までのヘブライ語、ギリシャ語、コプト語、ラテン語などの文献における、カインとアベルに関する陳述を丁寧に比較分析したものである。ラビたちによるトーラー解釈の伝統のなかで、またユダヤ教のテクストをキリスト教徒たちが私有化する動きにつれて、曖昧で多義的だったカインの表象が、いかに〈罪〉を表す語彙に彩られ、意味を限定されるようになるかが、精緻に立証される。バイロンによれば、「カインは何世代にもわたる解釈者の手によって、元型的な贖罪の山羊となる運命にあった」(三七頁)のであり、それはキリスト教時代に入ると決定的な流れとなる。たとえば、ユダヤ人哲学者であるアレクサンドリアのフィロン(前二〇頃―後五〇頃)においても、「創世記」中にカインの死の描写がないことは〈罪は死なない〉ことの証左とされ、カインと罪は同義とされていた。だが、聖アウグスティヌス(三五四―四三〇)になると、罪の象徴としてのカインは論争的に拡大解釈され、カインがユダヤ人、アベルはキリスト教徒を予表すると考えられるようになる。バイロンの糾弾するような口調を借りれば、「キリスト教徒は、聖書の歴史における正当な居場所をユダヤ人から奪うために、カインとアベルの物語を利用したのだ」(二四四頁)。

他方、『兄弟殺しから赦しへ』は、分析の対象をヘブライ語聖書の「創世記」に絞り、これをひとつの作品と措定した上で、そこに頻出する〈怒り〉を表現することばを分析している。「創世記」はその冒頭と末尾に兄弟間の諍いにまつわる怒りの主題を据える構造になっているが、その怒りの結果は対照的である。第四章におけるカインが罪なき弟のアベルを殺してしまうことは、本章の前半ですでに見た通りだ。だが、「創世記」の最終章では、まったく逆のことが起こる。かつて、妬みから罪なきヨセフを殺そうとした兄たちは、父ヤコブ亡き後に弟から復讐されるのではないかと恐れ、赦しを乞い願う。するとヨセフは涙を流し、「あなたがたはわたしに悪をたくらみましたが、神はそれを善に変え、多くの民の命を救うために、今日のようにしてくださったのです。どうか恐れないでください」（五〇章二〇―二一節）と答える。ヨセフはカインの怒りを補償する存在として、兄弟殺しを赦しに置き換えてみせるのだ。

もちろん、これは凡百の安っぽい自己啓発書ではない。議論はヘブライ語テクストの精緻な分析に則って進められ（本書の作者にはそれを批判的に読む言語能力はないので、鵜呑みにするしかないが）、また議論の後半は「創世記」の細部がいかにこうした赦しと和解のメッセージを掘り崩すことで、一枚岩的な解釈を拒んでいるかということにも、紙幅を多く割いている。しかしそれでいて、「一九九〇年代以前は、聖書研究において人間の感情が分析されることは比較的稀であった」（一頁）と述べ、自著が聖書研究における空白を埋めるものであると誇らかに主張するシュリムは、現代人の要請に応えてヘブライ語聖書を読んでいるのである。一九七〇年代以降のアンガー・マネージメントの流行のような、認知行動療法に基づいた社会心理教育の動きがなければ、シュリムの研究はありえたであろうか。[*03] ミルズが言うように、聖書的道徳は、読み手の〈今、ここ〉の問題として連綿と書き換えられてきたし、今もなお上書きされ続けているのだ。

カインとアベルに代表される、「創世記」の兄弟間の相克の物語について、それぞれの時代にそれぞれの文化が異なる反応を示してきた。とすれば、時空間的に旧約聖書の世界から遠く隔たった中世後期のイングランドが、異なるコンテクストのもとで旧約聖書の世界を芝居として描くとき、そこにも、その文化固有の何かが刻まれていたはずだ。次章では、一五世紀前半の道徳劇『堅忍の城』と一五世紀末のタウンリー野外劇（the Towneley pageants）を中心に、中世後期イングランドにおける演劇的想像力が兄弟の相克や財産の相続の問題をどのように描いていたかについて考察したい。

▽**註**

＊01 以下、本書中の聖書からの引用はすべて新共同訳に拠り、括弧内に章と節を示す。また、文脈から書名が明確でない場合は、括弧内に書名も示す。

＊02 旧約聖書の成立の概観については、Werner H. Schmitt, Matthew J. O'Connell, trans., *Old*

Testament: Introduction, 2nd ed. (New York: Walter de Gruyter, 1999) が読みやすい。

＊03 西洋における怒りについての考察は、セネカ（前四頃–後六五）『怒りについて』にさかのぼることができるが、現代的な用法としてのアンガー・マネージメントの歴史については、Raymond W. Novaco, *Anger Control: The Development and Evaluation of an Experimental Treatment* (Lexington, Mass.: Lexington Books, 1975) を嚆矢と考えることができるだろう。

第一章

「誰があなたの息子になるのでしょう？」

中世後期のキリスト教劇における兄弟と相続

中世後期イングランドの演劇を論じようと思ったら、その中心地であったイースト・アングリア地方のことを考えないわけにはいかない。イースト・アングリアとは現在のノーフォーク州とサフォーク州を中心としたイングランド東部の歴史的地名で、もともとはアングロ＝サクソン七王国時代（五―九世紀）の王国の一つであった。この地域は、東は北海沿岸、南はテムズ河口を含み、西にはフェンランド低地の肥沃な土壌が広がる豊かな土地で、とりわけ一四世紀以降は交易の中心地として栄えていた。二〇世紀初頭のE・K・チェインバーズ以来、聖体サイクル劇はイングランド全土に偏在していたと考えられてきたが、ジョン・コールドウェイの主張ではチェインバーズの影響力がイースト・アングリアの重要性を軽視することにつながった。[*01] 当時のイースト・アングリアは商業のみならず文化的な交易においても発展を遂げており、「わずかな例外を除いて、中世におけるサイクル劇以外の演劇ないし断片的な演劇テクストの写本で、現存するものの大部分は、言語、写本の出所、テクスト内で言及される地名などによってイースト・アングリア地方に関連づけられる」（二二二頁）ほどの傑出した隆盛を見せていたのだ。実際、この地方に所縁《ゆかり》を持つ劇の主立ったもの——『堅忍の城』（一四〇〇—二五）や『人間』（一四六五—七〇）、『知恵』（一五世紀後半）といった代表的な道徳劇に、一五〇〇年頃の聖者劇『聖パウロの改心』および『マグダラのマリア』、加えて一五世紀後半に成立した「Nタウン」聖体サイクル劇など——を挙げるだけで、中世演劇のちょっとしたリーディング・リストが出来上がってしまいそうである。

本章の前半では、この中から一五世紀前半の道徳劇『堅忍の城』を取り上げ、中世後期イングランドにおける演劇的想像力が財産の相続の問題をどのように描いていたかについて考察する。それにより、寓意性が強く、個別的な家庭の遺産問題とは一見関係がなさそうな道徳劇のなかにも相続財産の分割消尽に対する恐れが刻印されていることを明らかにしたい。それを踏まえて後半では、一五世紀末のタウンリー野外劇における、「創世記」の物語を扱った作品を扱う。有名な「アベル殺し」に加えて、イサクやヤコブの物語を取り込んだタウンリー野外劇は、「創世記」が描く兄弟の相克を、同時代のイングランドの具体的な関心と二重写しにしながら、一七世紀初頭のロマンス劇を先取りしたような別離と和解の物語として提示しているのだ。

『堅忍の城』に見る財産の相続

現在ワシントンのフォルジャー・シェイクスピア図書館が所有する『堅忍の城』の写本には、上演プランを記した有名な図案がある（図）。これを見ると、中心的な場として築かれた堅忍の城の周囲《ぐるり》を、東西南北に櫓をしつらえた堀（または柵）で囲むという指示があり、点在する演技空間の内部に観客が取り込まれるというスペクタクル性の高い構造になっている（なお、東西南北の櫓はそれぞれ神、

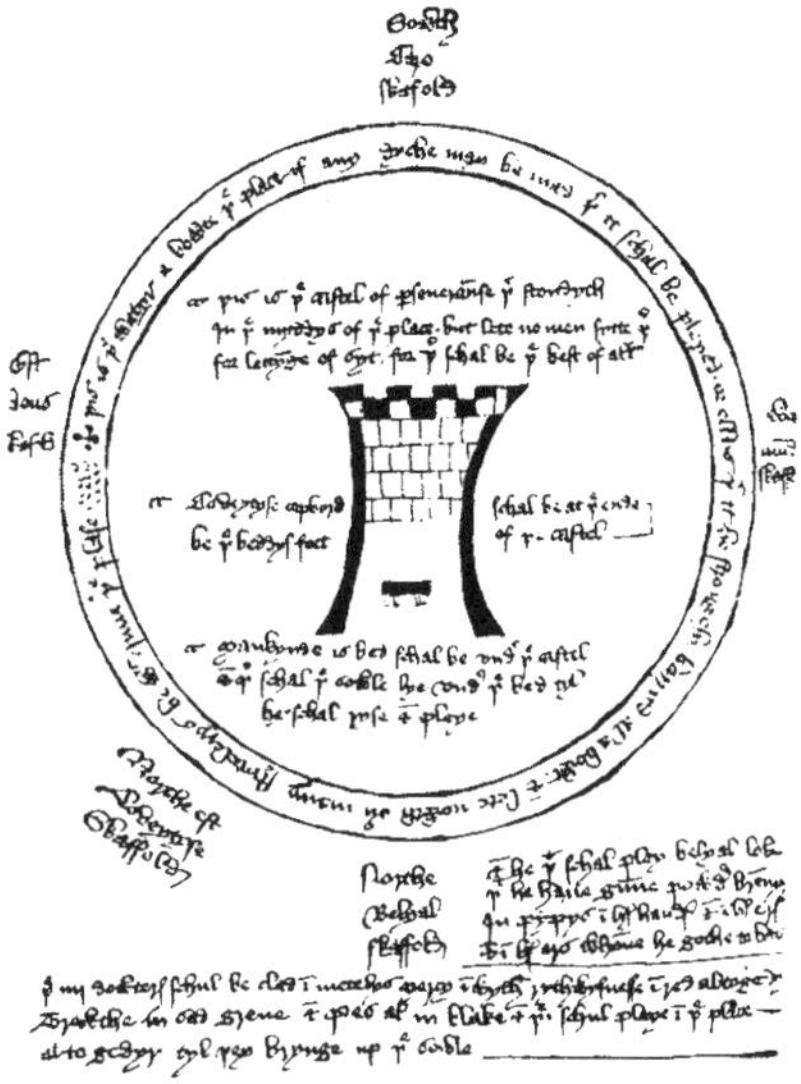

現世、肉体、悪魔ベリアルの座を示すほか、北東に貪欲の櫓もあるが、この図では北が下になっている）。舞台セットの派手さに負けず、『堅忍の城』はテクストの分量も充実しており、単純に総行数を比べても、『人間』の九一三行、『万人』（一四九五―一五一九）の九二一行をはるかに凌ぐ三六四九行の長大なものだ。また、主題としては、巡礼の旅として人生を描く説教文学の表現を基調として、善天使と悪天使による人間の霊魂をめぐる争いや七つの大罪による誘惑、改悛と赦しなど、

後の道徳劇に見られるほとんどすべてのテーマが盛り込まれている。つまり『堅忍の城』は、さまざまな意味で道徳劇の原型になっているのである。

とはいえもちろん、他に類を見ない（ということは、後続の道徳劇が容易に追随し得なかった）要素も『堅忍の城』にはいくつかあり、そのひとつが図の左下（北東）にある「貪欲」の櫓の存在だ。この芝居において貪欲は、七つの大罪のなかでも特別な地位を占めている。劇が始まって間もなく、現世、肉体、悪魔の三者が人間を堕落させるため七つの大罪を招集すると人間は神を忘れかける。だが中程で、良心、懺悔、悔悛に促された人間が悔い改めると、七つの大罪に対応する七つの美徳が、善の城塞である堅忍の城へ人間を連れて行く。ここにおいて、作品の見せ場である七つの大罪による城の攻囲戦が始まるのだが、激しい戦いのすえ、大罪は「十字架から摘まれた薔薇」（二二二〇行）によって打ち懲らされてしまう――ただし貪欲を除いては。

この時までに人間は、「老いのせいですっかり弱って／体も骨もすべてがもろい」（二四八五―八六行）という状態になっており、枯れた老年になれば邪淫や高慢や嫉妬といった罪を退けるのは比較的たやすいということを、攻囲戦の場は示唆している。だが、貪欲は違う。貪欲は、人生の最後の瞬間にいたるまで人間が抜き難く胸に抱く罪であり、むしろ年を取れば取るほど、貪欲による誘惑は説得力を増す――「お前の年じゃ／財産を持つ必要性が高まるさ。／マルク、ポンド、土地、使用人、／家屋敷、城、砦なんかをね」（二四九二―九五行）。かくて、すっかり貪欲に魅せられた人間に向かい、貪欲は「さあ行こう、俺の城塞を見せてやる。／この東屋でお前を祝福してやろう」（二七〇三－四行）と語りかけるのだが、彼の東屋のある場所が興味深い。前掲した図案の指示では「ベッドの脚のすぐ近くにある貪欲の棚は、城の端に置くべし」ということになっている。ここでいう「ベッド」とは死すべき人間が横たわる場所であり（死後の霊魂を演じる役者は、ベッドの下に隠れて出番を待つことになっている）、図の中でも城の中心に置かれている。貪欲の棚がその「すぐ近く」にあるということは、貪欲の力はなんと堅忍の城の内部にまで侵入しているのだ。

ここで面白いのは、貪欲の語りかけが、当初から妙に具体的なことだ。作品の前半でも、彼はまだ働き盛りの人間に「聖職売買、ゆすり、秤のごまかしに／精を出せ。／理由もなしに人を助けず、／使用人には給金を払うな。／隣人の破滅を願い、／何があっても十分の一税は納めるな。」（八四一－四六行）と忠告する。杉山博昭は『ルネサンスの聖史劇』で、台本、上演、受容といった多角的な視点から一五世紀のフィレンツェにおける聖史劇を論じ、そこには宗教的圏域と世俗的圏域にまたがる二重の機能があったと指摘する。つまり、観客が観劇を通じて聖なる出来事をあかしする証人となる役割のほか、聖史劇には「市民が世俗の約束事や規律を習得できるよう、それを真似て演技する側面」（一五九頁）があったのだと論じている。だが、杉山のいう二重性は、フィレンツェに限らず、ヨーロッパ中世の宗教劇において広く共通して見られた事象のように思われる。

これは、エーリヒ・アウエルバッハも『ミメーシス』（一九四六）でつとに指摘している点だ。彼は、一二世紀フランスのアダム劇におけるアダムとイヴの会話を取り上げ、「このような会話の場は『創世記』にはない」（第一巻二五五頁）ことを確認したうえで、この会話が「当時の任意のフランス人の生活と感覚に深く浸透」（同二六四頁）した、親しみ深い出来事として語られていると述べる。ここでは、人類史上初めての夫婦の会話は、「幾分は弁も立つ男であるが、見栄っ張りの妻が詐欺師の約束にそそのかされていて、彼女によって不運な愚行に導かれる」（同二六五頁）といった、日常的事件として提示されているのだ。何故そのようなことが必要になるのか。アウエルバッハによれば、アダム劇の清濁併せ呑むような文体は、キリスト教の理念と分かちがたい関係にある。古典古代の修辞理論では、低俗な文体である「謙抑体」（sermo humilis）と「崇高体」（sermo sublimis）は厳然と区別されていたのに対し、キリスト教世界においては、「キリストの化肉と受難において、『崇高』と『謙抑』は、双方とも過度と思われるほどに実現され、一体化されて」（同二六五頁）いた。かくて『堅忍の城』においても、人間が虜となる貪欲の罪には、観客自身の生活と地続きの具体的なディティールがふんだんに与えられるのである。

だが、『堅忍の城』において、罪が圧倒的なリアリティをもって示されるのは、貪欲がお薦めの悪事を得々と言い立てる場面ではない。大詰め近くで登場する〈死〉の槍に刺され、人間が臨終の床に就くときこそ、当時のイースト・アングリア地方の人々の生活の不安が偲ばれるような、真に迫った台詞が現れるのだ。瀕死の人間を見て現世は喜び、召使いを呼んで次のように指示する。

さあ行け、人間をきりきり縛り上げ、
奴の家から追い立ててしまえ。
もはや家内に留め置いてはならぬ。
間違いなく奴は、はらわたが引きちぎられる思いをするだろう、
何しろおまえは血縁じゃないからな。
奴の遺産はすべておまえにふさわしい。
俺の仲間はこうやって栄えるのだ。
何度も言ってきたことだが、
あんたたちが見たこともないような奴らが
しばしばあんたたちの住まいを我が物顔に支配して、
次の相続人になるものさ。
（二八九七―二九〇七行）

この引用の前半は現世が召使いに降す命令だが、最後の四行はおそらく観客に直接語りかける台詞である。もちろん、このような皮肉めいた語りかけは、「貪欲の勧めに軽々しく乗らず、十分の一税をきっちり納めれば、こんな惨めな死を迎えずに済むのですよ」というカトリック教会の主張を反映して

いる。しかし、そのような教会の利となるメッセージの背後には、せっかく溜めた財産を妻子に遺せず、相続の過程で消尽したり赤の他人に奪われてしまったりする個々の人々の怨嗟が、少なからず感じられるのである。

事実、『堅忍の城』は、人間の臨終の場における相続の問題を長々と描き出す。人間の前に現れ、「誰がおまえの財産を相続するかを、／現世がお決めになったのだ」（二九四一–四二行）と告げる現世の召使いに対し、彼は「なんだと畜生！　おまえはわたしの血縁じゃない。／何一つわたしのためになるようなことを、してもいないくせに。／いっそ甥か従兄弟か何か／血のつながりのある者に相続してもらったほうがましだ」（二九四三–四六行）と叫ぶ。だが、相手が自分の財産をすべて攫って行くことがどうやら明白になると、人間はせめて自分の相続人の名前を知りたいと懇願する。

召使い　忘れないようによく聞いておけ。
俺の名前は「馬の骨」（I wot nevere whoo）だ。

人間　「馬の骨」だと？　なんてことだ！
いまや人生が嫌になった！
長い日々を費やして購入して来たのだ、
土地を、家屋を、物品を、

森を、囲われた牧草地を、
猟場を、池を、心地よい東屋を、
楽しい果樹園のついた立派な庭園を、みな買ったのだ、
俺の妻と子供たちが
俺が死んだときに相続できるようにと。
……………………………
間違いない。俺の全財産を、
あんなにあくせく働いて築き上げたものだというのに、
その限定相続について現世は
「馬の骨」を俺の相続人に定めたのだ。
さあ、善良なみなさん、どうかこのわたしを範としてください。

（二九六七―九五行）

ここで人間が、妻子のために遺すつもりだった財産をカタログ技法で延々と述べ立てる様子には、「現世の富はすべて虚しい」という一般論を超えた、妙に具体的な迫真性がにじみ出ている。その生々しさは、およそ二〇〇年後に書かれたトマス・ミドルトン（一五八〇―一六二七）の都市諷刺喜劇『ミク

ルマス開廷期』（一六〇四）をすら彷彿とさせるものだ。

生き馬の目を抜くような都市ロンドンにうごめく、欲望に取り憑かれた人々を笑い飛ばすこの喜劇では、裁判のためにエセックスから上京してきたイージーという郷紳の土地財産を、毛織物商のクォモドが騙し取ろうとする。彼が成功を確信した際の凱歌の叫び――「ああ、あの可愛い、素敵な、感じのいい、きちんとした、上品な土地の一角！ 高貴な淑女の腰つきにも似て、たっぷりしているというよりは可憐、そう、可憐なんだ」（二幕三場九一―九三行）――に見られる執拗な形容詞の連なりは、あたかも『堅忍の城』での財産を失う人間の嘆きを反転させたかのようだ。思えばクォモド（quo modo＝「どんなやりかたで？」の意）という名もまた、「馬の骨」と同様、財産が胡乱な手段で本来無関係な人物に相続されることを示すセンテンスが、そのまま固有名詞に転化したものだ。ただし、クォモドには演劇史的に見てより近しい親戚がいる。例えば、テューダー朝の幕間劇『嘲り屋ヒック』（一五一四）で、「開廷期には必ずウェストミンスターにいるぜ／たくさんの立派な郷士とつながりがあるからな」（二一七―一八行）と豪語する「想像」なるキャラクターが、クォモド的人物の祖型であることは間違いない。だが、さらにその一世紀も前に、クォモドとイージーの原型となり得るような関係性のかすかな萌芽が、ロンドンではなくイースト・アングリア地方の芝居に認められるとは、どうも奇妙なことに見える。

しかしながら、中世イースト・アングリア地方に伝統的だった封建領民《ソックマン》（sokeman）の土地相続の慣行について思いを巡らせば、このことは見かけほど奇妙ではない。鵜川馨は、A・C・ハラム『集落と社会』が行なった調査結果をもとに、イースト・アングリア地方の北限周辺に位置するウェストンおよびムールトンに残る一三世紀の土地帳、持分帳、戸籍帳などの記録から見えてくる封建領民の相続のあり方について、次のようにまとめている。隷農が主として長子相続（primogeniture）を行なっていたのに対し、封建領民は「男系の嫡子による共同相続乃至分割相続（均分）」をしていたが、「男系の嫡子を欠く場合にのみ女系の嫡子による保有地の共同相続乃至分割相続が認められる」（四七五頁）。そのような相続を繰り返した場合の当然の帰結として、「隷農の家族の場合に比較して特徴的なことは、ソックマンの家族の姓が固定化していない」という状況が生まれる（四七五―七六頁）。拡散する家族は世代の交替に伴って姓を変化させていくため、家系が明確化されず、「史料の上で血縁関係の追跡を極めて困難なものとしている」（四七六頁）。つまり、『堅忍の城』で描かれたわずか一代での財産消失は寓意劇ならではの極端な表現だとしても、分割相続された世襲財産が数世代を経るうちに認識可能な血縁関係を超えて消えていってしまうことは、中世の人々にとり、きわめて現実的な問題であったのだ。

その後の歴史的な流れをごく大まかに追えば、このような世襲財産の分割消尽を防ぐ目的で長子相続制度が広がり、さらにはヘンリー八世時代に発布された遺言法（一五四〇）が、家財のみならず土地も含めた財産の相続人を遺言で指定することを可能にして、「馬の骨」に財産を奪われる危険を大幅に減らすように移り変わっていく。その過渡期に位置する道徳劇『堅忍の城』には、現世で不浄の財を成すことは虚しいという宗教的な主題とともに、それとは逆の「せっかく溜めた財産を血縁に遺せない」という世俗的な不安をもが、ありありと刻印されているのだ。寓意文学である道徳劇では、人間全体を「人間」(Mankind)や「万人」(Everyman)といった一人の登場人物で表すため、家族間の相続問題などが道徳劇に綿密に書き込まれているとは一般的に考えられていない。しかし『堅忍の城』が内包するリアリズムは、そのような見方に修正を促してくれる。

だが、やがて一五世紀の間に長子相続制が広く流布していくにつれ、中世後期の戯曲に見られる相続の問題は、より具体的なかたちを取って〈兄弟間の争い〉と、さらにはその〈和解〉を視野に入れ始めるように思われる。次節では、タウンリー野外劇のなかから「創世記」を扱った作品をいくつか取り上げ、そこで描かれる兄弟の対立と和解の姿を確認したい。

タウンリー野外劇のカインとアベル

「タウンリー野外劇」とは、一五世紀の後半に成立したとされる一連の聖書劇で、三二本の作品が現存しており、かつてその写本を保有していたランカシャーの一族の名を冠してそのように呼ばれる。作品中には、イングランド北部ウェスト・ヨークシャーの州都ウェイクフィールドに関する具体的な言及が数多く見られることから、ウェイクフィールドの町で上演されたサイクル劇と考えられ、かつては「ウェイクフィールド・サイクル劇」と呼ばれたが、こうした内的証拠を除けば、タウンリー家の写本がウェイクフィールドの聖体サイクル劇であると断定する歴史的な確証を得ることが難しいこともあって、近年は「タウンリー」の名を冠するのが通例になっている。これらの作品が一人の作者によって書かれたかどうかは不明だが、少なくとも一人の人間が一貫して編纂に携わったと考えられ、作者に近いこの存在は「ウェイクフィールド・マスター」と呼び習わされる。

さて、タウンリー野外劇は、サイクル劇の大先輩であるヨークの聖史劇から強い影響を受けている（ちなみに、ヨーク聖史劇の写本がまとまったかたちで成立するのは一四六三―七七年頃だが、その存在については早くも一三七七年に記録があり、コヴェントリーやチェスターの聖史劇の存在が史料で確認されるより二〇―五〇年も早い）。三二本のタウンリー劇のうち、『ファラオ』、『キリストと神学者たち』、『地獄の粉砕』、『主の復活』、『最後の審判』という少なくとも五本の芝居は、ほとんど完全なヨーク劇からの引き写しであり、その他にも表現のレベルでヨーク劇との共通性を窺わせる作品はふんだんにある。だが、本書がとくに問題にしている「創世記」の兄弟表象という観点からいえば、タウンリー野外劇はヨーク劇を含む他の先行作品とは大きく異なる。

タウンリー劇の『アベル殺し』では、カインと彼の下男パイクハーンズによる殴り合いのドタバタ劇が聖書のエピソードと混在していて、かつては笑劇的な要素と聖体劇としての要素がうまくつながっていない失敗作と考えられていた。だが、ジョン・ガードナーが指摘したように、これは『アベル殺し』の隠れた主題を見落としているがゆえの不当な評価といえよう。チェスターの聖体サイクル劇におけるカインとアベルの物語や、断片的にしか残っていないヨーク劇の『カインとアベルの犠牲』といった先行作品は、人間の罪とキリストによる贖いというキリスト教救済史観の文脈においてのみ、カインの殺人を提示している。だが、タウンリー劇の『アベル殺し』は、中世文学がより広く主題としていた問題――封建制度下における領主と封臣のあるべき関係――を模索していたのであり、この文脈においてカインとパイクハーンズによるスラップスティック的な脇筋は、主筋の宗教的主題と響き合う重要な役目を担っている。ガードナーによれば、劇中における神とカインの関係およびカインとパイクハーンズとの関係は、宮廷詩などで謳われていた「封建的な相互依存の主題」（二五頁）をアイロニーとして描き出したものであり、本来は〈愛〉という絆《ほだ》しによって互いが義務を負う主従の関係を、物質的な負債に縛られた功利的関係と取り違える誤りを、カインは犯している。貸借や損得を行動原理とするカインが神という主君に対して「悪い臣下」であることは、彼自身がパイクハーンズに対して「悪い主人」であることによって、裏書きされているのだ。

こうした世俗的な背景を宗教的な主題に重ね書きするために、ウェイクフィールド・マスターは、中世後期イングランドの現実に即した自作農の姿をかなり克明に描き出す。この作品では、まずパイクハーンズが登場して観客に「皆さんがうるさいのを静かにさせるよう、主人に言いつかったもので」

（三行）と告げ、「主人は良きヨーマンだと言われており、／皆さんもよくご存知の方です」（一五一一六行）と皮肉を呟きながら、カインの先触れを務める。続いて登場するカインは、鋤《すき》を引かせる連畜を激しく罵りながら現れるなど「良き」ヨーマンとは呼びがたい態度だが、考えようによっては勤勉に働く農夫ではある。だが同時に、彼の労働意欲のすべては農地から上がる収益への期待であり、彼の行動原理はあくまで損得勘定でしかないことも、ここでは強調されている。

例えば、すぐ後の場面でアベルが現れ、ともに神の前に犠牲を捧げに行こうと兄を誘うと、カインは「おまえの鴨を放せよ、そうしたら狐がお説教してくれるだろうさ」（八六行）と答える。マーティン・スティーヴンズとA・C・コーリーの編んだオックスフォード版の注釈によれば、これは偽善を揶揄することわざのたぐいであり、その含意は「カインは、アベルのことを、自分の捧げ物から利益を得ようとする略奪者と見なしている」（四四三頁）ということである。この解釈を裏づけるかのように、彼はなおも続けて次のように言い立てる。

俺が耕作やら何やらをみんな放り出して
おまえと一緒に犠牲を捧げに行かなきゃいけないだと？
いやだね。俺がそれほど血迷うわけがないだろう。
悪魔のところへ行って、俺の言いつけ通りに伝えな。

神様をそんなに讃えなきゃならないようなものを、神が何かくれるのか？
神が俺にくれるのは悲しみと苦しみばっかりじゃないか。

（九三―九八行）

カインはここで、自分の労働を中断させることによってアベルが相対的な利を得ようとしているのではないかと、邪推している。もちろん、カインがこのような疑心を抱くのは、彼自身が常におのれの利得を鵜の目鷹の目で狙っている人物だからであり、それゆえに彼は神と自分の関係においても物質的なかたちでの自分の得を見いだそうとする。彼にとって、現世的な利益を感じられない神への捧げ物は、ひたすら「損」なのである。

また、アベルの方から自分を誘いに来たことにもカインは気分を害し、「呼ばれるまでは、おまえは控えているべきだったのに」（六三行）と弟を叱りつける。これは、あたかもアベル役の演じ手が登場のタイミングを間違えたかのような印象を与える楽屋落ちのジョークであるのみならず、ガードナーの主張するように「アベルを召使いとして扱っている」（三二頁）ことをも示している。カインにとって、すべての人間関係は――それどころか、神と人間の関係すらが――上下関係であり、その関係性の礎が富の奪い合いだというわけだ。ここにおいて、神とカインの関係、カインとアベルの関係、カインとパイクハーンズの関係は、すべて相似形になっている。こうした一連の台詞には、人間としてのカインの心理のひだを探るような、近代的ともいえるウェイクフィールド・マスターの表現力が光っているといえよう。

これに対し、アベルは伝統的な宗教的権威に従順な人間として描かれる。だが、先行作品よりもはるかに同時代の社会を劇中に投影する度合いが強いタウンリー野外劇では、アベルの敬神もカトリック教会の存在感抜きには表現され得ない。彼は「兄さん、長老たちが教えてくれたように／まずは誓いを立てて十分の一税を捧げ、／それから神を讃えて燃やすんだ」（一〇三―五行）と兄を説得するが、「長老」（elders）がアダムとイヴではなく教会聖職者を指すこと、「十分の一税」（tend）が神というよりは教会へ収めるものとして扱われていることは明らかだろう。それゆえにカインは、弟に対して即座に「前回捧げた十分の一税は／それ以来ずっと坊さんの手にあるじゃないか」（一〇六―七行）と反論する。この時カインは、デイヴィッド・ベヴィントンが指摘するように、観客の少なからぬ層を成していたであろう「中世の農夫の多くが抱いていた、教会権力の介入に反発する気持ちに訴えて」（二七八頁）いるのであり、その点においてカインは彼らの反面教師であるのみならず、彼らの不満を声高に叫んでくれる爽快な代弁者でもあるのだ。

クリスティーン・リチャードソンとジャッキー・ジョンストンは、道徳劇『万人』における救済性の低い結末について、「その根は〈新しき信心〉運動と結びつけられ」（一〇二頁）ていると指摘している。つまり、トマス・ア・ケンピス（一三八〇―一四七一）らによる、宗教改革の先触れとなった修道院改革運動の雰囲気が、悔悛と赦しで終わるのが常套手段の道徳劇にも陰を落としているというわけだ。しかしながら、大陸オランダと島国イングランドの両国に写本が存在する『万人』のみならず、ウェイクフィールド・マスターのようなイングランド知識人層の筆使いにも同様の雰囲気は案外見受けられるのかも知れない。カインの台詞は部分的に、伝統的な教会に不満を抱く人々のガス抜き用の弁として機能しているのである。

ただし、もちろんカインが過度の共感を得ることのないよう、作品は注意を払いながら筆を進める。[*02] 自らの収穫を十束に分ける段になると、カインは良い実りのついた束を自分のものとして取り置き、もっとも小さな束を捧げ物として選り抜いたり、目を瞑って適当に束を十に分割したりする。不真面目な様子を長々と見せつけることで、彼の捧げ物が神に受け入れられないのは自業自得であると観客を説得してしまうのだ。だが、客が納得しても、カイン自身は納得しない。彼はこれを弟によるなんらかの悪意ある妨害行為だと考える。

カイン ……俺はおまえからひどい損害を被ったんだ。
今度は俺が同じだけお返ししてやる番だ。
アベル 兄さん、何故ぼくに対してそんなに怒っているの？
カイン なんだと！　泥棒め、じゃあ何故おまえの十分の一税だけが輝き燃えて
俺のはぶすぶすとくすぶるだけだったんだ？

二人とも窒息するんじゃないかと思ったぞ。（三一六―一一行）

こうしたやり取りからも明らかなように、タウンリー劇における弟殺しは、「弟に財産を狙われていると邪推する兄の怒り」という、極めて世俗的な動機づけを付与されている。一見したところ、この作品においてもっとも目立つ世俗化は、前述したように神と人との関係を世俗的な封建主従の関係に読み替えている点だ。とりわけ、神から告げられた「わたしはいかなる人間がいかなる人間を殺すのも望まない。／ゆえにおまえを殺す者は老いも若きも／七倍の罰を受けるであろう」（三七三―七五行）という言葉を、カインが国王による赦免状のように解釈し、パイクハーンズに布告させようとする結末部は、封建制度下の領主と封臣の関係を描くのが本作の陰の主題だというガードナーの説を裏書きする、きわめて印象的な場面である。だが、それにも関わらず、カインにとってそうした主従関係に先立つものは「兄と弟」という上下関係なのであり、彼が弟の中に読み込んだ転覆可能性こそが、本作において彼が兇行に走る根本的な動機となっているのだ。

そもそも劇の冒頭で、多数のヨーマンを含む観客に、カインは廷臣ではなく「良きヨーマン」として紹介されたのであった。当時の観客にとっては、宮廷詩が謳う愛と忠誠の物語世界よりも、自分たちと地続きの層に存在する勤労家族の物語のほうが、真の主題だと感じられたかもしれない。ウェイクフィールド・マスターが、ガードナーが指摘する封建制度下の主従関係にまつわる語彙や表現を、むしろ兄弟と財産の問題を論じるために使っていたと考えることも、決して無理ではないのではなかろうか。

親子三代をまたいだ家族の和解

しかし、タウンリー野外劇は、兄が弟に財産を奪われる不安ばかりを描き出しているわけではない。むしろ、アベル殺しのようなカタストロフィを寸前で回避する物語を書き加えて、〈家族の和解〉という異なる結末への道を探っているように思われるふしがある。とりわけ、アブラハムとイサク、ヤコブの三世代親子を扱った劇には、その傾向が強い。

タウンリー劇の『アブラハム』は、彼が神に試され息子イサクを犠牲に捧げようとする挿話を扱った作品だ。旧約の神はしばしば、敬神の者をあえてぎりぎりまで追い詰めるのだが、「創世記」はこのときのアブラハムの心情にはまったく触れていない――「神が命じられた場所に着くと、アブラハムはそこに祭壇を築き、薪を並べ、息子イサクを縛って祭壇の薪の上に載せた。そしてアブラハムは、手を伸ばして刃物を取り、息子を屠《ほふ》ろうとした」(二二章九―一〇節)という外面的な動作の羅列のみが、一種の凄みをもって淡々と述べられるばかりである。だが、ウェイクフィールド・マスターは、この神による試練と信仰についての物語をも、家族の物語に書き換えてしまった。

予表論的な傾向が顕著なチェスターの聖体サイクル劇においては、劇中に「注釈者」が現れて、アブラハムとイサクの物語は神の子であるキリストの犠牲を予表していることを観客に告げる。だが、オックスフォード版の注釈が指摘するように、タウンリー劇における我が子を犠牲に捧げんとする父の挿話は、「アブラハムとイサクの生き生きとした対話と、予表論的解釈よりも親に対する孝心の主題を強調する点で、注目に値する」（四五四頁）作品になっている。同じ場面を扱った現存する聖体サイクル劇のなかでも、これは「イサクを祭壇に縛りつける（磔を予表する）ことのない唯一の芝居であり、イサクが目隠し（ピラトの兵によるキリストの嬲りを予表する）されない唯一の芝居」（四五四―五五頁）なのだ。

観客の視覚に強力に訴える、イサクと二重写しにされたキリストの犠牲のイメージに代わって、タウンリー劇が五〇行以上を費やして丁寧に描くのは、神への愛と子への愛の間で心が引き裂かれた父親と、ただただ慈悲を願う息子のやり取りである。なかんずく、イサクが父の慈悲を請うその言葉遣いに、どこかしら兄弟の相克を偲ばせる影が散らついていることには注意を向けるべきだろう。捧げるべき犠牲のけものが他ならぬ自分であることを知ったイサクは、おのれの死後に家内がどうなるのかを父に尋ねる。

イサク

わたしが死んで土に埋められたら、

アブラハム　そのときは誰があなたの息子になるのでしょう？
イサク　おお、主よ、わたしがこんな日に耐えねばならないとは？
アブラハム　ねえ、わたしがこれまでやっていた仕事を、誰がするのでしょう？
そのようなことを言わんでくれ、息子よ、頼む。　（一九三―九七行）

このとき、ベエルシェバに追われた妾腹の兄イシュマエルの姿が、イサクの脳裏にちらついていた……などと言ってしまえば、牽強付会な拡大解釈とのそしりを免れ得まい。ここでイサクが訴えているのはもちろん、「年老いてから生まれた総領息子である自分を失えば、父であるあなた自身がお困りでしょう。嫡子としての務めを果たせるような、わたしの代わりはいないのですよ」ということだ。だが、観客の多くはハガルとイシュマエルの物語を知っていたであろうし、何よりウェイクフィールド・マスター自身が、旧約聖書のあらゆる挿話に知悉していないはずがない。イサクが自分自身を唯一無二の嫡子と見なし、兄の存在をなきものとして語れば語るほど、その背後にはぼんやりとした兄の影が浮かび上がってきてしまうのだ。

イシュマエルに関するこのような逆説は、イサクが「母の愛のゆえに、／わたしにもあなたの愛を見せてください」（二一〇―一一行）と願うにあたって、その影をいっそう濃くするように思われる。そもそもイシュマエルが家を追われることになったのも、まさしくイサクの母サラが、子への愛ゆえに

「あの女とあの子を追い出してください。あの女の息子は、わたしの子イサクと同じ跡継ぎになるべきではありません」（二一章一〇節）とアブラハムに訴えたがためである。そして、タウンリー劇のアブラハムも、イサクの母親への言及にもっとも心を動かされてしまう。返す言葉を失った彼は、「ちょっとしたものが見当たらないので、取って来る」（二二四行）という言い訳とともに、イサクのいる場所から退いて密かに涙を流し、「彼の母親になんと告げよう？」（二二五行）と独り思い悩むのである。

もちろんタウンリー劇の神も、アブラハムがさんざんためらったのちにやっと決意を固めると、速やかに天使を遣わして子殺しの一撃を押しとどめさせる。かくして、嫡子の喪失は回避されるのだが、それまでこの芝居に必要な緊迫感を作ってきたアブラハムとイサクの会話――すでに失われた兄イシュマエルを水面下に隠し持つだけになおさら、ほの暗い親子間の緊張を醸し出す会話――が、どのように和解の方向へと導かれるはずであったのか、残念ながらわれわれに確たることはわからない。『アブラハム』の結末部分から、それに続く『イサク』の冒頭にかけて、タウンリー劇を記録した唯一の写本には二葉分の欠落があるのだ。

現存するテクストから判断するかぎりでは、『アブラハム』のエンディングにすべてを包み込むような救済と祝福のムードは見られない。たとえアブラハムが、息子からの「お父さん、どうかその剣を再び鞘に納めてください」（二八三行）という願いに答え、「うん、もちろんだとも、怖がらなくていいんだよ」（二八四行）と述べていても、その後の息子の台詞から、不安が消えたような感じは見受けられない。彼はなお「あまりに怖くて、危うく正気を失うところでした」（二八七行）と父に言い募るのだが、これがわれわれの知り得るかぎりの『アブラハム』の最終行なのである。

当時の観客は、このような潜在的な不安をはらんだ状態から、どんな大団円が結実するのを目撃したのであろうか――それについて、単なる夢想を超えた確実さで語ることはほとんど不可能だ。しかしながら私見を述べれば、タウンリー劇で『アブラハム』に続く二編の小品、『イサク』と『ヤコブ』の存在こそが、『アブラハム』における和解の場面を補強する役割を果たしていたのではないかと思われる。この、ほとんど批評家たちが注目することのない二編には、思う以上の重要性が隠されている。聖体サイクル劇がすでに終焉へと向かいつつあった一五〇〇年頃に書かれたタウンリー写本の一連の芝居は、いわばイングランドにおけるサイクル劇の長い伝統に連なる最後の徒花だ。そのなかでももっとも目立たない小さな二輪の花が、実は中世後期のキリスト教劇からテューダー朝の芝居を接ぎ木する結節点の一つになっているのではなかろうか。

再びオックスフォード版の注釈を借りて、『イサク』と『ヤコブ』の特徴を確認してみよう。まず、中世のサイクル劇に少しでも親しんでいる人間であれば誰でもすぐに気がつくように、そもそもイサクの二人の息子、ヤコブとエサウを扱った芝居の存在自体が珍しい。オックスフォード版はこの点を強調し、「タウンリー劇研究の初期段階には、バーナード・テン・ブリンクによってこの二編が……より古い型の芝居の遺物であるという説が広められ、爾来繰り返されてきた」ものの、「そのような主張を裏づける根拠は何もない」(四五七頁)と断言する。

また、まったくの別人による作品が混入した可能性についても、スティーヴンズとコーリーはかなり否定的だ。タウンリー劇については、作品によって異なる詩型が用いられていることなどから、かつては著者複数説が囁かれていた。だが既に述べたように、現在では少なくとも個々の野外劇《パジェント》をひとつの大きなサイクル劇にまとめ上げたのは「ウェイクフィールド・マスター」と通称される一個人の手だと考えられている。単純な二行連句で書かれ、それゆえ洗練に欠けた素朴な作品と考えられていた『イサク』と『ヤコブ』も、二人の編者によれば「実際は様式的にかなり複雑」であり、「扱う内容は独特だが、語彙、方言、様式といった観点から見れば、同サイクル内の他の芝居と大きく変わるところはない」(四五七頁)。つまり、『イサク』と『ヤコブ』の二編は、ウェイクフィールド・マスターがサイクル劇全体としての構造を考えたうえで、必要と判断した作品なのである。

『イサク』および『ヤコブ』では、主人公は次世代の兄弟に移っている。老いて目の見えなくなったイサクからヤコブが祝福を盗み、エサウが弟に殺意を抱くという前者の粗筋、またラバンのところへ向かったヤコブが神と戦ってイスラエルという名を与えられ、その後エサウと和解する後者の内容は、なんら聖書と変わるところはない。だが、その表現においては、ウェイクフィールド・マスターはやはり〈神の選び〉の物語と同程度に、〈家族〉の物語としての側面をも強調しているように思われる。例えばイサクの「おまえはヤコブに騙されたのだよ/おまえと同じ種から生まれた実の兄弟に」

(『イサク』二八―二九行)といったような言葉遣いには、彼らが実の兄弟同士であることをことさらに言い立てるような響きが見られよう。
だが何より特筆すべきは、『ヤコブ』における和解の瞬間に、エサウがやはり〈家族〉を言祝ぐ文彩を用いていることと、それとは対照的に、ヤコブのほうではかつて父イサクがアブラハムに告げたと同様の不信と不安を示していることだ。

エサウ　お帰り、弟よ。家族のもとへ、そして母国へ。
おまえとともに来た妻と子供たちも同様だ。
遠い異国でどんな風に暮らしてきたのだ?
さあさあ、どうか、いい話をしておくれ。
ヤコブ　うん、エサウ、ぼくの兄さん、
もしあなたの配下の者が、害意を抱いていないというなら。
(一二五―一三〇行)

「創世記」のエサウは、まずヤコブ本人のみをそれと認め、ひとしきり抱擁してから「一緒にいるこの人々は誰なのか」(三三章五節)と問うた。だが、タウンリー劇のエサウはそのような手間のかかる確認作業をしようとはしない。一見したその瞬間に、ヤコブとその妻子をおのれ自身の親族としてとら

え、「親族と生国のもとへ」(to kyn and kyth) 良く戻って来たと、暖かく迎え入れるのだ。しかしながら、父アブラハムが持つ抜き身の剣に怯えたイサクのごとく、この場面のヤコブもまた、兄に付き従う随身たちの姿に怯えて、エサウが和解するつもりであることを信じられない。その点で、『ヤコブ』における大団円もまた、その背後に『アブラハム』と同様の暗い影を散らつかせている。

だが、『アブラハム』とは違い、『ヤコブ』には結末部がある。分量的には前掲の引用に加えることわずか一二行の、拍子抜けするほど短い結部に過ぎないが、このわずかな言葉のうちに、エサウはヤコブの不信に対し、有り余るほど誠実に応えてくれるのだ。

ヤコブ　神のお恵みを、兄さん。兄さんは、すでに恵みに溢れていますので、
あなたのしもべたるわたしに、口づけしてはもらえませんか。

エサウ　いやいや、ヤコブ、親愛なる弟、
話はそれとはまったく逆なのだよ。
運命によって、おまえこそがわたしの主人なのだ。
一緒に行こう、おまえとわたしで、
父さんとその妻のもとへ。
二人はおまえを、弟よ、自分の命のように大事にしているんだから。

『ヤコブ』終わる　（一三五―四二行）

うがった見方をするならば、エサウの「わたしの父とその妻」（my fader and his wife）という表現に、一貫してヤコブばかりを贔屓していた母リベカへの、彼の心の距離を読み取ることも可能だろう。それでもなお、劇を締めるエサウの台詞が醸し出す全体的な雰囲気は、赦しと和解に満ちている。神意によって弟が兄に仕える宿命を受け入れた彼は、「おまえとわたしで」（thou and I）兄弟そろって親のところへ戻ろうと高らかにヤコブを促す。こうして、最後の二行連句をまるまる両親への言及に充てることにより、『ヤコブ』の結末部は、『アブラハム』から続く三世代家族を描いた連作全体の終わりであるような様相を帯びてくるのだ。

さらにタウンリー劇全体のサイクルのなかで考えてみれば、「おまえとわたし」として親しく弟に呼びかけるエサウの言葉は、『アベル殺し』とも響き合っている。かつて、アベルが兄カインに向かって発した虚しい願い――「親愛なる兄さん、もしぼくとあなたが（I and thou）／別々に行ったりしたら、大変な驚きだ。／天にましますぼくらの父も大いに怪しむだろう。／だって兄弟じゃないのかい、あなたとぼくは（thou and I）」（一五六―五九行）――は、世代を超えた別のエピソードの中で、今度は兄であるエサウによって交差法的に口にされ、ついに実行されることになったのだ。

タウンリー劇が描き出す「創世記」の世界では、人間の罪とキリストによる救済という世界観に世俗的な色づけが施され、兄弟同士が父の祝福と相続権を相争う。ただし、宗教性と世俗性がパリンプセスト的に重ね書きされることは、『堅忍の城』の分析でも確認したように、タウンリー劇にのみ特徴的なことではない。全人類を一人の登場人物に抽出して、個々人の差異を捨象すると思われる寓意劇においてすら、「家族と相続の物語」として「人間と神の祝福の物語」を綴る語りの枠組みが取り入れられていた。

しかし、『アベル殺し』でカインが弟を財産泥棒と見なすとき、また『アブラハム』のイサクが「自分の亡き後、誰があなたの息子となるのか」と訴えるとき、そこにはかなり現実的な相続にまつわる不安が書き込まれ、部分的には、〈自己〉の感覚を持ったルネサンス的な性格描写にすら近づいているように見える。ところが、同じタウンリー劇の『ヤコブ』の最後の場面で、追われた者が故郷に戻り、離散した家族が再会するとき、突如としてウェイクフィールド・マスターは、財産を巡る現実的な相克を経て、シェイクスピアのロマンスを先取りするような和解の場面を用意していたのだ。

だが、この頃すでに、「創世記」に題材をとった兄弟の問題を、異なる立場から論じる人々が現れようとしていた。ロンドン法学院の学生たちである。次章では、テューダー朝における相続や領土の分割をめぐる法的議論の文脈に照らして、イギリス最初の正統悲劇と言われる『ゴーボダック』と、シェイクスピアの『リア王』について考えてみたい。

▽註

＊01 コールドウェイがここで念頭に置いているのはもちろん、E. K. Chambers, *The Mediaeval Stage*, 2 vols, (Oxford: OUP, 1903) である。

＊02 ハンス゠ユルゲン・ディラーは、イングランド中世のサイクル劇にバフチン的なカーニヴァル性を過剰に読み込むことへの警告を促し、タウンリー劇に用いられる「笑い」や「笑う」という単語は、常に邪悪さと結びついていることを指摘する。『アベル殺し』においても、観客の同調反応はウェイクフィールド・マスターによって巧妙に操作されており、カインとパイクハーンズが民衆的な無言劇に登場する主人と召使いでもあるという事実こそ、彼らの言葉を決して信じてはいけないということを示すためなのだ（七一‐一二頁）。

第二章

『ゴーボダック』における弁論と宿命

初期近代のイングランドにおいて、教育と演劇は切っても切れないものであった。ルネサンスの人文教育のかなめは修辞学であったが、それは必然的に、古典を通じてテクストの語り方を学ぶことにつながったし、また文化・社会のさまざまな事象を対象としてディベートを行うことは、ある一定の立場の声を役割として演じることを意味していた。実際、多くのグラマー・スクールでは、生徒たちによる古典劇の上演がカリキュラムの重要な一角を占めていたのだ。

スティーヴン・グリーンブラットが、自己成型《セルフ・ファッショニング》という概念を論じた際も、その成立要件の一つは、ルネサンス期のイングランド社会における自己の生成が——雄弁術の教科書から宮廷人の指南書に至るまで——いかに役割演技に依存していたかということであった。エドマンド・スペンサー（一五五二?—九九）、クリストファー・マーロウ（一五六四—九三）、ウィリアム・シェイクスピア（一五六四一六一六）といったルネサンス期の才人たちには、中世には見られない社会経済的な流動性が見受けられる。彼らはイングランド史上初めての、自分が生まれた社会的基盤から引き離され、王侯貴族の考え方を身につけると同時に地位も教育もない人々とも交わっていた層であるが、それゆえに彼らはまた、自己の外部に位置する権威との交渉を通じて、言語的に自らのアイデンティティを形成することになったのである。[*01]

法律を学ぶ者たちにとっても、この状況は変わらなかった。中世後期から初期近代にかけて法学院では、「ムート」（moot）と呼ばれる模擬裁判が行われており、学生たちは種々の問題に対する法的な態度を、実際に法廷弁論を演じることによって身につけていたのだ。これらの模擬裁判では、現実に起こった訴訟事例を取り上げることもあったが、当時流布していた物語や聖書のエピソードをタイトルに用いて、架空の訴訟を想定することも多かった。興味深いことに、J・H・ベイカーとサミュエル・ソーンがまとめた史料によれば、ムートの題材として長らくもっとも人気があったタイトルは、「創世記」に拠った「ヤコブとエサウ」であった。

本章では、まず法学院の模擬裁判における長子相続の取り扱いを確認したのちに、インナー・テンプル法学院の学生であったトマス・サクヴィル（一五三六―一六〇八）とトマス・ノートン（一五三二―八四）が執筆したイギリス初の正統古典悲劇と言われる『ゴーボダック』（一五六一頃）を取り上げ、そこでは相続の問題がどのように論じられているかを考察する。相続の法的議論と、領土分割に関わる政治的献策を二重写しにしたこの作品が、ルネンサンス人文学の文学的伝統という新たな衣を得て、兄弟間の争いという聖書劇以来の古い主題にペシミスティックな位相を加えていることを、本章で明らかにしたい。

法学院のヤコブとエサウ

イングランドにおける模擬裁判の記録は一四世紀初頭にまで遡れるが、その頃の記録は、論題が提示されるだけで議論の経緯や結論はなく、また他の書物の見返しページや余白に書き込まれたものが多いので、散逸が著しい。しかし、一五世紀に入ると、ムートの記録が徐々に書物の形で残されるようになって来る。この「ムート・ブック」として有名なのは、マスチャンプ家に代々伝わり、現在は英国図書館のハーリー文庫に所蔵されている一五世紀の写本で、インナー・テンプル法学院に関係する模擬裁判事例が九十八例収められている。しかし、マスチャンプ写本にあるのと同じ事例が、ケンブリッジ大学中央図書館所蔵の写本や、果てはケンブリッジ大学トリニティ・カレッジが所蔵するリンカーンズ・イン法学院に関係したムート・ブックにも収録されており、同じ命題が少しずつ形を変えながらも、繰り返し幅広く論じられていたことがわかる。

すでに述べたように、模擬裁判で論じられる題目には、実際の係争の当事者名を挙げたものもあれば、寓意的かつ架空の訴訟名を冠したものもあり、後者では「トリニティ」（三人姉妹とその娘たちによる土地権利係争を扱った事例）や、「ヤコブとエサウ」（男兄弟にまつわる土地権利係争を扱ったもの）といったタイトルがたびたび現れる。ここで注意しておきたいのは、記録された事例の題名が「エサウとヤコブ」だからといって、彼らが本当に聖書のエサウとヤコブについて論じていたわけではないということだ。たとえば、マスチャンプ写本にある「ヤコブとエサウ」はこんな調子だ。*02

農奴の二人兄弟が、聖職者推挙権が付帯権利となっている土地を共同で購入する。主人がその所有権を主張したうえで、その土地を兄弟に貸与し、農奴土地保有権にて保有させる。兄が女と結婚し、女は密かに妊娠する。夫が死亡する。主人がその女を妻にし、妻は男児を出産する。主人が死亡する。弟がその女を妻にする。妻は男児を出産し、死亡する。弟は別の女と寝て、その女を妻とする。夫婦の間に双子が生まれ、弟は死亡する。妻も死亡する。農奴の兄の息子が土地の半分の所有権を申請する。他の三人の息子は、兄に対する土地の賃借関係を結び直し、自分たちの間で分割保有の契約をする。双子のうちの兄が、自分と弟に属する権利を修道院長に譲渡する。主人の息子は権利証書を修道院長に提示する。権利証書が受け入れられると、彼に対する訴訟は取り下げられる。双子の兄が同じ宗派に入信し、信仰告白をする。くだんの修道院長は退任となり、双子の兄が後継に選出される。教会が司祭不在となる。修道院長が入る。彼は三人の兄弟に

妨害される。権利はどうなるか。（一七頁）

なんとまあ、ややこしい。どの権利が誰にどの程度属するかを議論するどころか、まず人間関係を把握するのも面倒くさそうだ。たかが一皿の煮物で長子の権利をやったり取ったりしてしまった本家本元のエサウとヤコブとは、大違いである。だが、これが「ヤコブとエサウ」の名を関する模擬裁判の典型的なものであり、例えばマスチャンプ写本から一世紀近く後のものである、現在ハーバード・ロー・スクールが所蔵する写本にも、似たような事例が載っている。こちらはかなり詳細な記録が残されており、一五三三年の秋休暇の際に、インナー・テンプルに在籍していた法学講師のトマス・ブロムリーが主宰して行なったもので、「イサクとヤコブ」というタイトルが付されている（一八頁）。イサクはヤコブの兄ではなく父だが、内容はやはり隷農の兄弟が分割相続可能な土地を共同購入し、主人に権利剥奪され、同じ女が三者全員の妻となり、子供の世代に権利関係がややこしくなる話なので、「ヤコブ」ものと概括できる同系統の事例と見て良いだろう。

聖書の神話的なエピソードとまったく関係のない、当時の人々にとっては生々しく響いたであろう具体的で込み入った土地権利問題に、「トリニティ」や「ヤコブ」といった聖書のイメージを強烈に喚起する題名が付されていることは、何を意味するのだろうか。まず、当時の人々のイマジネーションには、聖書が深く根付いていたという事実が、これにより改めて明らかになる。しかも、「ヤコブとエサウ」が扱っている相続の問題は、実際のところ兄弟間の係争に止まらない。農奴と地主の間の土地所有の問題、最初の女の妊娠と出産の間に農奴から地主へと夫が変わっていることなど、階級の問題が複雑に絡み合っているうえ、くだんの土地には聖職禄もついているので、事態はさらに込み入っている。つまり、「ヤコブとエサウ」は当時の人々にとって、土地財産の相続問題を包括的に表現し得る固有名詞だったのだ。

また、こうした題名が繰り返し現れることからは、中世末期から初期近代にいたるイングランドでは、様々な法律問題のなかでも財産の所有と権利の問題がいかに大きな比重を占めていたかが、はっきりと窺える。実際、ムート・ブックが提示する命題のほとんどは、「それらの権利など」(Ceux que droit etc) という結句で締められている。ベイカーとソーンが指摘するところでは、おそらくこれはラテン語における「権利問題」(quid juris) という法律用語に相当する言い回しであり、イングランドの模擬裁判が土地権利問題を論じることに精力を傾けていたことが知れよう。

一六世紀半ばに「ヤコブとエサウ」の諍いのエピソードがいかに身近であったかを示す例として、書籍出版業組合に一五五七/八年に登録されたインタールード『ヤコブとエサウ物語』が挙げられよう。この作品の正式名称は『創世記と称されるモーセ五書の最初の書物の第二七章に由来するヤコブとエサウの物語を扱い、新たに出版された、楽しくて機知に富んだ新作喜劇ないしはインタールード』であり、こちらはムートとは違って同時代の問題を扱っているわけではない。

前口上と納め口上が繰り返し訴えるのは、作品の目的はカルヴァン主義的予定説を訴えるものだということで、たとえば前口上は「ヤコブが選ばれ、エサウは神に見放されます。／わたしはヤコブを愛し（神はそう言われました）エサウを憎む」（一一一一二行）と断言する（ただし、「創世記」の神は「エサウを憎む」とは言っておらず、これは「ローマ書」に拠っている）。そのため、マローン・ソサエティによる復刻版に付された解説によれば、制作年代は確定されていないものの、「エドワード六世の治世に属すると考えられてきた」（v頁）。だが興味深いことに、書籍出版業組合の登録は（そしておそらく最初の出版も）、前述のようにカトリックのメアリー一世の時代である。

この作品が二つの時代をまたいでいるように、内容的にも、カルヴァン主義とカトリック臭は妙に混在している。「創世記」によれば、家長の祝福を盗まれたエサウはこれを恨んで、「父の喪の日も遠くない。そのときがきたら、必ず弟のヤコブを殺してやる」（「創世記」二七章四一節）と述べており、兄弟の和解が成立するのは第三三章に至ってのことである。だが、『ヤコブとエサウ物語』では、母リベカがヤコブをルベンのもとへ逃れさせるとすぐに、エサウに対し、弟を「赦しておあげなさい。そうすれば主がおまえを、おまえの土地で祝福してくれるでしょう」（一七三八行）と告げる。するとエサウも「お母さん、あなたはわたしに大きなことを要求しています。／しかしあなたの望みであれば、悪は水に流さねばなりません」（一七四三―四四行）と、即座に受け入れる。最後には、エサウ贔屓のはずのイサクまでもが和解を言祝ぎ、「家中の者を呼んでこい、みんなが調和して／声を合わせて主にって歌おう」（一七七三―七四行）というと、全員が主の祈りを唱えて芝居は終わる。喜劇と銘打っている以上、もちろんこのようにしか終われないという事情もあろうが、『ヤコブとエサウ物語』は、一六世紀半ばに激しく揺れる宗教観を映し出しているのだ。

そして、当たり前のことだが、宗教観の動揺と法的な権利問題の前景化は連動していた。宗教改革政策の一つとしてトマス・クロムウェルとヘンリー八世が行なった大小修道院の解体（一五三六―三九）が、イングランド国内における土地の所有権を劇的に書き換えてしまったからだ。実際、テューダー朝のイングランドでは、長子相続制度についても相反する動きが同時に活発化していた。そもそも長子相続制度とは、封建制度下のイングランドで封土の分割縮小を防ぐために設けられた制度である。ノルマン征服以降、一二世紀末頃には騎士封が分割不可能になり、すべてが長男に行くようになった。コモン・ローは、直系家族のみに権益を保証したが、それは配偶者や弟たち、娘たちといった家族の成員を排除したため、家族の現員の利益と家門本性の保持という二種の「家」の利益に、看過しがたい軋轢がくすぶっていたのだ。ヘンリー八世時代に制定された、一五三六年のユース（信託）法や、土地の相続人を遺言で定めることを可能にした一五四〇年の遺言法は、長子相続制を確固たるものにするのが狙いだったが、逆説的に長子以外の家族の成員に財産を相続させる法的手段を与えることにもなった。

それゆえに、制定法が整った一六世紀後半には、むしろ相続に関する議論は激しさを増す。フランシス・ベイコン（一五六一―一六二六）は『ユース法解釈講義』（一五九六）で、「この法律によって我が国の領土の相続が今日、海上での嵐のごとく揺さぶられているので、どの船が沈み、どの船が港に着くかを言うのは困難だ」と述べている（三九五頁）。相続の問題は、当時の人々にとって――いわんや法学院の学生たちにとって――非常に重要な社会問題だったのである。さて、そのような背景を念頭において考えてみよう。法学院の学生たちは、『ゴーボダック』をどのように受け止めていただろうか。

『ゴーボダック』と議会弁論

『ゴーボダック』は、一五六一―六二年のクリスマスにインナー・テンプル法学院の広間で演じられ、それからホワイトホール宮殿で御前上演された戯曲である。明確な五幕立ての構成を持ち、セネカの悲劇に倣った本作は、イギリス初の正統古典悲劇と言われ、また演劇の文体として無韻詩《ブランク・ヴァース》を用いたのも『ゴーボダック』が初めてである。[*03] 前述のように作者のサクヴィルとノートンはともに同法学院の学生で、一五六五年に出版された無認可の四つ折り版によれば、前半の三幕をノートンが、後半の二幕をサクヴィルが書いたことになっている（が、その証拠は何もない）。

この芝居は、一二世紀のジェフリー・オヴ・モンマスによる『ブリテン王列伝』などを材源として、伝説上のブリテン王ゴーボダックが王国を分割して長子のフェレックスと次男のポレックスに与えたところ、兄弟が領地を争って殺し合い、果ては謀反と内乱に発展した逸話を、教訓劇として示している。この作品の宮廷上演がエリザベス女王に対する献策の意味を強く持っていたことはつとに指摘されており、具体的には彼女の婚姻と世継ぎの問題に関して、レイディ・キャサリン・グレイを後継者に指名するとともに、異国の王との外交結婚を避けてロバート・ダドリーと結ばれるよう勧めるものであったと考えらえている。*04

だが、テリー・ライリーが看破したように、この作品は同時に長子相続制度の是非を論じる模擬裁判にもなっている。インナー・テンプル法学院の大広間で行われた上演の観客は、当然法学生たちから成っており、「この芝居は、［ムートが援用した］材源の『文学的』な物語と、ムートのより正統的な形式との中間に位置するものであって、その結果、上演後に法律家の観客たちが集まって、劇中で提示された法的な問題を議論できるようになっていた」（一九九頁）可能性は高い。劇中のゴーボダック王は、一幕二場で顧問官のアロスタスとフィランダー、秘書官のユーブラスを集める。彼はまず「諸卿よ、そなたらの謹厳な忠告と忠実な援助により／長らくわたしの名誉と領土は支えられてきた」（一幕二場一―二行）と感謝の意を表してから、王国を第一王子と第二王子に均等に生前贈与して自分は隠居したい旨を伝え、「さあ、おまえたちの考えを聞かせてくれ」（七六行）と意見を求める。これに対して、アロスタスは全面的に賛成し、フィランダーは二人の王子に分割統治させるのには賛成だが相続は父の死後であるべきだと述べる。だが、作品全体の意見の代弁者であるユーブラスはいずれにも反対して、父の死後に長子がすべてを相続すべきだと主張する。ゴーボダックは三人の意見にそれぞれ耳を傾けるようでいて、結局自分の当初の意思を押し通す。

ここで、三人の臣下たちはそれぞれ異なる法的立場を示しているわけだが、そもそも材源ではゴーボダックが臣下たちの意見を問うどころか、領土分割の意思すら示していないことは、確認しておいて良いだろう。『ブリテン王列伝』の第二巻は、伝説上のブリテンの建国者であるトロイのブルータスの没後の歴史を扱い、特に後半は、リア王の娘たちに対する愛情試験、コーディリアとフランク王アガニッパスの結婚、ゴネリルとリーガンのリアへの非道な振る舞いなど、シェイクスピアを通じて現代人にもお馴染みとなった物語の原型が語られる。だが、ジェフリー・オヴ・モンマスによれば、無事に復位したリア王の死後に後を継いだコーディリア女王は、ゴネリルの子マーガナスとリーガンの子クネダジアスという二人の甥に幽閉され、獄中で自殺する。クネダジアスの血を引く王たちは、リヴァロー、ガーガスティアス、シシリアス、ジェイゴー、キマーカス、ゴーボダックと続くが、ゴーボダックの統治について、『ブリテン王列伝』は素っ気なくこう伝えるのみである。

ゴーボダックには二人の息子が生まれ、一人はフェレックス、もう一人はポレックスと呼ばれた。父親が老いると、この二人の間にどちらが老人の後を継いで王座に就くかを巡って、争いが起こった。ポレックスは二人のうちでより貪欲であり、奇襲攻撃を仕掛けて兄を殺す計画を立てた。
（二巻一六節、八八頁）

この描写を読む限り、兄弟間の争いはゴーボダックの意見とは関係なく発生しており、老王自身が息子たちに国譲りをしたかったのかどうかは分からない。ゆえに、家臣団がその是非について御前会議を開く機会などありえない。つまり、サクヴィルとノートンの『ゴーボダック』は、フェレックスとポレックスの間に起こった争いに、長子相続制度の是非をめぐる議論という文脈を与え、一種の法廷劇として仕立て直したのだ。

とすれば、国の荒廃を嘆くユーブラスの最後の言葉が、ゴーボダック王の決断の愚かさを悔むよりも、むしろ健全な議会運営の必要性を説くものであるのは、当然のことかもしれない。

ああ、議会になんの希望があろうか、
議会からなんの希望も得られない時は。
議会は、合意によって召集されるべきものでありながら、
合意を得て閉会に至ることは稀なのだ。
……………………

一体いつ人々は、素直な心で意見を一つにするのだろう?
あるいはその間、領土はいかに治められるべきなのか?
いや、いや。そういう時にこそ、議会は開かれるべきだったのであり、
そこで、はっきりした世継ぎが王位に指名されるべきだったのだ。
明確な権利の称号を保ち、
人民の心に従順さを植えつけるためにも。

（五幕二場二五三―六七行）

ライリーが主張するように、この芝居でゴーボダックとエリザベスに宛てて二重写しに献じられているのは、彼女の結婚問題という具体的なひとつの政策にとどまるものではない。ここから読み取れるのは「新しい法的な実戦問題の登場」、すなわち「国王大権と法治制の間のヘゲモニーの奪い合い」（二〇七頁）が初期近代イングランド社会の重要な問題になってきたということである。

では、ここで『ゴーボダック』という戯曲が、法的な立場から相続問題に対して表明している態度はなんであろうか。一見すると、作品は明らかに長子相続制度を推奨し、土地の分割相続を批判している。だが、この芝居にはところどころ、長子相続制に反論するような主張も顔を見せているのである。例えば、一幕二場でフィランダーは、同じ権利を持つ兄弟には均等に土地を分け与えるべきだと

主張する。ここで大事なのは、フィランダーはただ単にユーブラスに反駁されるために存在するような引き立て役ではないということだ。その点で、第一幕の御前会議は、第二幕以降とはまったく異なる働きを持っている。第二幕以降では、二人の王子を取り巻く〈若くて無責任な食客の追従〉と〈賢明な老臣の苦言〉が、道徳劇めいた二項対立になっている。だが、ゴーボダック王の御前での会議では、三人がそれぞれ異なる立場を体現しているのであって、フィランダーが愚か者ではないことは、彼がポレックスの顧問官に任命され、食客の愚昧さと対照されていることからも明らかだ。『ゴーボダック』という芝居は、異なる意見を並列するという弁論劇の構造を超えた深層のレベルで矛盾する態度を表明しているのである。

理性の過ちか、宿命か

素朴に考えれば、長子相続制度に対するこのような作品の分裂傾向を、作者二人の伝記的背景に求めることができるかも知れない。サクヴィルもノートンもともに積極的に政治に関わっていた野心的な法学生であったが、階級にはそれなりの違いが存在した。サクヴィルのほうは生まれも良く、また長子であって、のちにはドーセット伯になり、大蔵卿を務めたが、ノートンはロンドンのはっきりしない家柄の出で、また長男ではなかった。とすると、長子相続制を当然のものとして受け止めているサクヴィルと、長子相続制によって割を食っているノートンとの間に存在する意見の相違が、『ゴーボダック』という作品の中で、まさに模擬裁判の様式に則って提示されていると考えられるのではなかろうか。

だが、ジョエル・オールトマンは、これに対してあっさり「否」という。この作品が内包する矛盾は、もっと深いレベルで生まれているものであり、それは同一の場面（どころか、時には一人の人物による同一の台詞の中にすら）見られるものだからだという。むしろ、この作品に見られるのは、まったく原理の異なる二種類の悲劇の共存である。第三幕の冒頭で、ポレックスとフェレックスの間に内戦が起こったという報せに打ちひしがれるゴーボダックは、これを残酷な神々が操る運命だと嘆く。だが、臣下たちはゴーボダックと同じ悲しみを共有はしない。フィランダーは、「負けてはなりません、王よ、そんな惰弱な絶望に」（三幕一場三〇六行）と叱咤激励し、ユーブラスはより厳しい諫言を口にする――「御覧なさい、これは最初から予期された危険です。／あなたが、王よ、最初に領土を分割して／その当面の支配権を息子たちに譲ってしまった時に」（三幕一場一三四―一三六行）と。

ただし、それによってゴーボダックの世界認識が変わるわけではない。第四幕で、兄王子を殺したポレックスの弁明を聞いた彼は、やはり「なんという残酷な運命が、／なんというつむじ曲りの宿命が、余をこのような巡り合わせに導いたのだ」（四幕二場一四二―四三行）と語る。彼にとってすべては人為を超えた運命（destiny）であり、宿命（fate）であり、巡り合わせ（chance）なのである。つまり、ユーブラスを始めとする臣下たちが法《ノモス》に則って訴えていることを、王自身は自然《フュシス》として捉えているのだ。オールトマンの表現を借りれば、「サクヴィルとノートンは、実際のところ二つの悲劇を書いたのだ――道義的な誤りに関する例証的な悲劇……と、ゴーボダックにのみ感知され得る宿命の悲劇を」(二五八頁)ということになる。

作品が有するこの二重性のために、『ゴーボダック』で描かれる兄弟の争いにも、二通りの見方が成立し得る。ひとつは、法《ノモス》に従って正しく考えれば避け得たはずの災いである。ユーブラスが苦言を呈したように、そもそもゴーボダックが長子相続制度を遵守していれば、兄弟が骨肉相喰む戦いをする必要もなかった。また、フェレックスとポレックスの兄弟同士が理性的に話し合っていれば、仮に内戦が起こったとしても、王家全滅の惨事にまでは至らずに済んだかもしれない。そう、驚くべきことに、この芝居でフェレックスとポレックスの二人が舞台の上で直接顔をあわせることは、一度もないのだ。

フェレックスはまず母親から、ゴーボダックが長子の権利を無視して王国を二人の王子の間で平等に分割しようとしていると告げられる(一幕一場)。実際に領土分割がなされると、ハンバー川の南側を領地としたフェレックスは、食客ハーモンの佞言に煽られて自衛のため(という名目で)軍備を始める(二幕一場)。顧問官ドーランは、「そのような疑い深い恐れをあなたの中にかき立てる者の/助言は悪しきものだし、その目的は恥ずべきことです。/このような自然の本性に反した敵意の種を蒔き、／兄弟お二人をともに滅ぼそうと、反逆に精を出しているのです」（二幕一場七三―七六行）と述べるが、結局聞き入れてはもらえない。

一方のポレックスも、食客のティンダーから兄が戦の備えを始めたと聞くと、機先を制してこちらから攻撃すると言いだす（二幕二場）。顧問官のフィランダーが、「自然の本性に反した戦に向かう前に、／まずは兄君に使いをやって理由を問いただしましょう。／ひょっとして裏切りの企みに満ちた作り話が、この者の耳に入ったのかもしれません」（二幕二場二九―三一行）と止めるが、これまた無駄なことである。兄弟殺しというこの芝居の決定的事件は、「疑惑」や「噂」をその原動力としている。それは一方的に伝えられ、不安の種を蒔くもので、法廷や議会における双方の弁論とは対極にあるものなのだ。

マイケル・アリオットによれば、中世以来の教訓話などの伝統を考えると、『ゴーボダック』が「先例を用いて現下の政治的懸案に影響を与えようとしていること自体は、ユニークではない。だが、サクヴィルとノートンが選んだ形式はユニークだった」（一一〇頁）。セネカ劇の形式を用いて教訓話を書こうという作者二人の試みは、王子達の間でまともな議論が成立しないことを示すのにも、役に立っている。プロット上重要な事件はすべて舞台裏で行われ、観客や登場人物はその報告を聞くというセネカ劇の構造が、兄弟二人が一度も顔を合わせないという不自然な構成を不自然に見せないばかりか、作品世界の原理に従えば、それが当然である気すらしてくる。とすると、『ゴーボダック』における兄弟殺しは、人間の理性が決定的に道を誤って、財産と相続について正しい議論ができない状態になっていることを訴えるものなのだ。

だが、これとは異なる、自然《フュシス》に基づいた兄弟殺しのイメージも、この芝居には繰り返し登場する。登場人物たちは、しばしばブリテン王国の祖とされるトロイのブルータスに言及する。例えばフィランダーは「この王国は、モーガンが殺された血生臭い内乱が／カンバーランドの従兄弟の剣に／占領地を奪われて以来、／かつて陛下の父祖であるブルータスの高貴な三人の息子に／十分に与えただけの領地を、持っています」（一幕二場一六一―六五行）と王に進言する。彼の発言の意図はおそらく、これだけ領土が潤沢なら王子二人に分け与えても文句は出るまいということなのだが、それにしては例証が巧みとはいえない。そもそも、領土の広大さを述べるのに、モーガン（『ブリテン王列伝』のマーガナス）とクネダジアスとの間の内乱に言及するだけでも不吉な感じがする。その上で、フィランダーは領土の分割統治がブリテン王国建国以来の伝統であるとして、ブルータスがロクリナスにイングランドを、カンバーにはウェールズを、そしてアルバナクタスにはスコットランドを与えたことに言及している。だが、両者を並列することで、フィランダーは図らずも、ブリテンの歴史を絶え間ない内乱の歴史として描き出してしまっているのだ。

フィランダーの後を受けて語りだすユーブラスは、その点を厳しく突いてゴーボダックに再考を促す。

偉大なブルータスは、この国全土の最初の君主でありましたが、
この地を丸々所有して、一つの地としてよく治めました。
彼は、領土の広さが十分なので、
三人の息子のために三つの王国を新たに作っても大丈夫だと考え、
領土を三つに切り分けました。今、陛下が国を二つに分けるのと同じです。
しかし、それ以来どれほどのブリトン人の血が流されたことでしょう。
切り裂かれた一つの土地を再び接ぎ合わせるために。

（一幕二場二七〇―七六行）

ユーブラスの概括に従えば、最初の王であるブルータスは、領土分割という過ちを犯した最初の王でもあることになる。爾来それほど争いが続いたのなら、ブリテンに内乱がなかった時期とは、一体いつなのだろう？　これでは、悟性が人をどう導こうとも、議会がどれほど弁論を重ねようとも、ブリトン王国が連綿と内乱を繰り返すのは、それはそれで自然の理という感じがしてくる。人とは殺し合うものであり、兄弟は憎み合うものなのだという、ユーブラスが伝えたいこととは逆の主張までもが、この引用からは滲み出てしまっているのだ。

さらに、第三幕冒頭のゴーボダックの嘆きによって、この「人間理性とは異なる自然の法」という

考え方には、ブリテン建国以前に遡る神話的な裏づけまでもが付与される。王によれば、老いた彼が息子達の反目によってこれほど苦しむのも、ブリトン人がトロイを滅ぼしたアエネアスの子孫であるという呪いのためだ――「不幸なプリアモス一族の殺害が、／イリオンの陥落が、その土地を鎮めさせず、／彼らは未だ満足できないのだ。今なお続く怒りが／余らの命をつけ狙い、最果ての海からでも／滅ぼされたトロイの末裔が追って来るのだ」(三幕一場六一―一〇行)。とすれば、ブリテンに相続をめぐる争いが絶えないのは、神話以来の宿命であり、人智でどうこうできるものではない。ゴーボダックの世界観の中では、セネカ劇が強く訴えかけてくる終わりのない復讐の連鎖が、ブリテンの国土にまで到達し、覆い尽くしてしまおうとしているのだ。

『ゴーボダック』は、エリザベス一世に対する教訓劇であると同時に、模擬裁判の形式を援用しながら土地の分割相続の是非を論じた、法学生向けの弁論劇でもある。いずれの場合でも、その主張は明確だ。作品は分割相続を退け、ただ一人の相続人を指定することを支持している。だが、それでいてサクヴィルとノートンは、「宿命」という抜け道をも用意した。この抜け道は不敬罪を避ける用心だったかも知れないし、もっと単純に、本作が引き継いだローマ悲劇の伝統が、法廷弁論という別の伝統を重なりつつずれながら生み出す意味のゆらぎを、サクヴィルとノートンが良しとしたことを示すのかも知れない。いずれにせよ、『ゴーボダック』は、長子相続制度を支持しながらその不可能性を示唆し、国家の統一と安寧とを、その分裂と崩壊を見せつけることを通じて謳う。

ここには、カトリック的世界観に基づいたサイクル劇が最終的に再会と和解を描いた、兄弟の権利争いという主題に、『ゴーボダック』に染み透ったルネサンスの息吹が上書きされたさまを見て取ることができるだろう。兄弟喧嘩はもはや神意《プロヴィデンス》によって解決され得るものではなく、権利関係を論じ尽くして合理的に納得するものである。だが、セネカ劇から援用された復讐のイメージが、そこには常に決裂の危険が潜んでいることを同時に告げている。ルネサンス人文主義は、人間性への信頼のみならず、絶望の感覚をもイングランド演劇にもたらしたのだ。

▽**註**

＊01　自己成型の理論的な定義については、Greenblatt の序論、およびスペンサーを論じた第五章に詳しい。

＊02　以下、ムート・ブックからの引用はすべて Baker and Thorne に拠る。また、拙訳は Baker and Thorne が原文に併記した現代英語訳からのものである。

＊03　弱強五歩格で脚韻を踏まないブランク・ヴァースと呼ばれる形式が、英詩で初めて用いられたのは、サリー伯ヘンリー・ハワード（一五一七?—四七）による英訳版『アエネーイス』（一五五七に死後出版）だが、これを演劇に活用したのはサクヴィルとノートンである。サー・フィリップ・シドニー（一五五四—八六）は、『ゴーボダック』の言葉遣いを「壮麗なスピーチと、響きの良い語句に満ちて

いる」と称えた（三八一頁）。

＊04 『ゴーボダック』宮廷上演における政治的な献策の背景については、Marie Axton, *The Queen's Two Bodies: Drama and the Elizabethan Succession* (London: Royal Historical Society, 1977) に詳しい。

第三章

『お気に召すまま』における「もしも」の効用

『ゴーボダック』が提示した、兄弟の相続争いに関する絶望的なヴィジョンは、テューダー朝の悲劇のみならず喜劇にも部分的に共有され、大団円に至るために乗り越えるべき障碍としてはたらくことも多かった。『から騒ぎ』（一五九八頃）に登場するドン・ジョンなどは、その好例といえよう。だが、「弟が逃亡したとか言っていなかったか？」（五幕一場一九四行）というドン・ペドローの一言で、作中から姿を消してしまう彼とは違い、『お気に召すまま』（一五九九頃）では、最後まで兄弟の問題が重要な機能を果たしている。

そもそもこの作品は、サー・ロウランド・デ・ボイスの三男オーランドーが、老僕アダムを相手に、父の遺言を確認する場面で幕を開ける――「こんな次第で遺書により、わずか千クラウンが僕の取り分として遺され、またおまえが言うように、父の祝福にかけてぼくをきちんと育てるようにと、兄が命じられたのだ。さて、そこからがぼくの悲しみの始まり」（一幕一場一—四行）。批評家たちは、長子オリヴァーへの不満を託つこの台詞のうちに、長子相続制によって世襲財産から締め出された弟たちの怨嗟を読み取ってきた。確かにこの喜劇は、シェイクスピアが材源としたトマス・ロッジの散文ロマンス『ロザリンド』（一五九〇）に比して、兄弟関係の軋轢を強調する傾向にある。『ロザリンド』では赤の他人同士であった、自身の領地を追われる老公爵と簒奪公フレデリックが、『お気に召すまま』では兄と弟に書き換えられている点などは、その好例だろう。

だが、シェイクスピアが描く兄弟の関係性は、一見するよりも多様で複雑だ。まず、公爵兄弟の仲は、ちょうどオリヴァーとオーランドーを交差させたように抑圧者と被抑圧者が逆になっており、弟が被害者の立場にあるとは一概に言えないようになっている。さらに、ロザリンドとシーリアという擬似姉妹（アーデンの森では兄妹）が、それぞれ交差的な結婚をする——兄の娘であるロザリンドは弟であるオーランドーと、弟の娘であるシーリアが長子のオリヴァーとそれぞれ結ばれる——ことによって、二組の兄妹関係の生まれた順序による列位は、最終的に曖昧にされてしまうからだ。

本章では、『お気に召すまま』における兄弟の関係に着目し、この作品が兄弟関係について一元的な解釈や解決策を撥ねつけていることを指摘する。さらに、争い合う男兄弟たちとは対照的に、擬似姉妹であるロザリンドとシーリアのホモソーシャルな絆が、敵対的でない血縁関係の可能性を提示していることについても考えてみたい。

「わたしの兄がわたしの主人」

一六〇三年に、ジェイムズ一世としてイングランドの王座に就いたスコットランド王ジェイムズ六世は、若き日より自らの政治思想を書物の形にすることに熱心だった。彼の政治的な文書のなかでも特に有名な『バシリコン・ドロン』(ギリシャ語で「王の賜物」の意)は、一五九四年に誕生した皇太子ヘンリーに向けて帝王学を説く形式の書物である。まず一五九九年に私家版が七部印刷されたが、エリザベスが没した一六〇三年三月二四日を挟むその前後に、相次いでエディンバラとロンドンで普及版が出版されたので、いわば、イングランド王としての彼の所信表明としても使われたことがわかる。

この書物は三部構成になっており、第一巻では良きキリスト教徒としての心構え、第二巻では良き君主としての心構え、第三巻では王としての日々の振舞について指南している。第二巻の後半で、ジェイムズが息子に統治領の相続について語りかける箇所は、明確に長子相続制を支持して、領土の分割統治を諌めている。

そして、もしも神の計らいでおまえに三つの王国のすべてが与えられたら、おまえの長男をイサクとして、彼にすべての王国を遺しなさい。残りの子らには、私的財産をあげればよろしい。さもないと、王国を分割することによって、子孫の間に不和と軋轢の種を撒いてしまうだろう。それは実際に起こったことなのだ、この島を分割し、ブルータスの三人の息子であるロクリナス、アルバナクタス、カンバーに割り当てたことによって。（四二頁）

ここでジェイムズは、キリスト教とローマ由来の建国神話という二種類の権威を重ねて、畳かけるように持論を補強している。『ゴーボダック』においては、争いの不可避性を偲ばせていたブリテン建国神話は、ここではむしろ、ブルータスの失敗を踏まえて後継にすべてを一括相続させる必要を説く根拠になっている。ここからは、イングランド、スコットランドおよびウェールズの合同と中央集権化に意欲的だったジェイムズの政治思想がはっきり見て取れるだろう。言うまでもないことだが、ジェイムズの治世には、絶対王政の理論化が進んだのであって、部分的に意見が重なっているからといって、『ゴーボダック』のユーブラスとジェイムズを重ねてはいけない。むしろ、議会の必要性を説いたユーブラスと王権神授説を唱えたジェイムズが、ともに同じ神話的イメージを用いていることに注目すべきだろう。

また、右の引用におけるイサクへの言及は、「ローマ書」の一節を意識している。「アブラハムの子孫だからといって、皆がその子供ということにはならない。かえって、『イサクから生まれる者が、あなたの子孫と呼ばれる。』すなわち、肉による子供が神の子供なのではなく、約束に従って生まれる子供が、子孫と見なされるのです」（九章七―八節）と、パウロは言う。だが、嫡出の長子が「約束の子」だと訴えるジェイムズが用いた表現は、興味深いイメージを孕んでいる。「おまえの長子をイサクとしなさい」ということは、「おまえの次男以下をアブラハムの庶子イシュマエルとして、荒野に放ちなさい」と言外に言っていることにはならないだろうか。もちろん、現実において嫡出子と非嫡出子の間には、超えがたい彼我の差があったはずだ。しかし、当時の人々の文学的、宗教的想像力の中には、聖書を背景として次子を庶子の一種とするイメージが流布していた可能性を看過してはいけないだろう（この点については、本章の後半および次章の『あらし』論で、もう少し詳しく触れる）。

かくして、ジェイムズが明確に長子相続制度を支持し、それを権力と秩序の基盤であると述べていることの背後には、この制度を取り巻いていた潜在的な社会不安が逆説的に透けて見える。そもそも、イングランドの長子相続制度は、日本の江戸期のそれなどと比して、純血性をきわめて重視する傾向にあった（初期近代イングランド人に、養子をもらって家督を継がせるなどという考えは、まず思い浮かばなかっただろう）。だが、直系の嫡出男子を重視するあまりに、男子に恵まれない家では娘を相続人として、一世代をまるまる次の男子のための借り腹とみなすことになった。嫡出男子以外を相続人と認めない制度は、構造的に女相続人を可能にするという逆説を孕んでいたのである。ジェイムズ自身の母メアリ・ステュアートも、彼の誕生後に強制退位させられるまではスコットランド王室の正当な相続人であったことは、ことさら言うまでもないだろう。

また、一歳で王位に就いたジェイムズの治世が安定していたわけでもなかった。『バシリコン・ドロン』に見られるジェイムズの理論武装癖にしても、未成年中はずっと宮廷内有力者の宗教的・政治的な抗争に巻き込まれていたことや、ジョージ・ブキャナン(一五〇六—八二)という、人民主権を訴えて専制君主殺しを是とする宗教改革者によって教育され、それに反発したことが、その背景にあるだろう。実際、長子相続制度は新たな社会不安を生んだ。テューダー朝の時代にこの制度が推し進められたことによって、一七世紀頭頃には紳士階級の次男以下の息子《カデット》たちが、新たな潜在的な社会不安分子となっていたのだ。トマス・ウィルソンによる一六〇〇年のイングランド国勢調査報告書は、弟たちの置かれた状況を、悲憤を交えて伝えている。

次男以下の弟たちの数については、わたし自身もその一人に入るものの、言うことはできない。しかし、彼らの状態についてなら、わたし以上にそれを知る理由のある者も、またそれを讃える理由を持たない者もいない。彼らの現状は、紳士階級の人間にとっては、あらゆる身分のなかでももっとも惨めなものだ。……それにしても、父親が次男以下の子供たちに良かれと思うだけのものを遺してやることは可能なはずだが、習慣というものがひどい消耗性の熱病を世の父親にもたらし、彼らを侵したために、また彼らはたとえ枝葉が枯れようと一門の親株に美々しい外観を遺したいというあまりに愚かな願いを持っているので、弟たちに財産を残そうともせず、実にわ

たしの兄をわたしの主人にせざるを得ないのだ。（二一四頁）

「実にわたしの兄をわたしの主人にせざるを得ない」(my elder brother forsooth must be my master)――客観的な視点で一般論を述べていたはずのウィルソンは、引用箇所のおおよそ半分を占める長い一文をしたためるうち、いつしか一人称の繰り返しを用いた個人的な言い回しに移行してしまう。法的拘束力のないはずの慣習法に縛られ、兄に対して従属的な関係を結ばざるを得ないという、弟の身分に寄せる社会的義憤は、自らが社会の周縁へと追いやられ、浮浪化することへの個人的な恐れや不満と密接に結びついているのだ。

やや時代を降ったジョン・アールの『小宇宙誌』（一六二八）においても、〈弟〉を定義づけるものは兄への従属と浮浪化である。アールによれば、「弟を破滅させるのは家門の誇りというやつで、それを長男の爵位が支えねばならず、爵位を支えるのは弟の乞食暮らしというわけだ。……曲がりくねった道を行く者は、国王勅許の街道に出没して追い剥ぎを働く。そこでついには仮面を剥がれ、見事一打ちでタイバーン送りとなるが、兄の体面（愛情ではない）が恩赦を導き出してくれるだろう」ということになる（一二二－一二三頁）。そして、これこそまさしく、『お気に召すまま』でオーランドーが、自分のありうべき未来として想像する姿なのだ。二幕三場で、オリヴァーに命を狙われているので家から逃げろとアダムに告げられたオーランドーは、途方に暮れたようにこう返す。

オーランドー 何だって、おまえはぼくにここを出て乞食をしろというのかい？
それとも、卑しくいかつい太刀で武装して
公道で泥棒暮らしをやれとでも？
（二幕三場三一―三四行）

オーランドーの置かれたこの苦境を、初期近代における長子相続制の観点から解釈した嚆矢は、なんといってもL・A・モントローズであろう。彼は、兄弟の不仲を強調する一幕一場に注目し、初期近代イングランドにおいては〈兄弟〉が個人的な関係ではなく、社会システムの一部であったために、実の兄弟が精神的な紐帯で結ばれることはほぼ不可能に近かったのだと主張する。彼によれば、個人の善悪ではなく社会構造の問題として、初期近代演劇における兄弟の表象は、必然的に〈兄弟殺し〉の様相を呈することとなる――「わたしがここまで論じてきた場面で深くこだましているのは『創世記』の第四章、カインとアベルの物語であり、シェイクスピア劇に登場するもう一人の兄弟殺し［クローディアス］が、『人類最古の呪い……兄弟の殺人』と呼ぶものである」（四六頁）。

モントローズの主張では、長子相続制度下の兄弟は常にカインとアベルの間柄になる。だが、『お気に召すまま』は特異な作品で、他のシェイクスピア劇に登場する兄弟――前述のドン・ペドローとドン・ジョンのほか、『ハムレット』の先王とクローディアス、『リア王』のエドガーとエドマンドなど

――に起こるような、片方の死や放逐といったかたちでの解決を良しとしない。四幕三場で、弟に命を救われて改心したオリヴァーがロザリンドに差し出す血染めのハンカチが象徴するように、この喜劇は“blood brothers”という語句の意味を書き換えて、「血を分けた兄弟」を、行為によって結ばれる「血盟の兄弟」に変えてしまうのだ。つまり、『お気に召すまま』は、初期近代イングランドの兄弟関係が内包していた敵対性を骨抜きにし、それぞれに異なる家督を継がせることによって、長子相続制度を是認していることになる。

だが、兄弟表象を社会経済的問題から読み解く彼の議論には、ややこじつけめいたところもある。そもそも、長子相続制度の犠牲となる弟の姿を、カインとアベルの物語で表現し得るのだろうか？すでに序章で確認したように、「創世記」における兄弟たちは、正妻サラによって追放されたアブラハムの長男イシュマエルといい、弟ヤコブに父の祝福を盗まれたエサウといい、常に兄のほうが割りを食うことになっており、伝統的な聖書解釈では、これは人知を超えた神の計らいを示す。長子が持てる者となる構造的な経済格差を説明するのに、適切なモデルとはいえないだろう。

袋小路の兄弟関係

では、『お気に召すまま』にカインとアベルの姿を見て取ることは無理なのだろうか。それとも、長子相続制の問題を強調することのほうが不自然な解釈なのだろうか。近年の批評では、双方の視点から読み直しが図られているようだ。例えば、M・S・ロビンソンは、『お気に召すまま』を中世ミステリー劇の系譜として読むM・S・ディクソンの議論を受け、オリヴァーとオーランドーがカインとアベルに擬せられるとすれば、それはアウグスティヌスの『神の国』が報じる神学的枠組み――地の国と神の国との戦い――に拠るべきだと主張する。[*01] アーデンの森は、カイン的な地の国の住人（フレデリック公とオリヴァー）が、改心し神の国へ向かい出すという意味で、変容の場なのだ。こうした読み直しにはある程度説得力があるが、長子相続制の問題を完全に捨象することも、また問題だろう。シェイクスピアは明らかに、この問題を自作に取り込もうとしているからである。

ロッジの『ロザリンド』が材源とした、作者不詳の韻文ロマンス『ガムリンの物語』（一三五〇頃）では、兄弟の父であるサー・ジョン・バウンディスが兄弟三人に公平に財産を分与することを明言している。父の遺志を捻じ曲げて、未成年であった末子を搾取するのは、サー・ジョンが相談役とした騎士と長男なのだ。さらに『ロザリンド』に至っては、父の遺言により、長男はきっかり三分の一の土地（一四プラウランド）を家屋や銀食器とともに相続するが、次男の取り分が少々少なめ（一二プラウランド）で、その分が末子に付加されてもっとも多い一六プラウランドとなる。つまり、父の寵愛を受ける三男が一番多くの財産を相続することになっているのだ。これに対し『お気に召すまま』は、オーランドーに、世襲財産はすべてオリヴァーのもので自分の取り分は渡し切りの千クラウンだけだと冒頭で確認させることにより、先行作品とは違ってこの劇世界では長子相続制が機能しているのだと観客にはっきり告げているのである。

だが面白いことに、オーランドーが長子相続制の批判者かといえば、そんなことはない。本章の冒頭で引用した彼の台詞をもう少し追ってみれば、彼の怒りは世襲財産を相続できないことよりはむしろ、オリヴァーが、オーランドーに紳士教育を施せという父の遺言を守らずに、「ぼくを家で田夫野人のように育て――もっと正確に／言えば、家に留め置くだけで育てようとしない」(一幕一場六―七行)ことに由来するものだと分かる。同様に、この直後にオリヴァーが登場した時も、オーランドーの物言いは兄に対して批判的ではあるが、長子相続制についてはしごく従順である。

オリヴァー　自分が誰の前にいるのか、お分かりだろうね?

オーランドー　ええ、眼の前にいる人がぼくを知っているよりも、ずっと良く。あなたは一番上の兄さんです。その高貴な血筋に鑑みて、あなたもぼくを同様にみなしてもらわねば。諸国の慣習は、長男であるあなたを、ぼくより上の身分だと認めています。けれど同じ慣例に従えば、仮にぼくらの間に二〇人もの兄弟がいたとしたって、ぼくに流れる血を取り去ってしまうことは出来ません。ぼくの中にもあなたと同じくらいお父さんの血が流れています。先に生まれたあなたが、お父さんの威厳

により近い点は認めざるを得ませんが。　（一幕一場三六―四三行）

このような、長子相続に基づいた兄弟間の順列を所与のものとして認めた上でのオーランドーの弁明を、『リア王』のエドマンドと比較すれば、その違いは歴然だろう。[*02] グロスターの次子であることに加え、庶子という不名誉を負わされたエドマンドには、「諸国の慣習」に従う理由など何もない。かくして彼は、人間社会の法秩序と対立するものとしての自然を賛美し、「自然よ、おまえこそが俺の女神だ」（一幕二場一行）と言い放つ。[*03]「何故この俺が／慣習法の呪いに服従し、のめのめと／国が決めた細かい法律が俺を搾取するままに任せておかねばならんのか」（一幕二場二―四行）と憤り、「嫡出のエドガーくんよ、おまえの土地は絶対に俺がもらう」（同一六行）と宣言する彼こそは、長子相続制への急進的批判者であり、不遇を託つ数多の弟たちの不満を代弁する者と言えよう。

ただし、「たかだか一二ヶ月、一四ヶ月ばかり兄より遅く／生まれたから？　何故『庶子』だと？　だから『卑しい』のか？」（同五―六行）と呟くエドマンドは、この独白で（意図的に？）自分が庶出であることと次子であることを混同しているように思われる。いうまでもないが、彼が後から生まれたことと庶子であることには、なんの関係もない。彼はいわば、グロスターの財産を継ぐにはより深刻な、庶子であるという障碍を、遅れて生まれたという問題にすり替えて、自分を説得しようとしているのだ。だが、既述のように、次男以下の子供と庶子を重ね合わせる文学的想像力が当時の人々の間に共有されていたとするならば、このような詭弁にはそれなりの説得力があったように思われる。それゆえにこそ、エドマンドのこの台詞は忘れがたい魅力を放っているのではないか。

だがオーランドーは違う。彼はむしろ、積極的にそのようなイメージに論駁しなければいけない立場だ。「ぼくの中にもあなたと同じくらいお父さんの血が流れています」と断言する彼は、母親の存在を無視することで、逆説的に自らの嫡出性を主張している（グロスターがケントに向かって、エドマンドのことを「こいつの母親は美人でなあ。この子をこしらえる時には随分楽しんだから、この小僧は認知してやらんと」（一幕一場二〇―二一行）と説明するのとは対照的だ）。たとえ緑林に迷い込む羽目になろうとも、嫡子であるオーランドーは法と秩序の側に存する人間なのだ。

この点を重視するズーヘア・ジャムーシは、モントローズの議論を修正し、『お気に召すまま』が長子相続を是認しているのは比較的自明のこととした上で、本作品における兄弟表象の真の主題は、相続権の所有者がそれに見合う資質を持ち合わせなかった場合の社会的危険性であると主張する（一三七―四九頁）。弟であるフレデリック公が兄の老公爵を追放することは、分かりやすいかたちで、権力の簒奪を示している。だが、作中の彼とオリヴァーの近親性からは、デ・ボイス家の新たな家長となったオリヴァーがオーランドーを正しく遇しないこともまた、一種の簒奪だということが窺えるのだ。いわばジャムーシは、ロビンソンとは対照的に、聖書解釈学的な要素を切り捨てる立場から兄弟と相続の問題を器用に読み解いているわけだ。しかし、眠るオリヴァーを守らんとしてオーランドーが雌獅子と戦う場面が、中世の宗教寓話の調子で語られることからも明らかなように、この兄弟から聖書のイメジャリーを完全に排除することも、また難しいだろう。[*04]

ここで興味深いのは、シェイクピアが同時代の社会問題である長子相続制を作品に導入したことで、オリヴァーとカインの姿がより強く重なってくることだ。なるほど『ロザリンド』においても、長男のサラディンは末弟のロセイダーを教育から遠ざけ、「生まれは紳士でも、新たに作り直して、育ちによって田夫にしてしまおう」とする（一〇頁）。だがそれは、末子にして最大の土地を相続したロセイダーから財産を奪おうとしてのことであり、即物的で分かりやすい動機に基づいている。だが、既に世襲財産を相続しているオリヴァーには、オーランドーをことさらに軽視する実利的な動機は存在しないのだ。かくて、力士チャールズを焚きつけて弟を倒させせんとしたオリヴァーは、一人こう呟くことになる。

奴の一巻の終わりを見られればいいのだが。この魂に誓って——自分でも何故かは分からんが——あいつより憎い奴はいないのだから。しかし奴は、いかにも生まれが良い。教育を受けていないのに教養があり、色々立派な考えを持っていて、何か術でもかけてるんじゃないかってほど人に好かれて、世間の心を、なかんずく奴をもっともよく知る俺の使用人たちの心をがっちり掴んでいるものだから、こちらはすっかり軽蔑される始末だ。

（一幕一場一三九–四四行）

物質的動機を欠くオリヴァーにオーランドーを憎ませるとなると、「何故かは分からんが」という弁解めいた語句が入らざるを得ない。だがオリヴァーはそれに続き、これが金銭とは別種の動機であることを――生まれついて神と人とに祝福された弟への、嫉妬と怒りによるのだと――言葉を尽くして説明する。この精神的動機こそが、オリヴァーにカインの陰を背負わせているのだから、この芝居においては聖書のイメージと同時代の社会経済的文脈が、互いに矛盾するにもかかわらず、分かち難く絡み合っていることになる。

その上、オーランドーもまた、必ずしもオリヴァーが訝しむほど周囲の誰彼に好かれる人物なのか一概に断定できない向きがある。当時の観客にとって、彼は一体どう見えていたのだろうか。周知のように、『お気に召すまま』は、長らく制作および初演の年代の同定が困難であった。だが、ジュリエット・デュシンベールが通称「スキャンフォード文書」と呼ばれるブラックフライアーズ座が演じた戯曲の公式記録を周辺史料と併せて精緻に読み、『お気に召すまま』の初演は一五九九年二月二〇日にリッチモンド宮殿で行われた宮廷上演という説を提示して以来、これが有力な説となっている。[*05] しかし、クリス・フィッターは、たとえ初演が宮廷上演であったとしても、この作品は最初からグローブ座での上演を射程に入れて作られており、公衆劇場の観客相手には、同じ台詞がまったく異なる効果を持つように二重の意味が込められているのだと主張する。[*06]

芝居が始まるやいなや、自分がもらえるのは「わずか千クラウン」だと言い放つオーランドーの姿は、それが現代の貨幣価値に換算して二〇万ドルをゆうに超えることを考えると、舞台の真ん前に陣取った平土間席の客には共感不可能だったはずだとフィッターは指摘する。ならば、オリヴァーが述べる「自分が誰の前にいるのか、お分かりだろうね?」という皮肉は、眼前の観客を意識した直示的なジョークだったのではないか。フィッターの議論は、オーランドー(と彼の価値観を内面化したアダム)がいかに不愉快な人物になり得るかを強調しすぎるきらいがあるが、作品が異なる観客反応を念頭においた多層的な意味を内包しているのだという指摘は興味深い。

とすると、モントローズの議論の矛盾は、それ自体が図らずも作品の核心をついているのではなかろうか。要するに、この芝居の兄弟表象に一貫した解釈を与えようとする試みは、いずれも破綻せざるを得ないのだ。『お気に召すまま』のテクストは、どう読んだところで必ず兄弟表象の解釈に矛盾が生まれるように仕組まれているのである。

女性たち、そして万能の仲裁人

男兄弟の関係を読み解こうとする試みが、なべて袋小路に突き当たるとすれば、それを超越しているように見えるのが、ロザリンドとシーリアのホモソーシャルな絆だ。二人はそもそも、実際に登場する前から、力士チャールズによって、「あの二人ほど愛し合った女性はかつてありません」（一幕一場九七行）と、観客に紹介される。続く一幕二場でも、ル・ボーがオーランドーに告げる「二人の愛情は／血の繋がった姉妹の絆よりも熱烈なのです」（二四二―四三行）という言葉によって、二人の親密性は強調されている。

もちろん、ここにも序列と敵対関係が生まれる可能性は潜んでいる――フレデリック公が娘に向かい、「おまえはばかだ。あの女がおまえから名声を盗んでいるのだぞ／おまえはもっと光り輝き、立派に見えることだろうに／あの女がいなくなれば」（一幕三場七四―七六行）と諭すように。だがこれは、彼の視点から見た兄弟関係を二人に押しつけているに過ぎない。そして、シーリアは男性的な価値観を内面化しないのだ。先に引用した父の勧告に対し「ではわたしにも同じ宣告を下してください。／彼女と離れては生きていけません」（一幕三場七九―八〇行）と答える彼女には、連れが自分の「名声を盗んでいる」というカイン的なルサンチマンを抱えている様子は見られない。

また、彼女が世襲財産にとらわれていないことも、作中では何度か示される。例えば、一幕二場で二人が初めて登場する時、シーリアはロザリンドに財産の復帰を約束する。

シーリア　ご存知のように父にはわたしのほか子供はいないし、これから生まれる見込みもないから、絶対に、彼が天に召されたらあなたが相続人になるのよ。父があなたのお父様から力づくで奪ったものを、わたしがあなたに愛情で返すの。名誉にかけてそうするわ。誓いを破ったら、怪物になってしまうがいい。（一四一一八行）

「父（男性）が力で奪」ったが、「わたし（女性）が愛情で返す」という対句表現で端的に示されたシーリアの相続に対する色気の無さは、ロザリンドが宮廷から追放される際にも再度示される。彼女に同行することを申し出たシーリアは、「父は別の相続人を探せばいい！」（一幕三場九三行）と述べ、自らアーデンの森へ伯父を探しに行こうと提案するのだ。

もちろん、だからと言って、彼女たちが金銭と無関係な牧歌世界の人物だと措定することは正しくない。批評家たちがつとに示しているように、アーデンの森はエデンの園ではなく、二幕四場で二人に出会った羊飼いのコリンの説明によれば牧草地の囲い込みが進む、貨幣経済に曝された土地である。[*07] そこで売りに出された小屋を二人が手に入れられるのも、シーリアが出発前に「宝飾品やその他金目のものを掻き集め」（一幕三場一二八行）ることを忘れなかったが故なのだ。だがそれでもなお、自分たちではなくコリンの名義で不動産を買う二人は、世襲可能な財産から一線を画していると言えよう。

これに関して、コリンがロザリンドとシーリアを呼ぶ呼び方は示唆的だ。三幕二場で、彼はタッチストウンにロザリンドのことを「新しい女主人の兄（my new mistress's brother）」（七五行）だと説明している。この台詞により観客は初めて、森における二人の仮想的アイデンティティであるギャニミードとアリイーナの関係を知らされるのだが、彼らの間に家父長制的な序列を見つけるのは難しい。コリンはその後、「お嬢様と若様（Mistress and master）」（三幕四場四一行）および「若様とお嬢様（Our master and mistress）」（五幕一場五五行）と、二人に二度言及するのだが、この交差配列になった併記は、二人がまったく同格であるような印象を与える。ロザリンドとシーリアは、作中の男兄弟たちには築くことができなかったオルタナティヴな血縁関係を表しているのである。

これに関して、ヴァレリー・トラウブがジェンダー論の観点から行なった研究は、興味深い知見を与えてくれる。彼女は、『十二夜』と『お気に召すまま』を比較検討し、前者がアントーニオを犠牲にしてホモエロティックな欲望を周縁に追いやり、最終的には家父長制を再強化するのに対し、後者は家父長制を支持しながらも同時に掘り崩し、巧妙な戯れを行っているのだとする（一三五―六〇頁）。トラウブに従えば、雌蛇を追い払うオーランドーは、女性的ジェンダーを抑圧することで男同士の絆を回復している訳ではない。オリヴァーの口中に侵入しようとする蛇は雌であると同時に男根の象徴でもあって、この作品は最後まで欲望の多義性と揺らぎの可能性を捨てないのである。

この可能性を端的に示しているのが、ロザリンドが好んで用いる「もしも（if）」という語だ。[*08] とりわけ五幕二場の最後で、彼女がシルヴィアス、フィービー、オーランドーに向かってそれぞれ、「もしできるものなら、力になろう。もし愛せるなら愛してあげよう……もし女と結婚するなら、おまえと結婚しよう……もし男を満足させるなら、君を満足させよう」（一〇二―六行）と「もしも」を多用した表現で、事態の収束を約束する場面だ。「もしも」という語は、場の文脈に応じて欲望が揺らぐことを示し、ロザリンドという人物が異性愛者であるか同性愛者であるかを固定化することはないからだ。

「もしも」の効用に注目したトラウブの議論は、慧眼と言える。だが、『お気に召すまま』における「もしも」の重要性は、エロティックな欲望に止まるものではない。例えば、アーデンの森で老公爵と遭遇したオーランドーが、非礼を詫びる言葉遣いを見てみよう。「もし、かつて良き日を見た身なら／もし、かつて教会の鐘が鳴る場にいたのなら／もし、かつて身分高き人の食卓に就いたなら」（二幕七場一一二―一一四行）と、彼は「もしも」の頭語反復で老公爵の慈悲心に訴えている。この作品において「もしも」はしばしば、頓挫した人間関係を解きほぐすため、許容的な想像力を喚起するために、使われる語なのである。

この点から見て特に重要なのは、大団円の直前にタッチストウンが老公爵とジェイクイズに、自分がかつて決闘に巻き込まれかけた話をする場面だろう。彼は、イタリアの紳士向け作法書を揶揄するような言い方で、「丁重な反駁」から「直接的虚言者呼ばわり」に至る侮蔑表現の七段階を説明したのち、だがあっさりとそれを転覆させてしまう。

　これら全部の中でも、直接的虚言者呼ばわりさえ避ければいいんだし、それすら「もしも」を使えば避けられますよ。わたしの知ってる話で、判事が七人がかりで解決できなかった決闘がですよ、たまたま当事者同士で会った時に、片方がひょいと「もしも」のことを思いついたんですねえ。「もし君がそう言ったというなら、ぼくもこう言った」ってね。すると二人は握手を交わし、兄弟の誓いを立てました。「もしも」こそ唯一無二の仲裁人。「もしも」には大した威徳がありますよ。

（五幕四場八六―九二行）

一見本筋と関係ない冗談のようでありながら、「もしも」を媒介にこじれた人間関係が収まり、新たな兄弟の関係が結ばれる様は、『お気に召すまま』という作品そのものが公爵家とデ・ボイス家を和解へと導くやり方を、見事に要約してはいないだろうか。「もしも」は、まだ現前していない可能性を受け入れる言葉であり、硬直した価値観の対極にあるからだ。同様に、批評家という名の判事が何人がかりで緻密に腑分けしようとも、兄弟の緊張関係を理詰めで解きほぐすことはできない。いつ悲劇に転じてもおかしくない敵対関係を大団円に導けるのは、結局のところ「もしも」を受け入れる許容的な想像力だけなのだ。

実際、四幕三場で血染めのハンカチを持って現れたオリヴァーは、「も、い、もしもあなたたちがわたしを通じ、／このわたしが何者であるかを知ったなら」（四幕三場九〇―九一行、傍点筆者）、自分の恥になるようなことを伝えたいと、ロザリンドとシーリアに向かって告げる。散文ロマンス『ロザリンド』は、ロセイダーが森でライオンに狙われている睡眠中の男を見つけ、「顔つきからそれが兄のサラディンであることに気づき、深い激情に襲われた」(九四頁) 様子を具体的に描き、和解に至るまでの経緯を一〇頁近くにわたって説明していた。これに対し、『お気に召すまま』は、兄弟の和解の場を舞台で実際に演じるような野暮な真似はしない。この喜劇においては、「もしも」ロザリンドとシーリアがそれを認識すれば、それが兄弟の和解の十分な証となるのだ。

思えば、フレデリック公とオリヴァーが排他的なのに対し、ロザリンドとシーリアは基本的に包括的である。森へと向かう際、タッチストウンを一行に加えることを思いついたのはロザリンドであった――「もしも (what if) あのおどけた道化を/あなたの父上の宮廷から盗もうとしたらどうかしら?」(一幕三場一二三―二四行、傍点筆者)――が、シーリアもまた、これを二つ返事で受け入れた。この時のロザリンドの「もしも」が、第五幕における両名の「もしも」の連弾へとつながったのだ。

かくて、聖書的伝統に照らしても長子相続制に鑑みても、骨肉相食むより他なかった兄弟たちは、ロザリンドやシーリア、そしてタッチストウンが属する「もしも」という可能態の世界へ、結婚を通じてついに参入する。その「もしも」が体現する想像力を言祝ぐことこそ、『お気に召すまま』という芝居の仕事であったのだといえるだろう――「ハイメンの婚礼の絆のうちに/この八名は手を握り合え/もし真実がまこと喜ばしきものならば」(五幕四場一一七―一九行、傍点筆者) と、ハイメンが高らかに宣言するように。

▽註

＊01 Mimi S. Dixon, "Tragicomic Recognitions: Medieval Mysteries and Shakespearean Romance," *Renaissance Tragicomedy: Explorations in Genre and Politics*, ed. Nancy Klein Maguire (New York: AMS, 1987), 56-79 および M. S. Robinson, "The Earthly City Redeemed: The Reconciliation of Cain and Abel in *As You Like It*," *Reconciliation in Selected Shakespearean Dramas*, ed. Beatrice Bateson (Newcastle: Cambridge Scholars, 2008), 157-74 を参照。

＊02 『リア王』における長子相続制度の問題について、ロナルド・W・クーリーは、ケントに着目した興味深い指摘をしている。クーリーによれば、材源である『レア王実録年代記』(一五九〇頃)に登場する「ペリラス」を「ケント伯」と名づけ直すことで、シェイクスピアはケント州にのみ例外的に残存していた「ガヴェルカインド」と呼ばれる男子均分相続土地所有に、観客の注意を向けている。土地の分割相続で知られたケントをその領土に持つケント伯が、作中誰よりもはっきりとリアの分割相続策を批判するという逆説が、『リア王』において相続をめぐる問題がどれほど重要であるかを示しているのだ。Ronald W. Cooley, "Kent and Primogeniture in *King Lear*," *SEL* 48.2 (2008): 327-48 参照。

＊03 シェイクスピア作品の引用について本書が依拠する Norton 版は、一六〇八年の四つ折本、一六二三

年の二つ折本全集、一八世紀以降流布してきた両者の合本という三つの『リア王』のテクストが併記されている。本書ではそのうち、実際の上演台本にもっとも近いと考えられている四つ折本のテクストを使用している。

＊04 J・K・ヘイルは、蛇と獅子の組み合わせは、「詩篇」第九一篇一三節の「獅子と毒蛇」にまで遡る、伝統的なキリスト教的イメージだと指摘している。John K. Hale, “Snake and Lioness in *As You Like It*, IV, iii,” *Notes and Queries* 47.1 (2000): 79.

＊05 Juliet Dusinberre, “Pancakes and a Date for *As You Like It*,” *Shakespeare Quarterly* 54.4 (2003): 371-405 および Dusinberre, ed., *As You Like It* (London: Arden, 2006), 349-54 を参照。

＊06 Chris Fitter, “Reading Orlando Historically: Vagrancy, Forest, and Vestry Values in Shakespeare's *As You Like It*,” *Medieval and Renaissance Drama in England* 23 (2010): 114-41 を参照。M・A・ハントも、第二幕までのオーランドーには、物理的暴力に頼るという紳士らしくない傾向が顕著であることを指摘している（ただし、彼の主眼は、当初は血脈のみで自分は紳士だと訴えていた彼が、アーデンの森で振舞いとしての紳士の徳目を学ぶ過程にある）。Maurice A. Hunt, *Shakespeare's* As You Like It: *Late Elizabethan Culture and Literary Representation* (Houndmills: Palgrave, 2008), 105-31.

＊07 Richard Wilson, *Will Power: Essays on Shakespearean Authority* (New York: Harvester, 1993), 63-

82を参照。

＊08 『お気に召すまま』の中で合計一三八回使われる"if"という単語の発話者に注目してみると、ロザリンドが実に四一回で、第二位のタッチストウン（二四回）、第三位のオーランドー（一八回）を大きく引き離している。だが、ロザリンドとタッチストウンは共に、作中の重要な「もしも」の使い手であると考えて良いだろう。

第四章

学者の兄が学ぶべきこと

宮廷人の、武人の、学者の、眼差しが、弁舌が、剣が、
この美しい国の期待の星であり華だった方、
流行の鑑であり礼節の規範であった方、
見る人すべての注目の的だった方が、すっかり、すっかり壊れてしまった！

（『ハムレット』三幕一場一五〇—五四行）

『ハムレット』（一六〇〇頃）の三幕一場、ハムレットに「尼寺へ行け」と言われたオフィーリアは、こう言って泣き崩れる。彼女の知るハムレットは文武両道に秀でており、ルネサンス人が理想とした万能型の人間であった。しかし、観客が実際にそんなハムレットに出会えるわけではない。彼は芝居

が始まった時にはすでに憂鬱の気質に支配されており、常に喪服を着て、エルシノアの内部で胎動する邪悪なものを敏感に感じている。ルネサンス的な照応の観念に従えば、ハムレットが時代の関節が外れてしまったと嘆く時、小宇宙たる彼の身体もまた、調和を失っているのだ。

しかし、ハムレットが憂鬱であることは、彼がかつて優れた学者であったことの証左としてもはたらいている。かつてフランセス・イェイツが『エリザベス朝のオカルト哲学』で、アルブレヒト・デューラー（一四七一―一五二八）による《メランコリアI》（一五一四）や《書斎の聖ヒエロニムス》（一五一四）といった銅版画を読み解きながら鋭く指摘したように、ルネサンスにおいて、非社交的で憂鬱な気質を支配する土星《サターン》は、学問と芸術を司る霊感の星でもあった。[*01]

本章では、シェイクスピアの『あらし』を中心に、ジョン・フレッチャー（一五七九―一六二五）とフィリップ・マッシンジャー（一五八三―一六四〇）による『お兄さん』（一六三五初演）にも触れながら、ジャコビアン期の演劇が「世間と隔絶した学者」という主題を、家父長権をめぐる兄弟の争いの物語にどう投影したのかを検討したい。『あらし』においては、当時理論化が進みつつあった王権神授説をなぞるかのように、兄弟の争いと君主のありようは二重写しにされ、兄が学問に沈潜していることの是非は（それが魔術であることも含めて）非常な緊張感をもって描き出されている。一方、『お兄さん』においては、学者であることの是非は極端に世俗化され、『あらし』が内包していたオカルト思想を失っている。しかし、本章での分析を通じて、両者がともにそれぞれが属する時代の王権思想に対する、巧妙な批評となっていることが分かるだろう。

君主の学びのあり方

学者や詩人と憂鬱な気質《ヒューマー》とを特に結びつけて考える傾向は、ひとりシェイクスピアに限ったことではなく、初期近代イングランド演劇に広く見られる現象である。気質喜劇の代表作といえば、ベン・ジョンソンの『十人十色』（一五九八）が有名だが、ジョンソンがこのジャンルを創始した訳ではない。『十人十色』に先立つ一五九七年の五月に、海軍大臣一座によって上演された、ジョージ・チャプマンの『むら気な一日の浮かれ騒ぎ』こそが、フィリップ・ヘンズローが日記で「気質喜劇」（comedy of humours）と言及した最初の作品だが、ここにはドゼーという学者肌で孤独癖のある若者が登場する。彼の学識と人間嫌いは有名で、興味を示した王が「彼の稀有な気質を、余は聞きに来たのだ」（第七場二〇一二一行）と述べるほどだ。だがドゼーは、美女マーシャに恋をして、最後には結婚して子供を作るという、これまで忌避してきた社会生活へと参入する。彼がラベルヴル伯爵のたった一人の跡取り息子であるという設定にかんがみれば、たとえどれほど賢くとも、学問に没頭しすぎることは、やはり気質／体液（humours）の偏りであって、矯正されるべき「病気」なのである。

前章で参照したジェイムズ一世の『バシリコン・ドロン』でも、学問は嫡男を良き君主にも悪しき君主にも育てるという主張がなされ、学ぶべき領域、時間、やり方等に関して釘が刺されている。

あらゆる人間を理解できなくて、どうしてあらゆる人間を支配できようか？　そして、あらゆる人間を支配することこそが、おまえの正しい職務なのだ。だから、単に教育を受けるのみならず、自ら読書を嗜み、道に外れない《ロウフル》あらゆる事柄の知識を求めることが必要になる――ただし、二つの条件付きで。第一に、こうした活動には空き時間を充てて、職務執行の妨げにならないよう努めなさい。第二に、知識それ自体のためでなく、本業のために――それを職務に活用するために――学びなさい。おまえの天職に関わるあらゆる点で、知識にしたがって行動できるように。昼となく夜となく、星の運行を見守っている、無益な占星術師《アストロロージャン》／天文学者みたいになってはいけない……

（四四頁）

『オックスフォード英語辞典』によれば、ここでジェイムズが使用した astrologian という単語には、はじめから占星術師（astrologer）と天文学者（astronomer）という二つの意味があり、この引用の文脈ではどちらとも判別しがたい。[*02]『むら気な一日の浮かれ騒ぎ』のドゼー（Dowsecer）にしても、その名は「ダウジング棒を用いて水脈を探す人」（dowser）をフランス語で言い換えたものである。そもそも近代までは、占術と科学との間に厳密な区別はなかった。初期近代の人々にとって、星を読み、水を探る行為とは、科学と呪術のあわいをまたぐ尊くもいかがわしい行為であり、ジェイムズにとっては、こうした帝王学と直接に結びつかない学問からは距離をおくのが、君主として肝要なことであったのだ。さて、そんな意見を持つジェイムズの目には、ミラノ大公プロスペロー――空と海を自在に操る大魔術師――がどのような君主に映っただろうか。

かつてはシェイクスピア最後の戯曲と称された『あらし』の初演日は、実はよく分からないが、一六一一年の宮廷祝典局の会計記録に、万聖節（一一月一日）にホワイトホール宮殿で上演された旨の記載があり、創作時に御前上演が想定されていたことはおそらく間違いない。しかし興味深いことに、君主としてのプロスペロー像は、ジェイムズ自身の帝王学とはあきらかに一線を画している。一二年前に実の弟アントーニオらに大公位を追われ、一人娘のミランダとともに魔法の島に漂着した大魔術師プロスペローは、かたきである彼らを乗せた船が近くを航行した際に、復讐のために魔法であらしを起こして、彼らを島へと上陸させる。つまり『あらし』とは、兄弟の確執の主題と、君主としてあるべき学識の問題を、相関的に提示してみせた芝居なのだ。

プロスペローが娘に語って聞かせるところによれば、アントーニオはナポリ王アロンゾーと手を組んでその軍をミラノに引き入れ、ナポリへの臣従と引き換えに、ミラノの支配者の地位を手に入れた。やや長い引用を並べることになるが、この武力政変を招いた原因についてのプロスペロー自身の理解を、まずは聞いてみよう。

プロスペロー　わたしの弟であり、おまえの叔父でもあるアントーニオ――
さあ注意して聞け、実の弟がこれほどまでに
不実であり得るのか――おまえを別にすれば、
世界中でわたしがもっとも愛し、わたしの国の政治を
すべて任せた男なのだが。あの当時は
あらゆる都市国家のなかでもわたしの国こそ随一で、
プロスペローは大公の筆頭、権威においても
令名高く、学芸《リベラル・アーツ》においても
並ぶ者なき存在。そして学芸こそ、わたしの研究のすべて。
政治はすべて弟に任せ、
国事には日ごとに疎くなり、俗世を離れて
秘儀的研究に没頭していたのだ。そこをおまえの叔父は――
ちゃんと聞いておるのか？

（一幕二場六六―七八行）

プロスペロー　どうかよく聞いてくれ。

かくて俗事をないがしろにしたわたしは、すべてを
隠遁生活と自己の精神の陶冶に捧げ、
あまりにも外界と隔絶したがゆえに、
常人には計り知れぬ存在となってしまったが、それがわたしの
不実な弟に悪心を芽生えさせ、わたしの全幅の信頼は、
出来の良い親のもとでドラ息子が育つ道理に同じく、弟の心に
かえって二心を植えつけたのだ――信頼の大きさに
反比例するかたちで。実際、わたしの信頼は、限りがなかった。
無限の信任だったのだ。

（一幕二場八五―九七行）

彼が、ミランダに何度も傾聴を求めながら語る物語の要点は二つある。まずは、かつての自分が学問に夢中になり、国事をアントーニオに任せきりにしてしまったこと（『バシリコン・ドロン』に従えば、君主たるものこんなことをしてはならない）。次に、それに乗じた弟が信じがたいほどの裏切りをやってのけたこと――これがごく単純な原因と結果だ。だがプロスペローは結果から先に言う。自分の責任を回避して、何はともあれ弟の没義道ぶりに注意を払ってくれと、ミランダ（および観客）を誘導するかのように。

だが、説得という発話行為の背後には、説得すべき動機――一種の危機感――が漂ってもいる。とにかく彼の言葉遣いは曖昧だ。政治をないがしろにした責任を認めつつも、自分が政治に不適格な人間だとは決して認めない。拙訳では分かりにくいかもしれないが、「あまりにも外界と隔絶したために、／常人には計り知れぬ存在となってしまった」の部分は、原文では "but by being so retired / O'er-priced all popular rate" である。この but は merely の意を表す副詞であり、この二行をくだくだしく直訳すれば、「かくも引きこもったがゆえにのみ、／常人が値段を知るには高価すぎる存在になった」という感じになる。しかし、自分が人民の前に姿を見せなくなったということのみを、民心を失った理由として挙げ、返す刀で自分は凡人には立派過ぎたと述べるのは、少し弁解がましくはないだろうか。プロスペローの言葉遣いからは、自分の責任を感じながらもそれを認めたくない――いわんや悟られたくない――二律背反の気持ちが感じられるのである。

プロスペローは白い魔術師か

同じような、言い抜けの修辞法は、彼が刻苦勉励した学問の内容についても用いられている。彼はまず「学芸」(the liberal arts)こそがおのれの研究のすべてだったと、娘に告げる。いうまでもないことだが、原文の語句は正確を期せば「自由科」ないしは「自由学芸」とでも訳すべきもので、元来は古代ギリシア・ローマにおける（肉体労働を行わない）自由な市民にふさわしい学問を意味する。ローマ末期（四世紀の終わり頃―五世紀の頭）には、言語に関する三科（文法、修辞学、論理学）と数に関する四科（算術、幾何学、音楽、天文学）が具体的な自由科目と定められたが、中世以降は前者三科目がより重視され、神学、法学、医学を修めるための予備課程のような性格を帯びるようになった。

だが、プロスペローが自分のすべてとまで言い切る「学芸」を、このような辞書的な説明で把握しきれるだろうか。何故なら彼は、わずか四行後に同じものを「秘儀的研究」（secret studies）と言い換えているからだ。『バシリコン・ドロン』の表現を借りれば、プロスペローの学問がどの程度「道に外れない」（lawful）のかについては、批評家たちによって意見が分かれるが、ルネサンス的なオカルト哲学に対して警戒感を示し、悪魔学の本を著していたジェイムズの治世にあっては、これは案外重要なことであった。『あらし』とおおよそ同時期に執筆されたと考えられる『冬物語』（一六一一）のクライマックスにおいても、この点は強調されている。王妃ハーマイオニーを一六年も匿っていたポーリーナは、王リオンティーズと彼女を再会させるに当たり、彫像が動き出す態を装った劇的な演出を仕掛ける。だが、その際に彼女は「驚かないでください。彼女が動き出したのは神聖なことだと分かるでしょう／今聞いているわたしの呪文が、道に外れていないのと同様です」（"Start not. Her actions shall be holy as / You hear my spell is *lawful*" 五幕三場一〇四―五行、傍点とイタリックは筆者）と、念を押さなければならないのである。

フランセス・イェイツの解釈では、プロスペローにそんな弁解は必要ない。彼女は一六一〇年代のエリザベス朝復古運動の影響を重視して、『あらし』における魔術をごく肯定的にとらえた。彼女によれば、エリザベス一世の宮廷で重用された賢者ジョン・ディー（一五二七―一六〇八）が――ジェイムズ一世の時代には黒魔術師として打ち捨てられ、一六〇八年に貧困のうちに死んだこの男が――プロスペローのうちに色濃く投影されている。「プロスペローに悪魔的な要素はまったくない」――と、イェイツは主張する――「それどころか、彼は邪悪な黒魔術に対する高潔な敵対者なのだ」（九六頁）。『あらし』という芝居はディーを擁護するとともに、ジェイムズによって失われた彼の知のありようを、次世代（ヘンリー王子）によって復活させんとする希望を表明しているのである。

だが、どうしてプロスペローに悪魔的なところがないなどと言い切れるのだろう？　彼が、キャリバンの母である魔女シコラックスと多くの共通点を持っていることは、つとに指摘されていることではないか。二人はともに追放の憂き目にあってこの島に漂着し、ともに魔法でこの島を支配し、ともにエアリアルを召使とした。しかも、二人の親和性は、このような外的な要素にとどまるものではない。プロスペローがもっともプロスペローらしさを発揮するとき、彼はもっとも魔女に近い存在でもあるのだ。

彼は五幕一場の冒頭で、アントーニオやアロンゾーらの狂気を醒まし、これを最後の魔法にしようとする。何故なら、彼自身が「より尊い行いは／復讐よりも徳行にある」（二七―二八行）と考えるからだ。プロスペローは海山に呼びかけ、その魔術の大いなる力を述べた後、だが最終的には「荒々しい魔術」を捨てて、杖を折り土中に埋め、本を水底に沈めようという有名な独白をする。だが、本書がシェイクスピアの引用の典拠としているノートン版の注釈にもあるように、この有名な独白は、アーサー・ゴールディング（一五三六―一六〇六）が英訳したオウィディウスの『変身物語』（英訳出版一五六七）第七巻における、女魔術師メディアの呪文の引き写しなのである。

まず、ゴールディング訳によるメディアのことばを確認してみよう。恋のために父アエステス王を裏切って、イアソンに黄金の羊毛を獲得させたコルキスの王女メディアは、彼と共に故国を捨ててテッサリアに渡る。そこでまた彼女は、彼の願いを容れ、イアソンの老父アイソンを若返らせるという、道に外れた呪術を行う。このとき、『あらし』の魔女シコラックスの描写には、そもそもメディアが重ねられていることは覚えておくべきことだろう。スティーヴン・オーゲルによれば、シコラックス（Sycorax）という「名前には、これまで適切な説明がなされてこなかったが、オウィディウスに登場する魔女の通り名であるスキタイの大鴉（Scytha corvum）と響きがよく似ている」（一九頁、傍点筆者）。ラテン語でcorvumと綴る「大鴉」が、ギリシャ語ではkoraxであることを考え合わせれば、オーゲルの示唆には、さらに説得力が増すだろう。父に背き、道に背いた魔女メディアは、シコラックスの原型でもあるのだ。さて、メディアは夜空の下で、次のような呪文を唱える。

空気と風の精よ、丘の、小川の、森の精よ、
静かな湖の精よ、夜の精よ、みなわたしのもとに集まれ。
……………………………………………………
呪文によって、わたしは風を起こしもすれば鎮めもし、大蛇の顎を裂き、
大地のはらわたから石や木々を引っこ抜きもする。
森を丸ごと移すのだってお手のもの。……
死者を墓から呼び起こすかと思えば、おお、明るい月よ、おまえを
曇らせることもしばしばで（真鍮の銅鑼が月蝕の危険をすぐに柔らげるけれど）、
わたしたちの魔術は美しい朝焼けを陰らせ、真昼の太陽を暗くする。

（第七巻二六五―七七行）

次にこの彼女の言葉を、プロスペローの有名な台詞と比べてみたい。

プロスペロー　丘に、小川に、静かな湖に、森に棲まう小さな妖精たちよ、
……………………………………………

その力を借りて——
おまえたち自身の力は知れたものだが——わたしは真昼の太陽を
陰らせ、荒れ狂う大風を巻き起こしもした……
わたしが命じれば、墓も
そこで眠る者を目覚めさせ、墓を開いて死者を地上へ送り出した、
わたしの力が極めて強いからだ。しかしこの荒々しい魔術を
わたしはここで、誓って棄てよう。
（五幕一場三三―五一行）

両者の台詞に見られる、語彙とイメジャリーの共通性は明らかだろう。なるほどプロスペローは、「この荒々しい魔術を／わたしはここで、誓って棄てよう」と言うことで、黒魔術的な要素を最後には無効化しているかもしれない。しかし、最後に魔術を棄てるという決意自体が、それに危険を感じている可能性を示唆している。まして、その棄てねばならぬ「荒々しい魔術」は、復讐の念を超克して敵を赦すという、もっとも徳高き行いをしようとする時にこそ、必要とされるのである。

プロスペローは、間テクスト性を通じて黒魔術と結びつけられているだけではない。『あらし』を精神分析的に読んで、プロスペローの復讐を意識と無意識による相反する要請への闘いの記録と考えるルース・ネーヴォもまた、プロスペローの二面性を重視する（ただし、彼女が問題にするのは、シコ

ラックスというよりはその息子キャリバンとの類似性だ）。ネーヴォの解釈では、プロスペローの、娘との二人きりの生活は、ある意味では願望充足の白昼夢である。しかし、彼は弟が簒奪した公位を再び長子である自分の直系の血筋に取り戻すため、理性の判断に従って、自分の娘とミラノの宗主国であるナポリの王子ファーディナンドとの婚姻を成就させなければいけない。子離れに伴う苦しみは、ファーディナンドに執拗に婚前交渉を禁じ、結婚祝いのはずの仮面劇に愛の神ヴィーナスを不自然に登場させないといった、彼の不可解な言動に表れているが、これと対照をなすのが、過剰なまでに性的、スカトロジー的なイメージを付与されたキャリバンである。終幕近くでプロスペローに「この黒いものは、わたしの／ものだと認めよう」（五幕一場二七八―七九行）と言わしめるキャリバンは、抑圧すればするほど回帰する、無気味な彼の一部――ネーヴォ風にいえば「口唇期と肛門期の遠い呼び声」（八五頁）――なのである。

その他、シコラックスやキャリバンと、プロスペローとの緊密な関係を読み込むことにかけては、ジェンダー批評やポストコロニアル批評が果たした大きな役割も無視できないだろう。例えば、アーニャ・ルーンバのような両方にまたがる批評家は、シコラックスとキャリバンの母系的家族観を、ミランダの受動的態度と彼女の母の不在に端的に表わされる、プロスペローの父権制的家族観と対置させる。父を知らず、「この島は俺のものだ、母さんのシコラックスから受け継いだんだ」（一幕二場三三一行）と主張するキャリバンと、母を知らず、教育を通じて父の価値観ばかりを内面化したミランダとの交差配列的な関係に目を向ければ、トマス・カルテッリら彼女以前のポストコロニアル批評が見過ごして来た、作品の抑圧的なジェンダー観が明らかになる。*03 こうした二〇世紀末以降の批評的解釈を経た現在では、プロスペローとその学問に胡乱さを見出さないことは、もはや不可能だろう。

弟を私生児化する

『あらし』という芝居が復讐劇のフォーマットに則っている以上、当然のことかもしれないが、前節で確認したようなプロスペローの胡散臭さが、直接的にせよ間接的にせよ、常に公位を奪った弟アントーニオとの家父長的な確執の中であらわになるのは、興味深いことだ。すでに確認したように、彼がもっとも魔女に近づくのは、アントーニオらを赦す決心をした瞬間である。また、ネーヴォの議論の出発点は、娘とファーディナンドを結婚させて、世継ぎを産ませることによってのみ、「プロスペローは、アントーニオの裏切りを取り消し、また出し抜く」(七九頁)ことができるという点にある。これは、ルーンバがジェンダー批評的な立場から指摘したプロスペローの家父長ぶりにも通じる。

さらに、スティーヴン・グリーンブラットは『シェイクスピアの交渉』で、『あらし』という芝居を「不安の操作」という観点から読み解いているが、それに従えばプロスペローは、魔法の島でキャリバンを支配することによって、ミラノ統治者としての自分の不安を管理し、克服しようとしている。つまり、学者としてのプロスペローの疑わしさと、家父長としての疑わしさは密接に絡み合っているわけだが、このことは、本章の冒頭ですでに見たように、長子相続制度と王権神授説を結びつけたジェイムズ一世の政治哲学に対する重要な問題提起になっている。

家父長制の再強化が推し進められた初期近代のイングランドでは、ピューリタンの聖職者たちが中心となってこれにキリスト教的色彩を加え、家庭を小さな国家や教会になぞらえた家政書が数多く出回るようになった。こうした例は、バーソロミュー・バッティ『キリスト教徒のクローゼット』(一五八一)や、ジョン・ダッドとロバート・クリーヴァーによる『神意にかなう家政のありかた』(一五九八)など、枚挙にいとまがないが、彼らが特に長子相続制度に基づいた家父長権を、王権の不可侵性と結びつけていたわけではない。

なるほど確かに『神意にかなう家政のありかた』は、冒頭から「家庭とはいわば小さな共和国で、それをよりよく統治すれば、神の栄光もいや増すものだ」(一三頁)と読者に語りかけ、国政を家政のモデルとして提示するとともに、良き統治は神意に適うことだと主張している。だが同時に彼らは、統治者の権力は本人のものではなく「神の命」(一五頁)によって与えられたものだから、支配権を恣意的に用いてはならないとも述べる。これを統治される側の立場で考えてみよう。支配者が暴君であったり統治の仕事を疎かにしている場合、彼らは異議申し立てをして、統治者を取り替えても良いのだろうか。

王権に関して言えば、「良い」と考えた者は、宗派を問わず、それなりにいた。カトリック圏の思想家としては、ロベルト・ベラルミーノ（一五四二―一六二一）やフランシスコ・スアレス（一五四八―一六一七）らが、支配権の起源を人民の同意から説明しようとした社会契約論を唱える一方で、プロテスタント陣営においても、ジョージ・ブキャナンらは、イギリスの王権は慣習法や議会によって制限されているとする制限王政論を主張しており、王権神授説を主張したロバート・フィルマー（一五八八?―一六五三）は、そもそもこうした論調に反論するために筆を執ったのであった。彼の主著『パトリアーカ』は、一六八〇年に初めて死後出版されたが、執筆は一六三〇年代である。[*04] 王権神授説の理論化が進んだ初期ステュアート朝の時代とは、反対意見を論難し、封じ込めるのに必死の時代でもあったのだ。

そのような文脈を考えれば、『パトリアーカ』の第一章がベラルミーノとスアレスへの反論からはじまるのは、しごく当然のことである。世俗的権力と宗教的権力を弁別するベラルミーノに対し、フィルマーは「神が［家父長に］権力を与え、定めたことは、聖書に明らかである」（一六頁）と論駁する。それをふまえた第三章では、家父長（国家のレヴェルでは王）の権力が神の法に由来する以上、仮に統治者が不適格者に見える場合であっても、被統治者による弾劾はありえないという主張がなされる。何故なら、あらゆる法の上に立つ「神の法を、制限し得るような劣位の法など存在しない」（三五頁）からだ。フィルマーが激烈に反駁を試みなければならなかったほどに、家父長（君主）を弾劾し罷免することは正しいかという問題は、一七世紀初頭の王権論にとって重要な論点であった。いや、わざわざフィルマーを引き合いに出す必要すらなかったかもしれない。なにしろベラルミーノやスアレスは、ジェイムズ一世が火薬陰謀事件後に臣民に課した「臣従の誓い」の是非を巡って、ジェイムズ本人が一六一〇年前後に激しい論戦を繰り広げていた相手である。「臣従の誓い」は、ローマ法王が持つ国王罷免権を拒否する文言を含んでおり、これが国際的に大きな問題となっていたのだ。[*05]とすれば、『あらし』という芝居が、フィルマーより二〇年も前にこのトピックに一石を投じていても不思議はない。まつりごとをないがしろにして弟に放擲された家長プロスペローが感じている不安は、まさにここにあるのだ。この戯曲を通じてのプロスペローの行いは総じて、おのれの正当性を確認し、弟の簒奪者としての立場を明確にしたいという欲望の表れと解釈できるのではないだろうか。

一幕二場で、弟アントーニオの仕打ちを娘ミランダに訴えたプロスペローは、「これでも弟といえるのか／どうか教えてくれ」（一一七―一八行）と尋ねる。すると、驚いたことにミランダはこの比喩表現を字義通りに解釈し、半行対話のレトリックを使用して即座に、「おばあさまのことを／貞淑だと考えなかったら、それは罪というものでしょう。／良き胎内から悪い息子が生まれることだってあるでしょう」（一一八―二〇行）と答える。これは、一八世紀以降のシェイクスピア上演記録では、清純なミランダには似つかわしくないとしてしばしば削除されてきた台詞だ。しかし、このやり取りによってアントーニオが潜在的に私生児のイメージを負わされてしまうことは、作品全体に漂う密やかな不安――アントーニオに対するプロスペローの憂懼――を明らかにしている。

同じ場の後半では、エアリアルを使ってファーディナンドをミランダのもとへと誘導したプロスペローは、あえて彼を糾弾し、二人の愛を確固たるものにするための試練を与えようとする。

プロスペロー　……おまえはここで、自分のものではない
名を僭称し、自らスパイとしてこの島に降り立ったのだ。この島の
主人であるわたしから、それを奪うために。
（四五四―五六行）

引用の前半部分については、父アロンゾーを海難で失ったと思い込んでいるファーディナンドが、自分をすでにナポリ王とみなして「その言葉をしゃべるもののうちで最高の位にある者」（四三〇行）だと述べたことを、かすかに揶揄しているのかもしれない。しかし、全体としてプロスペローが彼を告発する罪状は、そっくりそのままアントーニオに当てはまるものだ。また、プロスペローの魔術をもってすればものの数ともしないはずのキャリバンらの謀反に対し、彼が祝婚仮面劇を中断するほど動揺することは、信頼していたアントーニオに裏切られたという過去の記憶が、キャリバンをうまく御することができないという今の現実に、色濃く陰を落としていることのしるしでもある。オーゲルの表現を借りれば、プロスペローの心には、「キャリバンともう一人彼が教育に関して責任を持つと考え

ている邪悪な子供、すなわち弟のアントーニオとの明確な類似」（二一八頁）が存在するのだ。要するに、彼は自分の周りの多くの人物に、アントーニオを重ねているのである。

しかし、観客を困惑させることに、これほど兄弟の関係の切迫感がテクストのあちこちに横溢しているというのに、肝心の和解の場面は拍子抜けするほど曖昧にしか描かれない。なにしろ、アントーニオはプロスペローの赦しの言葉に対し、応答すらしないのだ。

プロスペロー　……おまえ、一番ひどいそなたについては、弟と呼ぶのすら
わが口の汚れとなろうが、わたしはまことに許そう、
おまえの腐り果てた過ちを——過ちのすべてを。そして、おまえから
ミラノ公国を要求する。これについては否応なしに、
おまえは返還しなければならない。

アロンゾー　　　　　　　　　　　詳細を教えてくださらんか、プロスペロー殿、
どうやって命をつないできたのか、
どうやってこの地でわれわれと遭遇したのか……

（五幕一場一三〇—一三六行）

この引用から明らかなように、半行対話を用いて、間髪入れずにプロスペローの言葉を受けるのはこの直前の場面ですでに彼に陳謝したアロンゾーであって、アントーニオはこの前後に一切台詞がない。その意味で、兄弟間の軋轢は、最後まで解決されないまま『あらし』という芝居は幕を閉じるのである。この場面をどう解釈するかについて、グリーンブラットとオーゲルは、対照的な意見を表明している。グリーンブラットによれば、アントーニオの沈黙は、彼の不服従の表れかもしれないが、それよりも彼が魔法による麻痺状態から醒めていない可能性を強く示唆している（一四六頁）。アントーニオの魔法をうまく解けないプロスペローは、最後まで統治者としての過去のおのれの失敗と、そこから来る不安を、馴致できないでいるのだ。

これに対しオーゲルは同じ場面を、「実際のところ、アントーニオは悔い改めることを許してもらえないのだ。主権の放棄すら、強いられたものとして提示される。行為の主体者はプロスペローなのだ」（五三頁、傍点は原文イタリック）と分析する。つまり、オーゲルの解釈では、これこそがプロスペローの勝利宣言であり、アントーニオに了承してもらう必要すらないという態度で自らの正当性をパフォーマティヴに示しているのである。とすれば、皆で船を出し、ナポリでファーディナンドとミランダの結婚式を見届けたら、「わたしのミラノ」（五幕一場三一〇行）に戻るというプロスペローが、「そこで、／わたしの想いは、三度に一度は自分の墓のことになるだろう」（同三一〇—一一行）とつぶやくのも、娘との別離や老いの悲しみの発露によるものではない。「彼の死は、ミラノ大公の権利に関する最後のつながりを、アントーニオから奪うことになる。彼の墓は、弟に対する最終的な勝利なのだ」(Orgel 五五頁)という解釈が可能だからだ。

赦しを説く第五幕のプロスペローが、実はもっとも弟に対して苛烈な復讐行為をはたらいているという解釈は興味深いが、この結末が弟に対する最終的な勝利とまで言えるかどうかは、やや疑わしい。オーゲルが「アントーニオの、ミラノ大公の権利に関する最後のつながり」(Antonio's last link with the ducal power)という表現で、具体的に何を意味しているのかは不明だが、プロスペローが死んだところでアントーニオの公位継承権そのものが消滅するわけではないからだ。オーゲルの文脈から見ても、この台詞がほのめかし得るのはせいぜい、作品の冒頭の彼とミランダの会話のように、言葉のイメジャリーのレヴェルで、アントーニオを家族の一員から除外し、比喩的に私生児化する程度のことでしかないだろう。

とすると、ついに復位が成って祖国に帰還しようという時に発せられる「死を想え《メメント・モリ》」のつぶやきは、彼の賢者としての思索を表すと同時に、統治者としての最終的な不適格性——政治と人民への決定的な無関心——をほのめかしているとは考えられないだろうか。そもそも彼が大公位を追われたのは、魔術研究に耽溺するあまり、民からその姿が見えなくなってしまったのが原因だった。なるほど、彼は島を去るにあたり、魔法の杖を折って、秘法の本を沈めるかもしれない。しかし、この芝居の大団円のどこにも、彼が今後ミラノの民に背を向けないという安心感を与えてくれるものはないのである。

もちろん、こうした議論でアントーニオの簒奪行為を正当化することはできない。第二幕のアントーニオが、ナポリ王弟セバスチャンを扇動して、今ならアロンゾーを殺して王位を奪えるぞと囁くように、彼は本質的に邪悪な人間として描かれている。だが、この場面にすら、自分の正当性を明確にしたいというプロスペローの欲望と、その裏返しである彼の統治責任に関する問題が、透けて見えはしないだろうか。そもそも、アントーニオとセバスチャンの二人だけを残して、アロンゾーやゴンザーローを眠り込ませ、結果として二人が陰謀を企てるお膳立てをしたのは、プロスペローの魔法である。彼は、アントーニオがセバスチャンをそそのかすよう、背後で糸を操って彼をそそのかしているのだ。

これまで、魔術、家父長制、王権神授説に関する同時代の議論など、一見無関係と思われるかもしれない種々の側面から『あらし』という戯曲を考えてきた。しかし、エリザベス朝的オカルト哲学から距離を置き、家父長制と王権神授説を合体させるのが、即位後間もないジェイムズ一世が執った方針であり、これらの各要素は複雑な相関関係を持っている。『あらし』という芝居は、『ハムレット』におけるクローディアスと先王ハムレット、『お気に召すまま』におけるフレデリック公と老公爵といった、シェイクスピア劇が繰り返し描いてきた「簒奪者の弟」という主題を、ステュアート朝初期の時事問題に合わせて一新したものなのである。

ここで特筆すべきは、『ハムレット』および『お気に召すまま』ではほぼ問題にされなかった、「兄の質的な正当性」が、『あらし』では大きな問題となっていることであろう。この作品では、たとえ嫡男でも、また卑劣であったり残虐であるといった解りやすい失格者でなかったとしても、君主としての仕事に専念できない者は、常に統治者の座を追われる不安を心のうちに抱えることになるのだ。『あらし』という作品は、種々の立場を自由自在に行き来しながら、王権神授説という思想が徐々にかたちを取ってくるその時に、王権神授説に対して巧妙な批評を行っているのだ。魔術を――百歩譲ってそれがジョン・ディー的な「白い」カバラ魔術であったとしても――統治者にふさわしくない学問として、ジェイムズの論調と歩調を合わせる一方で、この芝居は、統治者の行動次第では統治権が奪われる可能性をプロスペローの強迫観念的な不安を通して描き出すことで、ジェイムズの唱える王権神授説に、密やかな疑義を申し立ててもいるのである。

学問の脱神秘化と兄の滑稽化

しかし、このようにきわめて多義的で豊かな、兄弟の表象と家父長権に関する議論は、それ以後の芝居にはあまり見られない。同じ頃、すでに都市喜劇においては、この主題は「(不似合いな)勉強に惑溺して、社会性に欠けた総領息子」という市民階級的なかたちに書き換えられ、諷刺の対象になっていた。トマス・ミドルトンの『チープサイドの貞淑な乙女』（一六一三）に登場する大学生ティムと彼の個人教師などは、その好例といえよう。都市喜劇において学問趣味は、立身出世の道具であると同時にそれにかまけると肝心の世渡りを下手にする、徹頭徹尾世俗的なものとして扱われていたのだ。そこにはもはや、シェイクスピアのロマンス劇が有していた、学問が持つ魔術的、神秘的なアウラは存在しない。このことは、たとえ「学者の兄」という登場人物が好意的に描かれている場合ですら、同じである。本章の最後に、フレッチャーとマッシンジャーによる喜劇『お兄さん』を瞥見し、これを確認したい。

『お兄さん』は、もともとフレッチャーが、晩年に当たる一六二四―二五年頃に執筆した芝居で（彼とジェイムズ一世は、ともに一六二五年に没している）、彼の死後にマッシンジャーが手を入れ、一六三五年初頭頃に上演されたものである。とりわけ、現存する第五幕は、ほとんどマッシンジャーの独力によるものだと考えられている。はっきりとした初演日は不明だが、一六三五年の二月には上演されたという記録があるほか、一六三七年の一月五日には宮廷上演もされているので、当時はかなり高い評価を得ていた芝居であったようだ。[*06] この作品は、チャールズとユースタスという兄弟の家督争いを中心にしているが、親世代にもまた兄弟の確執があり、主題が二重に奏でられる構造になっている。

ブリザックという紳士の二人の息子は対照的で、兄チャールズが閉じこもりの学究生活をする一方、弟ユースタスは派手で陽気な宮廷人の暮らしをしている。自らも弟として生まれ、一代で財産を築いたブリザックは、世慣れない兄よりも社交的な弟を好ましく思い、兄を廃嫡するつもりでいる（しかし、ブリザックの兄であるミラモント判事は、チャールズのほうを高く買っている）。ブリザックは、近隣の貴族ルイスの一人娘アンジェリーナとユースタスを結婚させたいとも思っているが、ルイスは嫡男のところにしか娘を嫁がせたくない。縁談をまとめたい父親に押し切られ、チャールズは意気地なく廃嫡に同意しかけるが、弟との見合いに来たアンジェリーナを見初めて、嫡男としての意地と誇りに目覚める。皆の前で自分の権利を主張する兄の堂々とした態度に惹かれた彼女も、弟を捨てて兄を選ぶ。つまり、この芝居における長男と学問の関係は、テューダー朝まで遡った『むら気な一日の浮かれ騒ぎ』のドゼーを踏襲しているのだ。

『あらし』と比較して興味深いのは、この戯曲では兄の嫡男としての有資格性が、演劇的には彼の学問とあまり関係がないところで証明される点だ。なるほど確かに、彼がアンジェリーナを含む関係者一同の眼前で、長男がその生得権を手放すような悪しき前例になることはできないと滔々と弁じる時、彼が自分の威厳の根拠とするのは学問である。

チャールズ　おまえこそ、行って勉強するがいい、
若いユースタスよ、おまえもそろそろ人間性と礼儀を身につけるべき頃合いだ。
わたしはそれをともに学び終えた、人前でそれを見せびらかすことはなかったが。

さあ行け、わたしが読んできた本を開くのだ。
その中身を食べ、よく消化して、自分の栄養とせよ。　(三幕五場六二―六六行)

しかしまた、このような学問擁護論から明らかになるのは、この劇世界における学問の効能とは、畢竟、有用な社会人の育成に尽きるということである。それゆえ、『お兄さん』で個々の知識や思弁が深く追及されることはなく、むしろそうした要素は軽やかに笑い飛ばされる。二幕一場では、ミラモント判事がブリザックに対し、チャールズのギリシャ語文献朗読がどれほど素晴らしいかを訴える。しかし、ブリザックが「で、兄さんはそれがちゃんと分かるんですか」(六一行)と問うと、判事はしれっと「いいや全然。しかしそんなの大したことじゃない。音の響き/を聞くだけで、立派な人間かどうかは分かるもんさ」(六二―六三行)と答えるのだ。学問が「立派な人間」を作りさえすれば、その中身は問題にされないのである。

逆に言えば、いくら学問に耽溺しようとも、それが「立派な人間」の下準備である以上、一般社会道徳への脅威にはなりえない。四幕三場では、父の反対を押し切ってチャールズを選んだアンジェリーナが、世慣れぬ彼があまりに片時も自分から離れようとしないので、よもや婚前交渉に至る羽目にならないかと不安になる。しかし、寝室にまで一緒について来ようとする無邪気さにも関わらず、チャールズは女性への礼節を大事にする人物である。作品はむしろ、婚約者を奪われた腹いせに、剣を片手に大勢でチャールズのもとに押しかけるユースタスや、チャールズの従者アンドルーの妻リリーと不倫関係を持とうとするブリザックを挿入することで、学問を軽視する人物（そしてどちらも弟だ）にこそ、社会道徳が欠けていることを示唆するのである。

その一方で、突然乱闘騒ぎを起こされたチャールズは、臆することなくこれを受けて立ち、「これは生まれて初めて手に取る剣ではあるが、／じっくり見れば、剣とは美しいものだな。／使い勝手も同じく美々しいのなら、おまえらの無礼を呵責なく追い詰めてやろう／……／何、この程度のもの、使いこなすくらいの気骨はあるぞ」（四幕三場一三四―四〇行）と答え、ブリザックをはじめとする宮廷人たちを震え上がらせるのだ。この場面が笑い飛ばしているのは、格好ばかりの宮廷人の臆病さだけではない。学問の修練さえ出来ていれば何においても大人物となれるという、手前勝手な「学問」の有用性の滑稽さをも、テクストは自己言及的に笑っているようである。

『お兄さん』における学問は、『あらし』が持っていたような神秘のヴェールをすっかり剥ぎ取られ、笑われ、完全に世俗化されて、紳士教育の基礎科目程度の意味しかなくなってしまった。それを考えれば、『あらし』はやはり、フランセス・イェイツが主張したのとは少しく異なる意味ではあるが、ジョン・ディー的なオカルト哲学を言祝ぐ作品であったのだ。しかし、時代は変わってしまった。一六三〇年代後半に、マッシンジャーの手になる『お兄さん』の第五幕が示したのは、もっと直裁なファンタジーである。ただし、それが二枚舌的である点は、『あらし』と同様だ。これまで見てきたように、

第四幕までは長子に対する好意と是認を一貫して露骨に見せつけてきたこの戯曲は、マッシンジャーの手になる第五幕では、長子相続制への支持を急に曖昧にしてしまう。

第五幕第一場、チャールズとユースタスは、ブリザックが契約違反を理由にルイスから訴えられ、自宅軟禁中のうえに、アンジェリーナも力づくで連れ戻されたという報せを聞き、ミラモントとともに現場へと駆けつける。正式な逮捕状（the king's writ）を取っているにも関わらず、邪魔が入ったことに怒ったルイスは、「国王の権威が侮辱されるというのか？」（五幕二場四五行）と突っかかる。しかし、判事でもあるミラモントはこれを半行対話で軽くいなし、「そうではない。おまえの／意固地な愚行の奔流に、栓をしただけだよ」（五幕二場四五―四六行）と返答する。だが、驚いたことに、これに対するルイスの反論は存在しない。妙に性急な『お兄さん』の大団円は、チャールズによるわずか半行の相槌を除けば、ミラモントがここから三六行の長きにわたって、ルイスとブリザックの双方をひたすら一方的に諭して、唐突に幕切れとなるのだ。

もちろん、若い恋人たちの結婚の喜びが表明されることもない。周囲をすべて黙らせた判事が、判決を下すがごとくに、周囲の者に次々と今後彼らがやるべきことを告げて行くのみである。しかし、その中でも特に興味深いのが、ユースタスに対するミラモントの言葉である。

この子は馬鹿者だったが、成長して埋め合わせがついたわい。

だから妻を娶れないなんてことにもさせんよ。わしの土地のすべてが
寡婦財産としての効果を持つならね。

（五幕二場六四―六六行）

この台詞がほのめかしているのは、子供がいないミラモントがユースタスを自分の相続人にしようと考えている、ということである――第四幕までは、チャールズに本家の財産を相続させようと考えている台詞が散見されたにも関わらず。たしかに、ルイスのためにブリザックが破産状態になっているとしても、アンジェリーナとの結婚によって、貴族の世襲財産を手に入れることになったチャールズに、これ以上の財産を付与する必要はないだろう。しかし、このことは結果的に、本家の財産が「弟から生まれた弟」である傍流のユースタスへと収斂して、彼が兄チャールズを出し抜く未来図を観客に想起させることになる。

また、この芝居の最後の言葉は、ミラモント判事による「わしが債務者たちに支払いをしたうえに、大いに埋め合わせもしてあげよう。／もし我々が、おまえさんをいつまでも友達としておけるなら」（五幕二場七八―七九行）という二行連句なのだが、この何気ない、一見陳腐な結末も、また同様の不穏さを隠し持っている。たしかに債務問題は、当時の喜劇が大団円を迎えるための最後の障害として使われることがしばしばあり、陳腐な道具立てと言えなくもない。マッシンジャー自身の手による最大の成功作『古い借金を返す新しい方法』（一六二五頃）においても、大詰めの緊張感を生み出す事件

は、強欲な金貸しサー・ジャイルズ・オーヴァーリーチが、甥ウェルボーンに結婚支度金の千ポンドを返せと迫り、かえってウェルボーンに返り討ちにされる場面である（五幕一場）。

しかし、オーヴァーリーチと『お兄さん』のルイスでは、性格や立場がまったく異なることには注意が必要だ。オーヴァーリーチは、階級上昇という野心の実現のためには無神論的者的なことも平気で口にし、娘の嫁ぎ先にと狙っている貴族ラヴェルに「武人として生きてきて／敵の猛攻撃にも怯まなかったこのわたしなのに、／あの冒涜的なけだものの言葉を聞いていると、全身が／冷たい汗でぐっしょりだ」（四幕一場一五〇—五三行）とまで言わしめる稀代の悪役で、彼の凋落は劇世界の秩序回復のためには是非とも必要なことである。だが、ルイスは貴族であり、悪事（？）といえば、チャールズの廃嫡を前提としたユースタスとの縁談に同意したことくらいである。また、詐欺まがいの手口で人から土地財産を巻き上げるオーヴァーリーチとは違い、ブリザックの財産を差し押さえる手続きもルイスは正しく踏んでいる。

つまり、ミラモント判事が借金を肩代わりしてくれるという平和的な解決が提示されているにもかかわらず、ルイスの逮捕状を歯牙にも掛けない彼に対して発せられる、「国王の権威が侮辱されるというのか？」という文句には、それなりの説得力があるのではなかろうか。ミラモント判事は、長子相続制を遵奉しているようで、弟に本家の財産を譲り、階級秩序を重んじているようで、国王の権威を意にも介さないのだ。とすると、判事がすべてをさらっていくような『お兄さん』の結末には、長子相続制と、その延長線上にある絶対王政に対し、同意しているようで掘り崩しているような不穏な底流が流れているのである。

　このような二重性は、『あらし』とはまた違った意味で、『お兄さん』が同時代の政治社会的なアンビエンスを、敏感に嗅ぎつけていたためかもしれない。デレク・ハーストが名づけた通り、一六三〇年代のイングランドは、「再生と反抗」の時代であった（一三一―五五頁）。彼によれば、内乱時代の王党派がこの時代を振り返って「穏やかな日々《ハルシオン・デイズ》」と呼んだのは、事実を歪曲した単なる郷愁のゆえではない。「平和と友好」が当時のチャールズ一世の政治方針のスローガンであったし、実際に一六三〇年代の後半になるまでは、戦争は回避されていた。精神文化の向上については、彼と王妃ヘンリエッタ・マライアが愛好した仮面劇が、彼らが理想とする宮廷文化がいかなるものかを明確に提示していた。

　だが、その同じ時、チャールズは歳入増加のために、議会の承認を得ることなく中世の船舶税を復活させ（一六三四年に港湾諸都市、一六三五年には内地諸都市にも拡大）、富裕な市民の反発を招いていた。宮廷上演が行われた一三六七年の一一月には、船舶税の内陸部への拡張を違法として支払いに応じなかったジョン・ハムデン（一五九四―一六四三）の裁判が開かれている。ハムデンは敗訴したが、一六四二年に内乱が勃発すると、彼は自ら部隊を組織して議会軍に加わることとなる。『お兄さん』という芝居が、学問を脱神秘化し、長子相続制を讃えるようで骨抜きにしていた頃、奇しくも「穏やかな日々」を生きていたチャールズは、国家の家長たる自分を転落させる男たちを、自分でもそうとは知らずに着々と育てていたのであった。

▽**註**

＊01 Frances Yates, *The Occult Philosophy in the Elizabethan Age* (1979; London: Routledge, 1999), 57-70を参照。

＊02 『オックスフォード英語辞典』（*OED*）の“astrologian”の項では、占星術師（astrologer）と天文学者（astronomer）の意のいずれも、初出はジェフリー・チョーサー（一三四〇頃―一四〇〇）による『天体観測儀論』（*A Treatise on the Astrolabe*一四〇〇頃）である。

＊03 Loomba 142-58を参照のこと。

＊04 『パトリアーカ』が一六八〇年に再発見されることになったのは、当時チャールズ二世の弟であるヨーク公ジェイムズのカトリック信仰問題に絡んで生まれた王位継承排除危機が大きい。カトリックを王位継承者から除外するという排除法案に反対したトーリーの議員たちが、自らの論拠としてフィルマーを頼んだのである。王権神授説は、一七世紀を通じて大きな問題であったと言えよう。

＊05 臣従の誓いをめぐってジェイムズがベラルミーノらに行なった反駁については、匿名で出版した『三

重の結び目』（*Triplici nodo, Triplex Cuneus, Oran Apologie for the Oath of Allegiance* 一六〇八）に詳しい。James VI & I, 85-131 参照。

＊06 『お兄さん』の執筆や上演の記録に関しては、Fletcher 463-67 を参照。

第五章

兄を死なせた運命星に感謝せよ

名誉革命期の喜劇におけるアイルランドをめぐる兄弟像の多様化（一）

一六六〇年五月、オランダに亡命中だったチャールズ二世（一六三〇―八五）は、彼の発したブレダ宣言がイングランド議会で承認されたのを受け、ロンドンへ帰還した。世に言う王政復古である。チャールズ一世の処刑以来、十一年ぶりに復古した王政の急務は、革命体制を清算するとともに、不要な争いを避けて新体制の安定を図ることだった。同年八月二九日付けで制定された、旧議会派に対しての「免責、大赦法」(the Act of Indemnity and Oblivion) などは、その顕著な例だろう。だが、それと同時期に、チャールズが劇場の再開のためにも動いていたことは、案外と知られていない。一六四二年の内乱勃発と同時に、ロンドンの公衆劇場は閉鎖され、そのままになっていた。これに対し、八月二一日付けの勅書で、チャールズは「余は、既述事項を、君主としてよくよく鑑みたうえで、なお劇場の使用を完全に禁ずるには及ばずと思えば……前掲のトマス・キリグルーおよびサー・ウィリアム・ダヴェナントに、ふたつの劇団を設立する全権すなわち権能を与え、認めんとする」（Thomson 一〇頁）と述べ、ここにめでたく王政復古演劇が産声をあげたのである。

さて、こうして国王勅許を得た二人だが、キリグルーはチャールズ本人を後援者として「国王劇団」を結成する一方、ダヴェナントは、王弟であるヨーク公ジェイムズ（のちのジェイムズ二世）を頭《かしら》に戴いて、「公爵劇団」と名乗ることになる。ちなみに、くだんのキリグルーは、この勅書では「なにしろ余の信頼し、また愛してもいるトマス・キリグルー氏――余の私室付きの従者――の技能や技術もあることなので」（一〇頁）と、絶賛されている。その誕生の瞬間からチャールズ二世の懐深くに入っていた王政復古演劇は、必然的に彼の宮廷文化を体現する役割を持つこととなった。

しかし、内乱時の空白期間によってルネサンスの劇場文化から断絶したかに見えるこの時代の芝居にも、家父長財産をめぐる兄弟の争いという主題は連綿と生き続けた。イングランドが共和制を敷いていた時期には、王党派が保有していた土地が次々と議会派に没収され、さらに王政復古期に入ると揺り戻しの土地再編が進んだため、ヘンリー八世が行なった修道院解体（一五三六および三九年）のような抜本的措置に勝るとも劣らない規模で、土地所有権と相続権が激しく移り変わったからだ。その上、一六七〇年代後半になると、ジェイムズのカトリック信仰をめぐって議会では深刻な対立が発生する。チャールズ二世には嫡子がいなかったために、王位継承者の筆頭であったジェイムズの王位継承権を剥奪しようと、シャフツベリー伯（一六二一―八三）を中心とする地方派（請願派）が、ジェイムズを王位継承者から排除し、王の庶子モンマス公（一六四九―八五）を擁立する法案を提出したのだ。一六七九年から八一年にかけて、彼らとこれを嫌った宮廷派（嫌悪派）との間で激しい議論が繰り返され、最終的には法案が日の目を見ることはなかったものの、地方派と宮廷派はそれぞれホイッグ党とトーリー党に発展し、結果的に一六八八年の名誉革命と一八世紀の二大政党制を予表する事件となった。かくて兄弟と相続の問題は、王政復古期を通じて、大きな問題であり続けたのだ。

本章および次章では、ポスト名誉革命期の喜劇作品をいくつか取り上げ、この時期に、兄弟のテーマがどのように変容していったかを考察する（長さの問題から二章に分割された変則的な書き方になっているが、二章分を合わせてひとつのまとまった議論として考えていただきたい）。全体的な傾向としては、兄弟の確執という設定が伝えるメッセージは、王政復古期から長い一八世紀にかけて、貴族的な価値観の礼賛から市民階級的世界観の擁護へと移り変わっていくのだが、この時代には、「アイルランド」という新しい要素が加わって、兄弟表象が国家間の関係性をも示すようになった。だが、そのような趨勢にあってアイルランド出身のジョージ・ファーカー（一六七八―一七〇七）の戯曲は、ポスト名誉革命期の雰囲気を伝える代表的な作品と言われながらも、前述のような流れに抵抗する言説ともなっていることを、明らかにしたい。

トリックスターと不動産

王政復古期の風習喜劇は、長らくチャールズ二世の宮廷文化を反映した放蕩主義の様相ばかりに注意が向けられてきた。*01 そのため、貴族階級に代わって新しく台頭した中産市民階級が社会道徳を人間の重要な徳目として称揚するようになった一八世紀から一九世紀には、王政復古期の喜劇は軽薄で猥雑、さらには冒涜的だとして軽んじられることになった。例えば、ジョウゼフ・アディソン(一六七二―一七一九)とともにイギリス初の新聞『タトラー』を創刊したことで知られるリチャード・スティール(一六七二―一七二九)は、その後継誌『スペクテイター』第六五号(一七一一)で、王政復古喜劇の代表作であるジョージ・エサリッジの『当世伊達男』(一六七六)をこき下ろし、「この令名高き作品のすべては、礼儀、良識、廉直に対する完璧な対立物だ」(McMillin 五一九頁)と述べている。こうした次世代の敵視は上演史にも如実に現れており、初演の晩にはトマス・ベタトン(一六三五―一七一〇)とエリザベス・バリー(一六五八―一七一三)という公爵劇団の看板役者二人によってロンドンの勅許劇場で演じられた『当世伊達男』も、一六九八年から八九年にかけて巡業先であるダブリンのスモック・アリー劇場で上演された記録を最後に、一八世紀にはすっかり上演が途絶えてしまう。

批評史もまた、このような上演における等閑視の影響を免れえず、王政復古期の喜劇の政治的な側面が真剣に論じられるようになったのは、二〇世紀も半ばを過ぎてからだといってよい。こうした芝居が赤裸々に描き出す性的不道徳の背後に、都会が田舎の土地に向ける収奪の欲望があることを指摘した初期の例は、レイモンド・ウィリアムズの『田舎と都会』(一九七〇)だろう。『当世伊達男』の主人公ドリマントは、友人である若ベレアの結婚に対して冷笑的な意見を持ち、ラヴィットやベリンダといった都会の女性たちと刹那的で捕食的な恋愛を繰り返す男だが、結局彼は、ハリエット・ウッドヴィルというハンプシャーに広大な土地屋敷を持つ女相続人と結婚して、田舎に引っ込むこととなる(彼女が豊かな田舎の体現者であることは、wood + ville という姓がよく示している)。

ここでウィリアムズは、ドリマントが若ベレアに向かって言い放つ、「賢い者なら、ぼくらの運命の違いがわかるだろう。/おまえは女と結婚するが、俺は立派な不動産と結婚するのさ」(四幕二場一七七–七八行)という、一見ただの負け惜しみのような台詞に注目する。ウィリアムズが指摘するように、ドリマントは結婚によってハンプシャーの地主という地位を手に入れ、後期封建制度下における支配者層に参入するのだが、「そうであれば、邪悪な都会と無垢な田舎といった単純な対比はここには存在しない」(五三頁)。何故なら、「都会で起こることというのは、田舎の支配階級の需要によって生み出されるから」であり、突き詰めて考えれば、表層的な不道徳性を糾弾されたこの芝居の真の〈道徳性〉とは、「不動産を正しい者の手に渡すこと」と言えるのだ(五三頁)。王政復古期の喜劇においては、田舎の土地とは、王党派の宮廷人が管理すべき財産なのである。

J・D・キャンフィールドは『トリックスターと不動産』(一九九七)で、かつてウィリアムズが喝破した、王党派の放蕩者たちに土地を再配分せんとする後期ステュアート朝喜劇の主動因を、より広い視座で捉え直した。彼によれば、王政復古期の喜劇の争点が表向き性愛のように見えたとしても、その背後にある本当の問題はおしなべて不動産である。ゆえに、その主役たちはみな「土地の獲得を狙うトリックスター」(六頁)なのだ。貴族的封建主義の礎である〈土地〉にこだわる王政復古期の喜劇とは、近代市民社会へと移りゆく時代の流れに抗った、ステュアート朝の懐旧的イデオロギーを演劇化したものなのだ。

キャンフィールドは、こうしたイデオロギーがどの程度作品内で批准されているかによって、王政復古劇を大きく、(一)社会順応的喜劇(社会秩序にとって脅威となり得るトリックスターたちのエネルギーを馴致し、社会化するもの)、(二)転覆的喜劇(トリックスターたちを馴致しきれず、体制秩序との緊張感が残るもの)、(三)喜劇的諷刺(詩的正義の枠から外れた、軽めのオープン・エンディングを有する芝居)の三つに分類したうえで、トリックスターの性格も、ハリエットのような放蕩者を捕まえて夫にしてしまう令嬢や未亡人から、都会の放蕩者、果ては笑われ役の田舎者まで、多様なかたちを取り得ることを、実証的に分析している。

ここで興味深いのは、キャンフィールドが、トリックスターの類型の一つとして「弟」に注目し、「王政復古期の喜劇における〈次男以下のトリックスター〉というキャラクターの偏在には、経済的な理由がある」と述べていることだ(五三頁)。内乱期の混乱を経て、土地再編が進んだ一六五〇年代頃から、「限定的不動産贈与」（the strict settlement）が推し進められるようになって、弟たちは再び土地を相続できなくなり、自活のための専門職や公職に従事する必要に迫られた。「だが」――とキャンフィールドは言う――「劇作家達は、しばしば自分たち自身が次男以下だったせいか、それより平凡でない道を用意してやった。つまり、あの手この手で不動産をつけ狙うトリックスターにしてやったのである」（五三頁）。

実際、彼の主張を裏書するような史料も少なくない。例えば、パンフレット作者のウィリアム・スプリッグが、一六五九年に出版した「王国に反して平等な共和国家に向けた、ささやかな提案」を見てみよう。ここでスプリッグは貧民問題や十分の一税などのさまざまな社会改革を訴えているのだが、そこには「弟たちのための弁明」という章が含まれている（ちなみにスプリッグ自身も弟だった）。彼によれば、伝統的な長子相続制は、まだ教会領が安泰だったために、次男以下を聖職に就かせることで安定を保つことができた。だが、内乱後の土地の再編によりこうした見込みは暴落し、時代の変化の割を食っているのは弟たちなのだという。

豊かな教育は、奴隷とさして変わらぬ立場になるのが当然とされる人間にとって、明らかに適切ではありません。従順は無知という母から生まれるのですし、知識は人間を誇り高く戦闘的にするものですから――とりわけ、本人が自分の財産や職業は生まれや教育の立派さに釣り合っていないと考えるような時には。

次男以下の弟たちは大概、自分は長男と同じくらい高貴な血筋から、同じくらい立派な紳士の肚から生まれたものと考えます。そこで彼らは呆れざるを得ないのです。どうした運命と法律が、同じ胎内に生まれた兄弟同士にこれほどの違いを作り出すのかと。何故法律や慣習が、弟たちに不動産を拒む必要があるのかと。自然が弟たちに、そうした財産を管理する智恵を与えたというのに。

（八二―八三頁）


ここでは、次男以下には土地の代わりに教育を与えるシステムはもはや機能不全なので長子相続制そのものを廃止しようと訴える、共和制時代ならではのラディカルな主張が展開されている。しかし、主張の内容にも劣らず重要なのは、スプリッグが「法」（law）と「自然」（nature）を対比させるレトリックを用いていることだろう。「法」や「慣習」は長男に味方するものである一方、次男以下は「自然」が与えてくれたものを身に備えているというレトリックは、第三章で瞥見した『リア王』のエドマンドの独白をそのまま借りてきたかのようである。『リア王』から半世紀を経たスプリッグにも、弟であるということは一種のアウトロー／アウトキャストであるという感覚は、連綿と引き継がれていたのだ。

だが、名誉革命とその余波により、後期封建制度とそれにまつわる貴族文化は終焉を迎える。それに代わって勃興してくるのが新興ブルジョワジーによる市民社会の文化なのだが、キャンフィールドによれば、こうした新しい時代の到来を告げる位置にいるのが、ファーカーら世紀の変わり目に出てきた劇作家たちなのだ。彼は、『伊達男の策略』（一七〇七）に登場する次男坊のトリックスターのように、これまで用いられていた比喩表現を取り入れながら、新しいパラダイムがその位置を占めるようになる」（二五〇頁）と述べ、王政復古時代の放蕩型のヒーローは、名誉革命以後は「道楽者の悪漢と誠実な紳士との両極端に別れてゆく」（二五〇頁）として、以下のように結論づける。王政復古期の喜劇を風習喜劇（comedy of manners）と呼ぶ批評的伝統は、一八世紀中葉以降に生まれたものであり、当時勃興した階級にとって重要な問題だった「趣味」（taste）と「風習」（manners）の問題ばかりを強調することで、彼らは王政復古期の喜劇が持っていた政治性を隠蔽し、去勢してしまった。キャンフィールドによれば、こうしたブルジョワ文化に先鞭をつけたのは日和見主義者のファーカーであり、『伊達男の策略』は、すでに感傷喜劇の領域に足を踏み入れている。このように、ファーカーの喜劇をブルジョワ表象として読む傾向は、二一世紀に入っても変わっておらず、例えばケヴィン・ガードナーは、『募兵将校』（一七〇六）のキャプテン・プルームを、ノルベルト・エリアスが『文明化の過程』（一九三九）で論じたような意味における文明化が起こる〈場〉（the locus）であると解釈している。

なるほど確かに、一八世紀に重商主義国家としての道を驀進し始めた英国は、国家経済の基盤が土地から交易へと移りゆくに従って、商人や軍人といった新しいブルジョワ階級の紳士を生み出したのであるし、本章および次章で論じられる〈長い一八世紀〉の演劇も、その変化を鋭敏に反映している。しかし、その典型例としてファーカーの喜劇を挙げることは、どれくらい的を射ているのだろうか。別言すれば、彼の喜劇は土地所有を基盤にした経済と本当に無縁なのだろうか。また、仮にそうだとして、『伊達男の策略』で用いられる〈トリックスターとしての弟〉の設定は、キャンフィールドが示唆するように、王政復古期に好まれたトポスの単なる残存物なのだろうか。もしそうだとすれば、「王政復古期の喜劇」に分類される芝居で、トリックスターの弟が出てくる作品が、むしろ王政復古時代の後期――ポスト名誉革命の時代――に集中して登場するという事実の説明がつかなくなるのではないか。

トマス・シャドウェル『アルセイシアの地主』（一六八八）、ウィリアム・コングリーヴ『愛には愛を』（一六九五）、アフラ・ベーン『おとうと』（一六九六、死後初演）、そしてファーカーによる『双子のライヴァル』（一七〇二）および『伊達男の策略』など、王政復古期に分類される「兄弟もの」の芝居で目立ったものは、実際のところいずれも名誉革命の一六八八年を契機としているか、それ以降に書かれた作品である。加えて、（本章は喜劇を論じるため、ここで詳しくは触れないものの）トマス・オトウェイの悲劇『孤児』（一六八〇）も、ヒロインの孤児モニミアと彼女をめぐる恋敵同士の兄弟が、愛と名誉の狭間で行き詰まる「兄弟もの」の悲劇だが、これとて名誉革命の主要因のひとつである王位継承排除危機の真っ只中で執筆、上演されたものである。キャンフィールドが言うように、「トリックスターの弟」が、王政復古時代の後期封建主義的イデオロギーの体現者であるなら、何故シャドウェルのようなアンチ王党派のホイッグ主義者が、兄をコケにして弟に良い目を見せる芝居を書くのだろう?

筆者が、こうしたもって回った言い方で示唆したいのは次のようなことである。これまでの章で既に確認したように、〈兄弟〉とはいつの時代にも存在する普遍的な人間関係であるがゆえに、時代や文化によってそれぞれ異なる意味を帯び得る変幻自在のトポスであるということ、そのため、名誉革命体制に賛成の者も、反対の者も、自らの主張に合わせて使えるプロテウスのような存在として、〈弟〉というキャラクターを用いたのだということである。だが、差異の背後で彼らが共有しているのは、ウィリアムズいうところの「土地の収奪」という主題である。しかもこの時期には、収奪の対象となる土地として、田舎のみならず「アイルランド」という植民地がイングランドの視野に大きく入ってくる。この要素を考慮してみれば、一見シャドウェルからファーカーまで直線的に発展するように見える、「貴族的な王政復古期の喜劇からブルジョワの感傷喜劇へ」という流れに、ファーカーの芝居がむしろ水を差していることがわかるだろう。

シャドウェルの、ホイッグ的〈弟〉表象

伝統的なホイッグ史観では、名誉革命を、絶対王政から立憲王政への移行という大改革を成し遂げた偉業と捉える。[*02] そして、同時代に活動していた劇作家のなかでこのような立場を端的に表していたのが、トマス・シャドウェル（一六四二？—九二）である。[*03] ホイッグ派のシャドウェルは、王位継承排除危機が回避された頃には文壇で干され、トーリー派だったジョン・ドライデン（一六三一—一七〇〇）に揶揄されたりしていたのだが、ホイッグの力が強大化しつつあった一六八八年の五月三日（オレンジ公ウィリアムがイングランドに上陸する五ヶ月ほど前のこと）に、ドルリー・レイン劇場で初演された『アルセイシアの地主』で復活を遂げる。

この作品は、ベルフォンドという一族の親子二代にわたる兄弟の確執を描いたものであり、親世代では、兄のサー・ウィリアムが先祖伝来の土地を受け継ぎ、弟のサー・エドワードはロンドンで富裕な商人となっている。サー・ウィリアムには二人の息子がおり、ベルフォンド兄のほうは嫡男として田舎で厳しく育てられた無骨者だが、ベルフォンド弟は、幼時に息子のいないサー・エドワードの養子となって、都会で自由な気風の教育を受けた洒脱な都会人である。ただし芝居は、父の厳しい教育を嫌ったベルフォンド兄がロンドンへ出奔し、ならず者が巣食うホワイトフライアーズ地区（通称アルセイシア）に居ついて、彼から財産を巻き上げようとする取り巻きたちに騙されているところから

始まる。

　要するに、タイトルになっている「アルセイシアの地主」とは、ベルフォンド兄のことなのだが、仕事の予定が空いたのでたまさかロンドンに寄ったサー・ウィリアムは、アルセイシアのごろつきが「ベルフォンドの旦那と飲んだ」というのを聞いて、それを弟の方と勘違いしてしまい、彼と彼の養父である実弟の教育法を口汚く罵る。つまり、『アルセイシアの地主』という作品は、嫡男であることだけを頼みに地主として生きる兄たちは、視野が狭く人を見る目がないだめな人間であり、学問を身につけ、独立独行で身を立てる弟たちこそ立派な人間であると、二世代にわたって見せつけることで、間接的にトーリー派によるステュアート王朝擁護論を批判しているのである。

　しかし、ここでいう学問とは、前章で論じた『あらし』のプロスペローが惑溺したような、神秘的なものでは決してない。それどころか、フレッチャーとマッシンジャーの『お兄さん』以上に世俗化されて、のちの名誉革命体制政府の政治理念に順じるようなものになっている。第二幕で兄から教育方針を責められたサー・エドワードの弁明によれば、彼が養子に施した教育は、次のようなものだ。まず、彼はベルフォンド弟をグラマー・スクールに通わせ、ギリシャ、ローマの古典をしっかり身につけさせたが、それは人格の陶冶というよりは「学識ある紳士たち相手に、場にふさわしい会話ができる人間を形成するのは、学問の貴い目的のひとつ」（二三二頁）という社交上の理由からである。次に、大学で歴史と自然哲学（今でいう自然科学）を三年間学ばせるものの、「大学色が強くなっては困る」（一三二頁）という考えから、卒業前にテンプル法学院へと移してしまい、「昔ながらの本物のイングランド政府の憲法」（同頁）を学ばせる。仕上げに、イタリア、ドイツ、オランダを周遊するグランド・ツアーで見聞を広めさせたので、ベルフォンド弟は「外交問題に通じた、完璧なイングランド紳士」（同頁）となって帰国したという。

それが領地の経営となんの関係があるのかという兄の詰問に対し、サー・エドワードは事も無げに答える。

サー・エドワード　あの子は領地のことなど歯牙にも掛けていないので、兄さんの死を待ちわびるようなこともないですよ。自分で言うのもなんですが、むしろうちの子は、わたしに長生きしてほしいと思っているはずです。だってわたしは、あの子を、あらゆる点から見て祖国のお役に立つ完璧な紳士に育て上げたんですから。

サー・ウィリアム　祖国のお役にだと！　あいつの祖国なんかくそ食らえだ！　あいつみたいなならず者どもの国で、お役に立つ価値もない。（一三二頁）

このやりとりからは、サー・エドワードの教育方針とは、究極的には「立憲君主国家政府の実務的な役に立つ人間」を育てることに尽きるということが見てとれるだろう。同様にはっきりしているのはサー・ウィリアムの視野の狭さで、サー・エドワードが養子のことを、国際関係においてイングランドの国益に役立つ人材だと誉めているのに対し、彼は「祖国」(his Country) という言葉を、わざと「彼の根城」程度の意味に読み替えて、アルセイシアを含意して返答しているのである。

視野狭窄の旧紳士であるサー・ウィリアムと違い、サー・エドワードと彼に育てられたベルフォンド弟の二人は、新種の紳士を体現している。もともと「紳士」(gentleman) とは、「貴族」(nobleman) と同義に用いられ、やがて貴族には列せられないが紋章を持つことを許された地主階層を指すようになった語である。だが初期近代以降には、「紳士階級」に当てはまる人々は、「ナイト」、「エスクワイア」、「(ただの) ジェントルマン」のように細分化を繰り返しながら拡大解釈され、一八世紀に入るとついに、地代以外の収入によって生計を立てる職業人までをも含むようになるのだ。

こうした「紳士」の拡大の背景には、重商主義の時代になると、国家とその経済を支える大黒柱となる人々が、地主階級ではなく貿易商人および軍人になっていったという事実があげられる。彼ら「新しい紳士」が芝居の中で堂々と名乗りを上げるには、本章の冒頭でも言及した、王政復古期の喜劇を毛嫌いするリチャード・スティールによる『醒めたる恋人』(一七二二) を待たなくてはならない。[*04]

しかし、海と陸を股にかけるこの芝居の大商人シーランドが、貴族のサー・ジョン・ベヴィルに投げつける啖呵——「我々商人は新種のジェントリ (a new species of gentry) で、つい前世紀にこの世に生まれたばかりだが、あんたたち、自分は我々よりずっと上だと思い込んできた地主階級と、同じくらい高貴で、ほとんど同じくらい役に立つのだよ」(四幕二場、三六五―六六頁)というもの――が奇しくも示しているように、彼らは「前世紀」である一七世紀後半から存在していた。そして、『アルセイシアの地主』に登場する二人の弟たちは、間違いなくその先駆けなのである。

彼ら新種のジェントリたちは、貿易商人として、政治家として、軍人として、常に海外を見据えており、彼らはすでに、リンダ・コリーが一八世紀英国のナショナル・アイデンティティ論で論じたような、近代的な国民国家の意識を持っているように見受けられる。[*05] そうであれば、劇の大詰めで捕縛されたアルセイシアのならず者たちを前にして、サー・エドワードが連合王国の統治を引き合いに出すのも無理からぬことだろう。

サー・エドワード　……これほどの厚かましさが、政府によって見逃されたことなど、かつてあったろうか? アイルランドは征服した。ウェールズは従えた。スコットランドは連合した。ところが、まさに政府のお膝元であるロンドンに、まだ征服し得ず、反乱を続けるところが残っているとは。

(五幕、二八〇頁)

作者シャドウェルの代弁者めいた役割を持つサー・エドワードは、徹頭徹尾「王」ではなく「政府」を最高権威としてあげ、その政府による連合国家の成功を信じて疑わない。この半年後には名誉革命体制が成ったことを遡及的に考えると、彼の台詞は予言めいてすらいるかもしれない。とりわけ、「アイルランドは征服した」という一文は、ボイン川の戦い（一六九〇）を想起せざるを得ない後代の人間には皮肉に響く。周知のように、一六八八年一一月、ステュアート朝打倒のために議会派に招かれたオレンジ公ウィリアムがイングランドに上陸すると、ジェイムズ二世は一旦フランスへ亡命する。だが彼は、フランスとスコットランドの支援を得て一六九〇年三月にアイルランドに上陸し、同年七月一日にダブリンの北約五〇キロにあるボイン川の河畔で、ウィリアム軍と激突した。この時の死傷者は、ジェイムズ軍約一五〇〇人、ウィリアム軍約五〇〇人に過ぎず、双方にとって決定的な戦いではなかったが、その後もアスローン包囲戦、リメリック包囲戦と負け続け、オークリムの戦い（一六九一年七月一二日）でアイルランドのカトリック勢は完全に制圧されたのだ。[*06]

サー・エドワードは――あるいはシャドウェルは――遠からず遂行されるアイルランド制圧を見通していたのだろうか。あるいは、この激しい一連の戦いがまるで予期できていなかったからこそ、こんなに安心しきって「アイルランドは征服された」と述べたのだろうか。いずれにせよ、シャドウェルにはアイルランドに対する共感はひとかけらもない。王位継承排除危機の頃に書かれた前作『ランカシャーの魔女たち』（一六八一）では、アイルランド人のカトリック司祭ティーグ・オディヴェリーを登場させ、アイルランド訛りの妙な英語を喋る無教養な男（次章で詳しく説明するが、このような笑われ役のキャラクターをステージ・アイリッシュマンと呼ぶ）として、さんざんコケにしたシャドウェル。あまつさえ、劇の大詰めには、オディヴェリーがカトリック陰謀事件の首謀者の一人であったことにしてしまい、反逆者として劇世界から追放してしまったシャドウェル。この芝居におけるアイルランドのイメージが強すぎたため、ドライデンの諷刺詩『マク・フレックノウ』（一六八二）では、愚鈍国の帝王フレックノウ（実在のアイルランド詩人）から後継者に指名されたと諷刺的に歌われて、ご立腹だったシャドウェル。そんなシャドウェルの劇が言祝ぐ、「新種の紳士」が国際的に活躍する世界とは、手始めに一番近い〈海外〉であるアイルランドを抑圧することによって栄える世界でもあったのだ。

多様な意味を持つ、コングリーヴの新しい〈弟〉

だがもちろん、名誉革命時代の喜劇が、なべてホイッグ的イデオロギーを伝達していたわけではない。例えばアフラ・ベーン（一六四〇―八九）の『おとうと』は、名誉革命の翌年に死去した彼女の最後の芝居で、『アルセイシアの地主』からそう時間が経過していない頃に執筆されたと考えられるが、この作品は兄弟の確執という同様の主題を扱っていながら、その政治的立場は正反対である。

あらすじのレヴェルで見れば『おとうと』は、兄サー・マーリンを教養のない放蕩者とする一方、弟ジョージをヒーローとして描く点が、『アルセイシアの地主』とよく似ている。だが、ベーンの描く弟ジョージ・マーティーンは、ベルフォンド弟とは違う。政府のお役に立つような人間でもなければ、反カトリック意識を自らのアイデンティティの一部とする考えも毛頭ない。なにしろ彼は、父サー・ロウランドから商人のもとへ徒弟に出されておきながら、奢侈を覚えて金が足りなくなり、パリに逃げてルジェールという変名を使い、洒脱な紳士として通していたような人間なのだ。

ロンドンに戻った彼は、パリで懇意にしていた貴族フレデリク公に思いがけなく再会するが、祖国での自分はしがない徒弟なのだと白状して、次のような弁解をする。

ジョージ　言わせていただきますと、うちは立派な家柄です。しかし、父は弟だったので分家な上に、この不幸せなわたしはその末端にいるのです。つまり、わたしは弟《カデット》なのです。我が一門から見捨てられた追放者、母国イングランドの旧弊の呪いの下に生まれついた者です。他国では、弟たちは軍隊に入るべく育てられますが、そこでなら勇敢な者は名誉と栄冠に恵まれます。我々イングランド人は、卑しくも末弟を奴隷状態に縛りつけ、怠惰な職業につけようとします。無益にも、店だとか帳簿だとかいった世界に閉じ込めて、どうやって騙すか、どうやって値切るかといった下品

な手練手管で魂を堕落させようとするのです。（一幕一場一五四―六一行）

ぬけぬけとこんな発言をする徒弟では、彼を預かった商人もさぞ苦労をしたことだろう。ジョージは、商業にジェントルマン性を見出せず、「卑しくも」（basely）、「奴隷状態」（Slavery）、「怠惰な職業」（Lazy Trades）、「下品な手練手管」（the mean Cunning）といった、あらん限りの否定的な単語を用いて、それを説明しようとする。彼は、『アルセイシアの地主』のサー・エドワードのようないわゆる「紳士商人」（gentlemen merchants）を、紳士とは認めない。彼の価値観は、あくまで王党派のそれなのだ。たとえ、兄が廃嫡され、ジョージがサー・ロウランドの新たな嫡男となって、新たな富とテレジアという恋人を手に入れる結末が観客を待っているにせよ、『おとうと』が示す弟の理想像は、「家父長的な権威（ステュアート朝絶対王政）に抵抗する弟（ホイッグ）」とは遠く離れた何者かなのだ。

『アルセイシアの地主』の場合、長子相続制度はステュアート朝絶対王政と結びつくので、兄が愚鈍で弟が賢いという設定は政治的主張のために必要な道具立てであった。しかし、『おとうと』においては、マーティーン（Marteen）兄弟のモデルとなったマーテン（Marten）兄弟に関する歴史的背景とも相まって、状況が正反対になる。同時期に執筆されたベーンの『オルーノコウ』（一六八八）の語り手は、作品の終盤でマーティン大佐（Colonel Martin）という人物と出会い、「この方は大変な色男で、機知と善良さにもあふれていたので、わたしは自分の新作喜劇で、この人を実名で褒め称え、あれほど立派な男性の記念としたのです」（一一一頁）と述べる。この語り手をどの程度信頼するかはさておき、ベーンは実際に南米スリナムに滞在した可能性が高く、またここで言及されている「新作喜劇」が『おとうと』を指すのは、つとに知られたことである。[*07]トマス・ベタトンの伝記で知られる文筆家のチャールズ・ギルドン（一六六五―一七二四）は、ベーンの遺稿を整理して、一六九六年に『おとうと』を出版したが、その際にこの芝居の材源について、参考とした先行文学作品はないものの、チャールズ一世の処刑に積極的に関わった共和派の政治家ヘンリー・マーテン（一六〇二―八〇）とその弟ジョージという実在の人物像に基づくと説明している。ベーンにとって、堕落した放蕩者にして父親から廃嫡される兄とは、国王を弑逆した議会派の人物を意味していたのだ。

　とすれば、この芝居が長らくお蔵入りになっており、ベーンの死後七年が経過した一六九六年の二月にやっと初演を迎えたというのも無理のない話だろう。むしろ、何故この時期に初演が叶ったかのほうが不思議だ。しかし、その答えは案外単純で、この前年に彼女の散文ロマンス『オルーノコウ』がトマス・サザーン（一六六〇―一七四六）によって戯曲化され、成功を収めたために、柳の下の二匹目のドジョウとなることを期待されたのだ。だが、ギルドンがクリストファー・コードリントン（一六六八―一七一〇）に当てた献辞を見ると、冒頭から「この戯曲が上演された際、偏見に満ちた判事たちによって受けた不当な判決は、より偏見の少ない読み手によって覆されるものと確信しています」（三五九頁）などと、実に言い訳がましいことばかりが書かれている。要するに、『おとうと』は売れなかったのだが、それも当然だろう。名誉革命体制下で、これほど時節に外れた芝居が受けるはずもなかったのだ。

それに対して、ほぼ同時期に上演された兄弟もので人気を博したのが、ウィリアム・コングリーヴの『愛には愛を』だ。この作品は、国王劇団と公爵劇団が再編成された新たな「統一劇団」のこけら落とし公演の演目に選ばれ、一六九五年四月五日に初日を迎えると、当時としては異例の十三夜連続公演という大成功を収めた。同世代の俳優兼劇作家コリー・シバー（一六七一―一七五七）によれば、「あまりに法外な成功だったので、劇団はそのシーズン中に別の芝居を演じる機会がほとんどなかった」（一一四頁）ほどであった。現在ではコングリーヴの最高傑作とされている『世の習い』（一七〇〇）が、当時はあまり売れなかったことを考えると、『愛には愛を』はそれだけ同時代的な関心を共有する芝居であったことが窺える。

この作品も、『おとうと』と同様に、長男が父親の不興を買って廃嫡に瀕しているところから始まる。しかし重要なことに、『愛には愛を』の主人公は弟ではなく、放蕩者の兄ヴァレンタインのほうである。彼は、それまでの債務を父に肩代わりしてもらう条件で、不動産譲渡証書に署名せざるをえない立場に追い込まれるが、彼を見捨てたかに思われた恋人アンジェリカが、土壇場で債務証書を破り捨てて、彼を救う。放蕩者が財産と花嫁をともに手に入れるという大団円は、王政復古期の喜劇の常道に立ち返り、長子相続制度（とそれが示唆する後期封建主義的土地経済）を支持しているように見えるかもしれないし、実際にズーヘア・ジャムーシはそのように解釈している（一六〇―一六八頁）。

しかし本当のところは、コングリーヴの共感はホイッグのほうにあったのだし、そもそも彼は王政復古盛期の風習喜劇の常道に通じていたわけでもなかった。彼は一六七〇年にヨークシャー地方バードジーで生まれたイングランド人だが、コーク伯やバーリントン伯に仕えることになった父に従って、幼時よりアイルランドに渡った。キルケニー・スクールからダブリンのトリニティ・カレッジに進んだコングリーヴには、ウィッチャリーやエサリッジの新作をロンドンの劇場で鑑賞する機会など、ほとんど無かっただろう（一年遅れでダブリンのスモック・アリー劇場に来たものを、見たことはいくらもあっただろうが）。ポスト名誉革命世代のコングリーヴにとっては、長子の権利が回復されるという王政復古喜劇の王党派的イデオロギーにさしたる思い入れもなく、それを換骨奪胎することに、さほどのためらいも感じなかったのではないか。

この芝居で注目すべき点は、話が進むにつれて、ヴァレンタインが家督をめぐって争う相手が、弟のベンではなく父親のサー・サムソン・レジェンドであることが明らかになる点であろう。三人兄弟の三男として、先祖伝来の土地財産を相続することなど考えられない状態にあったベンは、自活の道を探るべく早くから家を出て船乗りとなっており、もはや陸上の生活にはなんの興味もない海の男になっている。父に呼び戻されロンドンに戻った彼が、その実レジェンド家の財産相続にどれほど無関心かは、第三幕で初登場するや否や、父親に「ディック兄さんとヴァル兄さんは元気？」（二四七―四八行）と尋ねて、父親に「ディックは二年も前に死んだよ。おまえがレグホーンにいた時に手紙を書いたじゃないか」（二四九–五〇行）と呆れられていることからも分かる。しかも、彼は自分がなんのために呼び戻されたかも理解していない。プルー・フォアサイトという財産家の娘と結婚して、レジェンド家の跡目を継ぐようにと言われたベンは、「もし父さんが再婚するなら、俺はまた海に出ようと思ってたんだけどなあ。……ただ、父さんの迷惑にはなりたくないから、風向きがそういうことなら、たとえ結婚だって何だってしてやるよ。個人的には、特に結婚したくないんだけど」（二五六–六〇行）と答えて、驚くほど消極的に受諾する。

財産に対しても結婚相手に対してもこれほど動機を欠いた求婚が、うまくいくはずもない。プルーにまるで馴染めない彼は、代わりに財産目当てのフレイルという女に手玉に取られ、父親に「もし結婚するなら、父さんでなく俺自身を喜ばせる相手としたい」（四幕三二一–二二行）と告げて、父親とも決裂してしまう。どちらの息子も当てにならないと思ったサー・サムソンは、自分自身が財産家の娘と再婚して、新たな嫡男を設けるという計画を立て、ヴァレンタインの想い人であるアンジェリカに求婚する。つまり、レジェンド家の財産についても、結婚相手（と彼女の財産）についても、ヴァレンタインのライヴァルは、弟ベンではなく実の父親なのだ。

また、重要なことに、狂気を装って不動産譲渡証書への署名を引延ばすなど、長子の権利を守るために涙ぐましい小細工を続けるヴァレンタインも、実は世襲財産そのものに大した執着があるわけではない。愛するアンジェリカが自分ではなく父親を選んだと知ると（ただし、これはヴァレンタインの愛情を試すための彼女の演技である）、彼はなんと彼女の資産を増やすために、父の命令通りに署名することを選ぶのだ。

ヴァレンタイン　ぼくの喜びに役立つのでなければ、財産になんかなんの価値もない。そしてぼくの唯一の喜びとは、この女性を喜ばせることだったから、そのために虚しいあがきを随分と繰り返して来たけれど、ここに来て、ぼくの破滅以外に彼女を喜ばせる術はないと判明したわけだ。それなら署名しようじゃないか――さあ、書類をくれ。

アンジェリカ　なんて寛大なヴァレンタイン！

（五幕四八〇―八五行）

ヴァレンタインはこの台詞によりアンジェリカの愛情テストに合格し、「喜び」を手に入れる。だが、興味深いことにこの芝居では、彼が世襲財産を継ぐにふさわしい人物であるという事実は、まさにその財産に興味も責任感も有していないことによって、逆説的に証明されるのである。この点において、ヴァレンタインの精神構造は、海上で生計を立てる弟ベンと同じくらい、土地を基盤とした後期封建主義経済から遠いところにいる。一見王党派的にも見える『愛には愛を』は、実のところデレク・ヒューズが一六九〇年代の芝居の特徴としてあげた、「ステュアート朝絶対王政の打破」（三三三頁）という主題を共有しているのだ。

この芝居で最終的な敗北者となるのは、専制的で古臭い父親サー・サムソンであって、弟のベンではない。彼は粗野で妙な船乗り言葉ばかり使う点では、『ランカシャーの魔女たち』のティーグに比肩され得る言語的な他者ではあるものの、気の良い正直者としても描かれている。それに、もともと兄と対立していない以上、兄に赦してもらったり改心したりといった、喜劇の大団円につきものの儀礼を通過する必要もない。ましてや、ティーグのように反逆者として放逐されることなど論外である。海の向こうからやってきた弟は、経済的、社会的な辱めとは無縁なままで、再び航海に出ていくのだ。

アスペイシア・ヴェサリオーは、部分的にデレク・ヒューズに賛同しながらも、『愛には愛を』を不完全なホイッグ劇だと考えている。彼女は、個人的な情愛を家父長制に代わる新しい規範として提示している点で、『愛には愛を』は紛れもなく、ホイッグ的市民社会を称揚する芝居だとするが、「それだけでは、地位、財産、権威の相互関係から立ち上がってくる真の問題を解決できない」し、「アンジェリカが債務証書を破り捨てることは……社会的な自己の封じ込めを意味している」と指摘する（五一頁）。もちろん、ヴェサリオーの言うように、世襲財産に喜びはないなどと断言して憚らないような男が、今後まともに領地を経営できるのかどうかは、かなり怪しい。

だが、これはヴェサリオーの考えるように、『愛には愛を』の欠点なのだろうか？　『愛には愛を』の折衷的な結末はむしろ、新しく生まれつつあった近代市民社会における地主の理想像そのものが、まだ形成過程にあったことを教えてくれて興味深い。と同時に、この結末は、名誉革命体制下の地主階級が、兄弟による相続争いから確実に解放されつつあった状況を示しているようにも見える。弟たちは兄を羨むこともなく、軍人や商人といった「新種の紳士」になって海に乗り出し、活動の拠点を海外に移すからだ。一見、盛期王政復古劇のロンドン中心主義を引き継いでいるかに見える『愛には愛を』は、その実、海外に目を向け、一八世紀のイギリスが歩んだアグレッシヴな重商主義をすでに予見しているのだ。

奇妙な英語を使うという点では、船乗りのベンが、一種のティーグ（ステージ・アイリッシュマン）として書き込まれていることも、意味深長ではないだろうか。すでに述べたように、シャドウェルのティーグとは違って、コングリーヴのベンは劇世界から排除されない。海の向こうの粗野な世界からやってきて、洗練されたロンドンに迷い込んだ一種の客人《まれびと》である彼は、また同時に、海運国家としてのイギリスの繁栄を支える「新種の紳士」でもあるのだ。彼は何故、このような特別待遇を受けるのだろうか。これを、コングリーヴがアイルランド育ちであるという伝記的背景に結びつけ、ベンには「イングランドの弟」としてのアイルランドの姿が投影されていると、断定することまではできない。それでもやはり、『愛には愛を』は、ホイッグ派の芝居が、それでもシャドウェルとは異なるやり方で植民地問題を表象し得る可能性を、間接的に示してくれているように思われる。

コングリーヴはその後、『世の習い』に対する観客の反応に失望して、間もなく演劇界を引退してしまう。その頃、入れ違いに頭角を表してきたのが次章で扱うジョージ・ファーカーなのだが、シャドウェル、コングリーヴとファーカーを一連の流れの中で読んでいくことで、コングリーヴの『愛には愛を』を含む名誉革命期の喜劇の多くには、明示的であれ暗示的であれ、アイルランドの存在が書き込まれていたことが、徐々に見えてくるはずである。

▽註

＊01 風習喜劇に登場する放蕩者とチャールズ二世の寵臣たちとの同一視は、同時代から行われていた。例えば、王政復古期から一八世紀を生きた劇作家、批評家のジョン・デニス（一六五七—一七三四）は、エサリッジ『当世伊達男』の初演を回想し、「彼［ドリマント］にはロチェスター伯ウィルモットの性格が見られるというのが、衆目一致するところだった。彼の機智、惚れっぽいところ、女性に対して発揮される魅力、不実なところまでが」（一九頁）と述べている。

＊02 ホイッグ史観の代表的な歴史書としては、あまりにも有名なトマス・マコーリーの『イングランド史』（Thomas Macaulay, *The History of England* 一八四八—六一）のほか、ウィリアム・スタッブズ『イングランド国制史』（William Stubbs, *The Constitutional History of England in Its Origin and*

Development 一八七三―七八）などが挙げられる。

＊03 シャドウェルの戯曲と名誉革命の政治理念の関わりについては、佐々木和貴「舞台の上の名誉革命――トマス・シャドウェル再考」（冨樫 一六三―二〇五頁）に詳しい。

＊04 一八世紀英国を、従来のような安定期としてではなく激動の時代としてとらえたポール・ラングフォードは、一八世紀の人々には「富の拡大と社会における中産階級敵の秩序の重要性は、「名誉革命以来」もっとも驚くべき発展に思われた」（六一頁）と述べている。

＊05 つとに知られているように、リンダ・コリーは、重商主義の時代、絶えずフランスを中心とした他国と植民地の権益を争うなかで、イングランドやスコットランドという個別的な王国観を超えた「ブリテン」という近代的な国家観が生まれたと指摘した。反仏、反カトリックという共通の仮想敵に根ざした国民国家アイデンティティという議論の枠組みについて、詳しくはColley 四―五四頁参照。

＊06 今でも北アイルランドは、七月一二日をオレンジ党勝利記念日（Orangeman's Day）として祝日にしている。

第六章

兄を死なせた運命星に感謝せよ

名誉革命期の喜劇におけるアイルランドをめぐる兄弟像の多様化（二）

前章では、ジョージ・エサリッジの『当世伊達男』からウィリアム・コングリーヴの『愛には愛を』までを概観し、J・D・キャンフィールドのいう「王党派のトリックスターが、内乱時代に議会派に奪われた不動産を、正しい者の手に奪いかえす」という王政復古時代の喜劇のイデオロギーが、名誉革命体制下では近代ブルジョワ的なイデオロギーに取って代わられていく様子を確認した。そこで明らかになったのは、いずれの時代にも活用される「兄弟の確執」という古いトポスは柔軟な器であって、アフラ・ベーン『おとうと』に見られるトーリー派の主張のみならず、トマス・シャドウェル『アルセイシアの地主』や、コングリーヴ『愛には愛を』におけるように、ホイッグ的なメッセージを伝えることもできるということであった。しかも、ホイッグ派であるシャドウェルとコングリーヴの間にすら、アイルランドという位相をめぐっては大きな違いがある。ステュアート朝絶対王政に代わる新しい立憲政府がアイルランドにどう対処すべきかについて、前者は徹底的な制圧を示唆する一方、後者は「新しい紳士」としてイングランド社会に穏健に包摂する可能性をほのめかしている。

この問題は、コングリーヴの次世代売れっ子作家で、アイルランド出身のジョージ・ファーカーの一連の芝居では、もっとあからさまな形で扱われている。だが、ファーカー劇のアイルランド表象は、どことなく二枚舌めいていて曖昧であり、短絡的な解釈を拒むところがある。前章でも簡単に紹介したように、一般にファーカーの喜劇はブルジョワ表象として読まれる傾向にあり、ケヴィン・ガードナーの『募兵将校』（一七〇六）論などはその典型である。募兵将校として各地を巡回している主人公のキャプテン・プルームは、大団円ではバランス判事の娘シルヴィアと結婚して退役し、シュロウズベリに落ち着くが、ガードナーによれば、「バランス判事の不動産は封建主義の最後の痕跡を象徴している。その土地を、戦争による新しい経済を象徴する男に引き渡すことで、地主であるバランスは、彼が慣れ親しんだ経済と文化は凋落しつつあるということを悟るのだ」（五七頁）。バランス判事の財産は貴族的世襲制の象徴で、近代を象徴する軍人プルームがそれを引き継ぐ、という解釈の是非については後述するが、要するにガードナーは、ファーカーは後期封建制とブルジョワ・イデオロギーの狭間にあって、後者への移行を肯定する劇作家だと考えている。しかし、彼の喜劇に散見される、アイルランド人を中心としたサバルタン表象に注目すれば、これとは異なるファーカー像が立ち現れてくる。

本章では、彼の芝居に登場する〈兄弟〉と〈ステージ・アイリッシュマン〉（アイルランド訛りの非標準英語を喋る笑われ者のストック・キャラクターのこと）の表象を相補的に読むことで、一八世紀の感傷喜劇を先取りしていると言われるファーカー喜劇が、同時に貴族社会から市民社会という時代の流れに逆らっていた可能性を示したい。

アイルランド人は兄弟どっちの味方か？

ジョージ・ファーカーについて、明確な伝記的情報はあまり多くない。アイルランド国教会の牧師を父に持ち、一六七八年にアイルランド北部デリーで生まれたが、名誉革命時のデリー包囲戦で家が焼かれ、一家でデリーを離れたと考えられている。一六九四年にダブリンのトリニティ・カレッジに特待免費生として入学するが、他の学生の下僕を務めるという屈辱的な義務に嫌気がさしたのか、九六年までには大学を辞めて、スモック・アリー劇場の一座に加わってしまう。だが、事故で共演者に大怪我を負わせてしまった後は役者業からも身を引き、友人の俳優ロバート・ウィルクス（一六六五―一七三二）の招きで一六九七年から九八年頃にロンドンへ渡る。こうした根無し草めいた伝記的背景が関係しているのかどうか、彼の芝居にはプロットを動かす狂言回し的な装置として、弟（ないしは弟の立場にある人間が就く、嘆かわしい職業としての軍人）の姿が常にある。ファーカーの劇世界では、軍人は決して「新種の紳士」などではない。むしろ、〈弟〉や〈軍人〉が一種の無法者として機能している気配が、濃厚に漂っている。

彼の第二作『誠実な二人』（一六九九）は、ドルリー・レインで上演されるや否や、主役サー・ハリー・ワイルデアを演じたウィルクスの名を大いに上げた大ヒット作品だが、この戯曲のサブプロットには、興味深い弟の物語がちらついている。[*01] フランス帰りの放蕩者サー・ハリーは、アンジェリカおよびレイディ・ルアウェルという二人の女性と三角関係になっているが、後者のルアウェルは「上手に誘惑」という名前が示す通りの女に見えて、実はそれだけでない。三幕四場で彼女は、侍女に向かって過去の辛い経験が今の自分を作ったと告げる。彼女は十五歳の時にオックスフォードの大学生に見初められ身体を許してしまうが、その後連絡が途絶えたために捨てられたことを悟り、すべての男に復讐を誓い、手当たり次第に男を誘惑することにしたのだ。ところが芝居の大詰めで、彼女が振り回していた男たちの一人スタンダード大佐こそ、彼女の初恋の大学生であったことが唐突に判明する。

スタンダード ……大学に戻ってすぐ、兄と喧嘩になりました。父は、これ以上何かまずいことが起こらないようにと、わたしを旅に出してしまったのです。ロンドンからあなたに手紙を出しましたが、届かなかったようですね。

ルアウェル 手紙でもその他の手段でも、あなたのことは何も聞きませんでしたわ。

スタンダード

わたしは三年間外国暮らしをしました。帰国後、あなたがこの国を出て行ったことを知りましたが、何処に行ってしまったのかは誰からも知ることができませんでした。あなたを恋しく寂しく思いながら、フランダースへ行き、戦争が終わるまで国王に奉仕しました。それから幸運にもアムステルダムで船に乗り込む段になり、一隻の船が我々をイングランドに運んでくれることになったのです。

（五幕三場一九六―二〇六行）

当時の時代背景に照らし合わせて推測すれば、嫡男と喧嘩をして国外に追われたスタンダードは、ウィリアム三世の旗印のもとで、大同盟戦争（アウグスブルク同盟戦争）に参加し、一六九七年のライスウェイク講和条約とともに帰国したことになる。彼が大学から軍隊へと移る経緯は、第三章で引用した、ジョン・アール『小宇宙誌』が描き出した悲惨な〈弟〉のキャリアをそのまま模倣するかのようだ。ルアウェルと再会を果たす前に、途中の街道で追い剥ぎにならずに済んだのは、僥倖と言うよりほかない。

『誠実な二人』は大受けしたため、一七〇一年には続編『サー・ハリー・ワイルデア』が上演されることになった。ここでは、前作の終わりで結婚したルアウェルとスタンダードの夫婦は早くも倦怠期に入っており、サー・ハリーと結婚したアンジェリカはフランスで客死したことになっている。サー・ハリーは妻の死に目に会えなかった腹いせにフランス中で庶子を作りまくって帰英し、ルアウェルと再び危険な関係に陥りかける。ところがアンジェリカは実は生きており、ボー・バンターというサー・ハリーの弟に変装して彼の後を追ってくるのだ。二幕一場に登場したアンジェリカ／バンターは、スタンダードに向かって「伊達男バンター」というオックスフォードの大学生だと自己紹介をし、ロンドンに来た理由を「兄さんに取り入って、彼の不動産を相続しようってのが狙いですよ。聞いた話によれば、奥さんが亡くなって、子供もいないそうですから」（一八九―九〇行）と説明する。つまり、王政復古期の芝居に頻出する「土地を狙う次男坊のトリックスター」という役を、アンジェリカは演じているわけだ。この設定の不自然さに呆れてはいけない。蓋然性などそっちのけで場の面白さを追求するのがファーカー流の芝居の妙味であるからして、この後サー・ハリーとアンジェリカが再会する場面ですら、彼女の変装はまったく気づかれない。彼は、大学に放り込んでおいた弟とは七年ばかりも会っていない、ということになっているからだ。

この連作を見ることで分かってくるのは、ファーカーの喜劇において、〈弟〉とは、ひとりの人間が突然社会から消えたり出現したりするといった、よくよく考えれば恐ろしい状況を作り出す便利な装置として機能している、ということだ。弟とは社会の周縁に置かれた無名の存在であるという認識が作者のなかにあればこそ、芝居の筋書きが要求するご都合主義を満たす装置として、これほど繰り返し〈弟〉が活用されるのではないか。そして、それは取りもなおさず、ファーカーの〈弟〉観が旧態依然としていることを示している。『アルセイシアの地主』のベルフォンド弟のように、社会的にも経済的にも恥じるところがない、自信にあふれた堂々たる弟は、彼の作品のどこを探しても出てこない。ファーカーにとって〈弟〉とは、『リチャード三世』のリチャードや『リア王』のエドマンドに代表されるような、初期近代のイメージのそれに近いのだ。

こうした〈弟〉の無名性と反逆性は、一七〇二年の『双子のライヴァル』になると、悲劇に発展する可能性をすら帯びる。『双子のライヴァル』は、双子のウドビー兄弟が、財産とヒロインを巡って火花を散らす、大筋としては平凡な物語だ。兄がグランド・ツアーに出ている間に父親が死亡したので、イギリスに留まっていた弟が、兄の相続権を乗っ取るべく様々な画策を巡らすという設定そのものには、特に刮目すべきところもない。だが、その細部には、喜劇の定石を逸脱した興味深い台詞や設定が散見される。悪役のウドビー弟は背中が曲がっていることが強調され、シェイクスピアのリチャード三世のイメージを重ねられているのだが、それだけに彼の独白は、リチャードやエドマンドの独白のパロディになっていて忘れ難い印象を観客に与えるうえ、弟たちのルサンチマンを雄弁に語っている。

ヤング・ウドビー　……でも、何が不正だっていうんだ？——世間のほうが、俺のすべての礼法をぶち壊して、原始の自然状態に俺を放り出したんだ——力と知恵が人間の最初の権利を生んだ状態――未開状態にな。父を知っているとは、俺はとてもいいえやしない。父の生前に生まれたのは確かだが、それでも俺は父の死後生まれた子であって、彼が死ぬまでは生きていなかったのだ。年月は重ねてきたけれども、それを謳歌したことはなかったんだ――この瞬間まで。俺の兄貴！　兄弟ってなんだ？　どうせ人類みな兄弟じゃないのかよ。それに、人類最初の兄弟は敵同士だったんだぞ。――兄貴は俺の人生行路を塞いで、俺の快楽を盗もうとしてる――自然によって喜びのためにつくられた俺の五感は、全軍あげての警戒態勢だ――

（二幕五場六七―七八行）

「礼法」（civilities）と「自然」（nature）を対置させ、おのれを自然に近い者と位置づけるレトリックは、「庶子」（a natural son）とのことば遊びにもなっており、弟たちの怨嗟が庶子のそれと親近性を持っていることを改めて示すとともに、「人類最初の兄弟は敵同士だった」という台詞は、ウドビー兄弟がカインとアベルの物語の系譜に属することをも示唆している。おそらく、このパロディめいた悲劇風の台詞は、ただ単に笑い飛ばされるためだけに書かれた訳ではでない。なにしろウドビー兄弟は双子であって、ほとんど生まれた時間に差はないのだ。さらに、彼ら兄弟を取り上げた産婆がどちらの赤ん坊が先に生まれたかについての証言をコロコロ変えることなども、この芝居のなかで長子の権威を一時的にせよ不安に陥れることに成功している。繰り返しになるが、ファーカーの戯曲を通して眺めてみると、不当に社会から締め出された被追放者としての〈弟〉という感覚が、そこに横溢していることが見えてくるのである。

さらに、この芝居においては、ウドビー兄の従者であるティーグというアイルランド人の存在が、二人の兄弟関係をややこしくしている。ティーグという名は、『ランカシャーの魔女たち』に登場した司祭と同じだが、ここでファーカーが念頭に置いている先行作品は、サー・ロバート・ハワードによる『委員会』（一六六二）の方だろう。王政復古後、間もない時期に上演されたこの作品は、王政復古が成ってイングランドに帰国した王党派たちが、ピューリタンで編成された土地整理委員会の面々から不動産権利を奪い返すという筋立てで、キャンフィールドが指摘する王政復古のイデオロギーを最初に明確に示した典型的作品の一つだ。だが、この芝居は〈ステージ・アイリッシュマン〉の系譜から見ても、重要な位置を占めている。

すでに述べたように、ステージ・アイリッシュマンとは、当時「ブロウグ」（brogue）と呼ばれていたアイルランド訛りの英語をしゃべるストック・キャラクターで、粗忽にして乱暴なアイルランド人のことを指す[*02]。その原型はシェイクスピアの『ヘンリー五世』（一五九九）に登場するキャプテン・マクモリスだと考えられているものの、アイルランド人に多いゲール語の男性名「タイグ」（Tadhg 詩人、語り部、の意）の英語式発音である「ティーグ」という名を冠したステージ・アイリッシュマンは、おそらく『委員会』に登場する王党派の軍人ケアレス大佐の従者が初めてであろう。『委員会』は、ストック・キャラクターとしての「ティーグ」を確立した、ある意味では記念碑的な作品なのだ。『双子のライヴァル』のティーグも、主人公であるウドビー兄の従者であり、ファーカーがハワードの創造したモデルに倣っていることは間違いない。実際、『双子のライヴァル』初演時には、前年にリンカーンズ・イン・フィールズ劇場で再演された『委員会』でティーグを演じたウィリアム・ボウエンが、再びティーグを演じていたのだから、当時の観客にも両者の関連性は明白であったろう。

だが、ステージ・アイリッシュマンとは、舞台上で滑稽化され他者化されたアイルランド人のことであり、イングランドによるアイルランド植民地支配が育んだ差別表象に他ならない。自身アイルランド人であるファーカーが、一体何故、あえて差別の象徴とも言えるこのストック・キャラクターを、自身の作中に書き込んだのだろうか。このとき彼は差別的なアイルランド人表象に自虐的に加担しているようにも見えるが、この問題については、『伊達男の策略』を分析する後段で改めて詳しく論じたい。いずれにせよ、彼が陳腐なトポスを深い考えもなしに使い回すかに見えるとき、そこにはしばしば心的なねじれが隠されているのである。

ファーカーのティーグ表象がいかにねじれているかは、上述した二人のティーグを比べてみればよく分かる。「忠実なアイルランド人」という副題を持つ『委員会』では、ティーグは内乱時代から王党派に仕えていた忠義者であり、そのゆえにこそケアレスは、主人を喪って途方に暮れていたティーグを雇う。この芝居において、ティーグの無軌道ぶりや飲酒癖が、本当の意味で主人の迷惑になることはない。むしろ彼は、偽善者のピューリタンで委員会の書記を務める禁酒家オバダイアーに酒を飲ませるのみならず、「国王万歳！」という乾杯を挙げさせることに成功して、ケアレスから「ティーグ、おまえはいくつも奇跡を起こすなあ。縁起のいいやつだよ」（四幕二場一七五—七六行）というお褒めの言葉をもらう。『委員会』のティーグは、作者から好意的に扱われる一方で、同時にそれによって矮小化され、馴致されてもいるという二重拘束状態にあるのだ。

これに対して、『双子のライヴァル』のティーグは、逆の意味で二重性を帯びている。まず彼は、自分の先輩である元祖ティーグに比べ、アイルランド訛りがとんでもなく強い。王政復古以前のハワードについて知られている伝記的事実はほとんどないが、初代バークシャー伯トマス・ハワードの子として生まれ、アイルランド英語に知悉する機会はほぼなかったであろう彼が創造したティーグは、「こいつあなんと！」（upon my soul）という間投詞をやたらに多用する以外は、ブロウグらしき言葉遣いは皆無だ。間投詞にしたところで、“upon my soul” よりも、ゲール語の間投表現を英語に直訳した “dear joy” のほうが、よほどアイルランド的表現として知名度が高かったのであり、“dear joy” とすら言わないハワードのティーグは、少なくとも言語的にはステージ・アイリッシュマンらしくない。*03

このような、いかにも作り物めいたアイルランド人とは違い、ファーカーのティーグは、本物のブロウグの使い手である。ティーグは登場するや否や、ウドビー兄に「久しぶりのロンドンはどうだい？」と聞かれて、次のように答える（拙訳ではとても原文のニュアンスを伝えられないため、原文を併記する）。

ティーグ　ん、ほんに、こん旅で見できだ中《なが》でも、いっちゃんえれえとごだ。おらが生まれた、すんばらすぃキャリックヴァーガスは別にすてな。

Teague. Fet, dear Joy, 'tis the bravest Plaase I have sheen in my Peregrinations, exshepting my nown brave Shitty of *Carrik-Vergus*.

（三幕二場二一－二三行）[*04]

舞台に上がるなり、その喋り方でロンドンの観客に強烈な距離感と他者感を与えたであろうティーグは、その出身地から考えても、イングランド人にとってはどこかキナ臭い。キャリックファーガス（Carrickfergus）は当時ベルファストよりも重要な港湾拠点で、オレンジ公ウィリアムがアイルランドに上陸したのも、この港からだった。ジェイムズ二世の決定的敗北とウィリアムのアイルランド制圧を思い起こさせる、紛争の地から彼はやってきたのだ。

さらに、後に続く場面では、彼がカトリックの王党派であることが明らかになる。ウドビー弟は、嫡男の兄に取って代わるため、本当は自分が兄であるという産婆の偽証を裏づけてくれる新たな偽証者を探している。サトルマンという雇われ弁護士（産婆の親戚）が、主人とはぐれてうろうろしているティーグに目をつけ、金のためならなんでもする男と見込んで彼の出自を尋ねると、ティーグは何故か、現主人のことではなく、前の主人のことを伝える――「マクフェイディンってのが主人の名前《なめえ》だ。主人は、ジェイミッシュ王さんについて、おフランシュに渡っただよ」（三幕二場一〇八―九行）と。

この「ジェイミッシュ王さん」（King *Jamish*）がジェイムズ二世を指していることは明らかで、ティーグは名誉革命時に王とともにフランスへ亡命した貴族に仕えたクチだったのだ。その点では彼は『委員会』のティーグと似た背景を持っているが、さりとて彼のような忠義者でもない。サトルマンがちらつかせた金に一も二もなく乗った彼は、後に証人としてウドビー兄の前に連れてこられた時ですら、しれっと「旦那ぁ、もすオラに、旦那に不利な証言をする許しをくんなすったら、後で金を半分やるべえ」（四幕一場一八一―八三行）と、偽証の許可を求める始末である。しかし、ウドビー兄に命じられると、あっさりサトルマンとウドビー弟を見限って二人に暴力を振るい出す彼は、兄弟の双方に対して平等に不義理を働いているともいえる。

こんな調子であるから、芝居が大詰めを迎えた後でも、ティーグだけはどうにも収まりの悪い位置に留まり続けることになる。ウドビー兄が「みんなそれぞれ、自分にふさわしい報いや罰をもらったな」（五幕四場一五一―五二行）というと、ティーグは「でも、可哀想なティーグには、何をくださるんかね？」（一五三行）と答える。ウドビー兄がではおまえは何が欲しいのかと尋ねると、彼は「治安《ちあん》判事《はんづ》」（Justice of peacsh 五四行）になりたいと言い出し、そりゃ無理だと笑われて大団円となる。要するに、最後まで彼の賞罰問題はうやむやにされたまま、曖昧な笑いで芝居は終わるのだ。

きついアイルランド訛りで語り、献身的な態度も欠けた『双子のライヴァル』のティーグは、一見『委員会』のティーグよりも反アイルランド感情が強いアイルランド人表象に見えるかもしれない。だが実際には、御し難い従者としての彼は、イングランド人の主人から独立した存在として、精彩を放ってもいる。ファーカーによって、ステージ・アイリッシュマンという陳腐化したストック・キャラクターは、王党派（トーリー）、議会派（ホイッグ）の争いのどちらからも距離を置いた、潜在的に無気味な存在として新たに生まれ変わったのである。

このことは、ファーカーの作品が必ずしもキャンフィールドやガードナーの主張するような市民社会への移行を示唆しているわけではないことを、教えてくれる。ファーカー流の喜劇が感傷喜劇の先駆けとばかりは言えないことは、兄弟喧嘩を扱っていない喜劇からも窺うことができる。例えば、ガードナーが新しい富の象徴だと論じた『募兵将校』のキャプテン・プルームは、むしろ時代が市民社会へと移り変わろうとしているなか、なお古い体制への参入を夢見ている存在として描かれているのではなかろうか。この戯曲の最終場で、バランス判事の娘シルヴィアとの結婚が決まったプルームは、自分がスカウトした新兵の全員をライヴァル将校のブレイズンに譲り、「ぼくは、この立派な紳士［バランス］のお手本に倣って、田舎で自宅にいながら女王にお仕えするのさ」（五幕七場一七一―七二行）と宣言する。そして芝居は、流浪の募兵将校職を辞して定住できる喜びを言祝ぐ歌で幕を閉じるのだ。

プルームの幕締めの台詞から判断するに、彼が新しいブルジョワ的価値観を体現した職業軍人として描かれているようには感じられない。彼はむしろ明らかに、職業軍人という仕事を嫌がっており、古いタイプの地主社会に参入できたことを喜んでいる。特に、「この立派な紳士のお手本に倣って」という表現は意味深長である。何故ならば、軍人好きのバランスは、第二幕でプルームに次のようなことばをかけているからだ。

バランス　……わしもかつては今の君と同じように将校だったのだよ。だから、自分があの時どうだったかを思い出せば、君の考えを推し量ることが出来るのだ。よく覚えているさ、実直な老田舎郷士の娘さんの心を惑わすことが出来るなら、足の一本くらい失っても構わないと考えていたもんだ。で、その実直な老田舎郷士ってのは、当時のわしが君に似ていたのと同じくらい今のわしに似てるんだよ。

（二幕一場三〇―三五行）

バランス判事の出自は作中で具体的に説明されないが、彼は一体何者なのだろうか。もし、ガードナーが主張するように古い貴族的価値観を奉じる立場の人間なら、なぜ往時に軍人などとして「実直な田舎郷士」に白い目で見られたりしていたのか。とどのつまり、プルームとバランスは、昔ながらの土地の相続を基盤とした社会経済システムのなかで、かつて参入に成功した者と今まさに参入せんとする者でしかない。ファーカーの劇世界は、新しい経済システムを描き出すというよりは、貴族主義的土地社会の周縁に置かれた者が、懐旧的に中央を眩しく見つめている芝居である。彼らはみな、新しい社会を牽引するよりは、古い社会への参入を夢見る〈兄になりたい弟たち〉なのだ。

エイムウェルはどれほど感傷的《センティメンタル》か

ファーカーが、名誉革命時代の新しい弟観ではなく〈抑圧された弟〉のイメージを強く持っていたことを、もっとも良く表しているのが、彼の最後の喜劇『伊達男の策略』だろう。主人公のエイムウェルは、貴族ロード・エイムウェルの弟ではあるが、放蕩の挙げ句に食い詰めて、友人のアーチャーと共に田舎で結婚詐欺をはたらこうと、リッチフィールドへやってくる。突然ロンドンを離れる弁解に、彼らは募兵としてブリュッセルに赴くと周囲に告げて来たのだが、アーチャーは「実際、この企てが失敗したら、本当にそうならざるを得ないぜ」(一幕一場九四―九五行)と呟く。この戯曲においても、長子相続制度から疎外された者として〈弟〉と〈軍人〉を結びつけるファーカー得意の設定が生かされている。

またエイムウェルは、弟は不当に兄から権利を剥奪されているという、ウドビー弟のルサンチマンを共有してもいる。例えば、詐欺に当たって従者役を務めるアーチャーから、どんな身分を詐称するのか尋ねられた彼は、「兄貴の肩書きに決まってる。兄貴は絶対ほかに何もくれやしないんだから、この機会に称号くらい失敬してもいいだろ」（三幕二場六五―六七行）と答えているからだ。このような恨み節が含意するイメージが、『アルセイシアの地主』のような名誉革命期の芝居のイデオロギーというよりも、『お気に召すまま』のオーランドーら初期近代の弟たちのほうに近いことは、言うまでもないだろう。

『伊達男の策略』において、台詞の上でしか登場しないエイムウェルの兄が、富と権力を表す記号にすぎないことは、その願望充足的な大団円に端的に示されている。エイムウェルは、結婚詐欺の相手に見込んだ財産家の娘ドリンダの善良さに心を打たれ、秘密結婚の直前に自分は「全身これまがい物」（五幕四場二五行）なのだと思わず告白してしまう。驚いたドリンダにあなたは何者なのかと問われた際の、彼の返事はこうだ――「ぼくが肩書きを簒奪した男の弟です。でも、その地位と財産に対しては赤の他人同然です」（三五―三六行）。こうして自らの策略をご破算にしたエイムウェルは、最後に機械仕掛けの神《デウス・エクス・マキナ》めいた唐突な展開によって、幸せを手に入れることになる。ドリンダの義姉サレン夫人の実兄が、たまたまロンドンから妹に会いに来ることになっていたのだが、彼はエイムウェルを見かけると、次のような祝辞を述べるのだ。

サー・チャールズ ああ、ロード・エイムウェル、お祝い申し上げます。

エイムウェル 何に？

サー・チャールズ あなたの称号と財産に対してです。お兄様は、あなたがロンドンをお発ちになった翌日に亡くなりました。お友達が皆あなたに宛ててブリュッセルに手紙を送りました。そうしたお友達のなかにわたしも混じっていたのです。

（五幕四場一〇一—五行）

兄の死を告げる使者にも、これを聞いて「こんな事件を孕んだ豊穣な運命星に感謝だ！」（五幕四場一〇八—九行）と叫ぶエイムウェル本人からも、死を悼む感受性は感じられない。兄の死は純然たる好事であり、彼の心の中には今、順番が繰り上がって貴族社会に参入することを許された喜びだけがあるのだ。もちろん、キャンフィールドが指摘したように、ドリンダを本気で恋するようになり、彼女を傷つけるよりは自らの破滅を選ぶ彼には、感傷的人間（a man of sentiment）の影がすでにちらついている。だが、こと〈弟〉の表象に関わる文学的想像力から判断する限り、ファーカー喜劇を単純に感傷喜劇の先駆けと考えることは難しいように思われる。

ただし、このことはファーカーが時代の見えない男だったということを意味しない。むしろ、彼は生前から、時代の流れに敏感すぎる日和見主義者という評価を受けていた。『双子のライヴァル』は、ファーカーの全作品の中でも、もっとも向こう受けしなかった作品だが、それは彼自身の分析によれば、ジェレミー・コリアー（一六五〇—一七二六）による劇場批判のパンフレットに順応しすぎたせいであった。コリアーの『舞台の不道徳と不敬に関する管見』（一六九八）は、王政復古期の喜劇が不道徳な放蕩者に罰を与えるどころか、かえって良い目を見させることに加え、彼らがみだりに神の名を口にし、聖職者を馬鹿にすることで、詩的正義を踏みにじり、観客の堕落を招いていると主張した。民衆を教え導くという演劇の「利点が、今や敵の手に落ち、しかも極めて危険な運用をされている」（一頁）という挑発的な書き出しから始まるコリアーの批判に対し、演劇関係者からは、ただちに多くの反論が寄せられた。ジョン・デニスの『舞台の有用性』（一六九八）や、自作を狙い撃ちで批判されたジョン・ヴァンブラによる『「逆戻り」と「挑発された妻」を、不道徳と不敬の点から少しばかり擁護』（一六九八）などのほか、トマス・ダーフィーは自作の芝居『運動家たち』（一六九八）の中で、コリアーを揶揄した。

これに対し、ファーカーは『双子のライヴァル』出版の際に付した序文でこう言う——「時には敵の忠告から利益を得られることもあるし、彼［コリアー］の目論見をくじく唯一の方法は、芝居を抑圧するためになされた非難に基づいて演劇を改善し、さらに繁栄させることではないか」（四九九頁）。ここで思い返せば、改革派のはずのシャドウェルによる『アルセイシアの地主』の主人公ベルフォンド弟も、長年の愛人との間に三歳になる婚外子がいるほか、初心な市民の娘を篭絡して捨てている。ホイッグ的な近代市民意識を持つ彼ですら、結局のところは王政復古時代の演劇に通底するミソジニーが産んだ二律背反的な生物、つまり〈名誉ある漁色家〉であった。ファーカーは、自身も初期の成功作『誠実な二人』や『サー・ハリー・ワイルデア』では、この型の主人公を大いに活用したにもかかわらず、『双子のライヴァル』では豹変して、名誉と漁色を、誠実なウドビー兄と放蕩者のウドビー弟という二人の人物に分かつことで、勧善懲悪を一見明確にしたのだ（これが実はティーグによって掘り崩されていることは、すでに見た通りであるが）。

観客が「改善点のすべてを不平の種と受け止め」たのが、「客席がこうもスカスカだった原因だと思う」（四九九頁）とぼやくファーカーは、一七世紀末から盛んになった演劇改革運動と足並みを揃えている点では、キャンフィールドの言うように感傷喜劇の先駆けではある。しかし、真に注目すべきは、これほど時代の流れが見えていたファーカーが、土地の相続と兄弟という主題に関しては、何故か旧態依然として、長子相続制度に抑圧される弟の不満を描き続けた点だろう。そしてこの謎を解く鍵は、おそらく、彼が兄弟ものの芝居を書く時には、何故か必ずステージ・アイリッシュマンの脇役を添えるという不思議な癖にあるのだ。

アーチャーは何故訛りが上手いのか

『双子のライヴァル』で『委員会』のアイルランド人従者をパロディ化したように、ファーカーは『伊達男の策略』で、シャドウェルによる『ランカシャーの魔女たち』（一六八一）に登場するアイルランド人のカトリック司祭ティーグ・オディヴェリーをパロディ化している。ホイッグ・イデオロギーが明瞭なシャドウェルの芝居においては、ティーグは単なる笑われ役では済まず、最後にカトリック陰謀事件の首謀者の一人であることを暴かれ、反逆者として劇世界の大団円から放逐される。彼は、徹底的に〈他者〉として描かれているのである。

周知のように、カトリック陰謀事件とは、タイタス・オーツ（一六四九–一七〇五）の偽証による捏造事件である。一六七八年、彼はイズレイル・トングとともに、「イエズス会士の間に、チャールズ二世を暗殺してカトリックの王弟ジェイムズを王位に就け、新教徒を虐殺するためにフランスとアイルランドから軍隊を招く陰謀がある」という旨の偽証を行なった。この証言を聞いた治安判事がその後怪死を遂げたこともあって、イングランド社会は反カトリックの恐慌状態に陥り、一六八一年までの約二年半の間に、約三五名のカトリック聖職者が冤罪で処刑されることとなったのだ。この顛末を遡及的に考え合わせると、ありもしない罪で逮捕されるティーグ・オディヴェリーの運命の不条理さに、諷刺めいた効果を感じないでもない。

だが、『ランカシャーの魔女たち』という作品自体は、イエズス会士による陰謀の存在を信じており、ティーグによる「おらが絞首台で一席ぶつスピーチの内容は、随分と前にイエズス会士の仲間が考えてくれて、ちゃんといつも手近に持っとる。それを頼りに生き、死んだるわい」（第五幕、一八八頁）という自白の台詞が、それを明らかに示している。作品が提示する正義の感覚に従えば、国の中枢に害をなすアイルランド人（カトリック）は、切り離し、排除されなければならない。つまり、シャドウェルの戯曲が想定する世界観では、アイルランドとは、国家という身体の外部にくっついた腫れものような存在なのだ。だがファーカーにあっては、いささか事情が異なる。『伊達男の策略』に登場するアイルランド人司祭の扱いは、もっと芝居全体の深層構造に食い込み、複雑な様相を呈しているのだ。

フォワガル（フランス語で「信仰守護」の意の偽名）と名乗るこの司祭が最初に登場するのは三幕二場、二人の伊達男が寄宿する宿の主人が、フランス人の在英仏軍付き司祭として彼をエイムウェルに紹介する場面である。だが、フランス語の鼻音が混じってしまうと弁解する彼の英語の挨拶が、「おう、ほんに、おばんでがんす」（"Och, dear Joy, I am your most faithful Shervant" 一六〇—六一行）というブロウグ丸出しのものだったため、エイムウェルは即座にアイルランド人であることを見抜いて、「外国人だって！　まごうかたなきティーグじゃないか」（一六七行）と呟く。しかし、エイムウェルはこれを暴いてフォワガルを劇世界から放逐するわけではない。むしろ、これをネタに彼を脅して、結婚詐欺の共犯に引き込もうとする。

イングランドの臣民でありながら敵国フランスのために働いているのは反逆罪にあたるというのが、彼の脅迫の根拠だが、その決定打になるのは、アーチャーが打つ大芝居である。しらを切ろうとするフォワガルに向かい、エイムウェルは、証人としてアーチャーを連れてくる。

エイムウェル　他にも証拠はある——お入り、マーティン。この者を知ってるな。

アーチャー登場

アーチャー　（アイルランド訛りで）おばんでがす、大事《でえじ》な身内どん、調子《ちょうす》はどうだべね？

フォワガル　あれ、えれえこった、同国人《どうこくずん》でねえか。あのヤロコの訛りで、おらの訛りもばれちまうヨ！

（四幕二場六五—七〇行）

アーチャーに親しげに話しかけられたフォワガルは、あっさりと尻尾を出してしまい、おとなしくドリンダとエイムウェルの秘密結婚を執り仕切ることになる。しかし、何故イングランドの小粋な伊達男——ちなみに彼は後に、「フランシス・アーチャー、紳士《エスクワイア》」（五幕四場二〇五行）と名乗っている——が、アイルランド人も騙されるほどに流暢なアイルランド英語を操れるのだろう？　そして何故アーチャーは、フォワガルの身元を知っていたのだろう？　引用部分だけを見ると、言葉遣いからアイルランド人であると認識して博打を打ったようにも見えるが、この直後にアーチャーは「マク＝シェイン（Mack-shane）どんよう、まさかおらのこと忘れちまっただか？」（四幕二場七五―七六行）と、フォワガルに本名で呼びかけている。それによってフォワガルはついに兜を脱ぐことを考えると、やはりアーチャーは彼を見知っていたように思われる。

『伊達男の策略』という芝居は、アーチャーとフォワガル（ないしアイルランド）の関係についてなんの説明もしてくれない。だがこの二者の関係については、アーチャーのほうがエイムウェルに比べて、社会から疎外されることへの危機感をずっと強く持っているように見えることや、ファーカーの親友であったアイルランド人俳優のウィルクスが初演時にアーチャー役を務めたことなどが、間接的な手がかりとなりそうだ。すでに説明したように、エイムウェルは秘密結婚直前でドリンダにすべてを告白してしまうのだが、アーチャーは裏切りともいえる彼の行動に激昂し、これからは袂を分かつと宣言する。

エイムウェル　待ってくれ、親愛なるアーチャー、ほんの一分でもいい。

アーチャー　待てだと？　なんのためにだ？　軽蔑され、正体を暴かれ、笑い者になるためか？――嫌だね、俺がたった今縛り上げた悪党どものうちでも一番下劣な奴と

立場を交換したほうがましさ。あの高慢ちきなナイトの軽蔑混じりの微笑に耐えるくらいなら。（五幕四場六〇―六四行）

細かな説明を加えれば、この直前にドリンダの屋敷は強盗に襲われており、たまたま彼女の義姉サレン夫人への夜這いを図ったアーチャーは、強盗退治を手伝うことになってしまっていた。この混乱のなかで、ロンドンで知己だったサー・チャールズが来訪したと聞き、慌てたアーチャーが切羽詰まって発したのが右の引用である。ここから、彼が何よりも恐れているのは、「軽蔑され、正体を暴かれ、笑い者になる」ことだと分かるのだが、さて一体これは誰の運命だろうか。そう、これはティーグ・オディヴェリーの運命であり、フォワガルの運命であり、要するにステージ・アイリッシュマンがロンドンの舞台上で甘受してきた運命なのである。伊達男であるはずのアーチャーは、また同時に道化役のステージ・アイリッシュマンと大いに似た人物でもあったのだ。両者はともに、社会から疎外される危機感を強く持ち、なんらかのかたちで偽装生活をし、作中では決してつまびらかにされない謎を秘めた存在である。彼らの背後には、ウィルクスやファーカーら、イングランドの演劇界で、ロンドンの観客を喜ばせるために骨を折っていたアイルランド人たちが抱えていた、一種のわだかまりがあったのかもしれない。

マーク・S・ドーソンは、「生まれの良さ」（gentility）なるものが実際は文化的構築物であるという観点から、後期ステュアート朝喜劇が、どのように「生まれの良さ」に関する言説を生み、かつ消費したかを論じている。[*05] このような文脈でドーソンが紹介する、『サー・ハリー・ワイルデアに扮するロバート・ウィルクス氏』（一七三二頃）という諷刺画は、ウィルクスが一八世紀の人々の目にどのように映っていたかを物語って興味深い。添え書きにある、「彼が上品なくつろぎを見せ、あらゆる場面で輝くたび、／自然の女神は、自分が出し抜かれたのを見て赤面したものだ」（Dawson 二三一頁）という表現には、出自もろくに知れぬ役者が紳士然としていることに加え、アイルランド人であるウィルクスがイングランドの粋な伊達男を演じていることへの揶揄が込められている。舞台の上の二枚目の看板役者も、その正体はアイルランド人であるという事実は、決して忘れられていなかったのだ。

同時代の劇作家のなかで、ファーカーただ一人がこだわった、〈兄弟〉と〈ステージ・アイリッシュマン〉が共存する独特な芝居のかたちは、兄と弟をイングランドとアイルランドの関係に重ねた新たな位相が、〈兄弟もの〉というサブジャンルに加わったことを意味している。その時、ファーカーが選んだ兄弟関係が一八世紀的なものではなく、一七世紀的なものであったことは示唆的だ。英国が重商主義的政策で領土を拡大していく時代、イングランドの弟たちは海に漕ぎ出して新たな富を作ることができた。しかし、漕ぎ出された側のアイルランドがとるべきスタンスは、まだ見えていなかったのである。

ファーカー自身は、このような一種の暗中模索のなかで書かれた自分の芝居が、後世に残るとは考えていなかったようだ。『伊達男の策略』を執筆中に、重篤な病に罹患していた彼は、初演の約二ヶ月後にこの世を去る。彼の死後に、遺された書類の中から見つかったのは、ダブリン時代からの同志ウィルクスに宛てた簡単な手紙であった。

親愛なるボブ、ぼくのことをいつまでも覚えていてもらうため、君に残せるようなものが、ぼくには何もない——二人の寄る辺ない娘たちの他には。時々は、この子たちの面倒を見てやってくれ。そして、臨終の瞬間まで君の友達だった男のことを、思い出してくれ。（第二巻五三九頁）

だが、ファーカーの自己評価はちょっと低すぎた。ジョージ・ウィンチェスター・ジュニアは、一八世紀ロンドンの観客の好みの変化を統計的に示そうと、コリー・シバーが演劇界に君臨していた時代（一七〇〇—二八年）とデイヴィッド・ギャリックが君臨していた時代（一七四七—七六）という約三〇年をそれぞれ比較して、ロンドンの劇場における上演記録を調べている（Hume 一九七—九九頁）。それによれば、シバー時代の上演回数ベスト・スリーは、『募兵将校』（一六四回）、『（シバー版）ハムレット』（一五一回）、『伊達男の策略』（一四五回）で、圧倒的なファーカー人気が窺える。ちなみにコングリーヴの『愛には愛を』は一二七回で八位、シャドウェルによる『アルセイシアの地主』は八一回で三三位であった。それに対するギャリック時代では、一七二八年に初演されると怪物的な人気を博したジョン・ゲイの『乞食オペラ』（三九五回）が入って来るので、さすがにファーカーは首位を明け渡すことになる。

しかし興味深いことに、彼は凋落したわけではない。シバー時代の一位だった『募兵将校』は、ギャリック時代においても上演回数一〇〇回越えを維持しているし（一一六回）、『伊達男の策略』に至っては、むしろ上演回数を増やして（二一一回）第二位につけている。『愛には愛を』も、上演回数八四回であるから、まずまず頑張っていたといえよう。だが、『アルセイシアの地主』は、三〇年の間に上演回数わずか一八回で、名誉革命時にあれほどもてはやされた芝居が、ギャリック時代にはほとんど忘れられていたことが分かる。あからさまに体制順応的なシャドウェルの芝居が時代とともに忘れられる一方で、名誉革命体制に従順なふりをしながら、転覆的な不穏さをそこかしこに忍ばせていた『伊達男の策略』のほうは、ジョージ王朝時代に入ってもしぶとく愛され続けたのだ。

ファーカー劇が切り開いた、宗主国と植民地の関係を兄弟間の確執という歴史ある文学的伝統に重ね合せる手法は、時代とともに、いよいよその適切性を増していった。マイケル・ラガシスによれば、一八世紀半ばには、スコットランド人・アイルランド人・西インド諸島人・ユダヤ人といった、イングランドにとって「ナショナル・アイデンティティを確立する際の内なる他者」との相克は、「一連の家族喧嘩」（a series of family quarrels 二頁）という比喩で表されていた。また、ジョナサン・スウィフト（一六六七―一七四五）がアイルランドの食料事情を皮肉たっぷりに訴えた『ささやかな提案』を出版した一七二九年、彼はボリングブルック子爵に宛てた一〇月三一日付けの手紙で、「わたしの生まれも、世が世なら知られていない訳でもない一族だが、君に比べれば幾重にも劣る。……わたしは弟のなかの弟だが、君は立派な財産家の生まれなのだから」（第三巻三五四頁）と語っている。これはスウィフトの伝記的事実を反映しているわけではないので、「弟のなかの弟」（a Younger Son of younger Sons）という表現は、もちろん言葉のあやである。

こうした文飾が機能していた背後には、不当に恵まれぬ者を表す比喩として、当時文人たちの間で〈弟〉のイメージが広く共有されていた可能性があることを示唆している。そしてその時代は、トマス・シェリダン（一七一九―八八）、オリヴァー・ゴールドスミス（一七三〇？―七四）、リチャード・ブリンズリー・シェリダン（一七五一―一八一六）など、ロンドンで活動する劇作家にアイルランド人がますます増えていった時代でもあった。ファーカーは、逃れの街ロンドンを目指す故郷喪失者たちの、偉大な先駆者であったのだ。

▽註

＊01　スタンダードのほかにも、『誠実な二人』には相続権を争うクリンチャー兄弟という二人が脇筋に登

場するが、紙幅の都合で彼らに関する分析は割愛する。

＊02 ステージ・アイリッシュマン研究の先駆けとしては、G. C. Duggan, *The Stage Irishman: A History of the Irish Play and Stage Characters from the Earliest Times* (New York: Benjamin Blom, 1969) が挙げられるが、時代の制約のためか事実誤認も散見されるので、この書物を引用する際には注意が必要。

＊03 一七世紀末には、イングランドで "dear-joy" といえば「アイルランド人」を意味するようになるほど、この間投詞とアイルランドとの結びつきは強かった。例えば、名誉革命直後の一六八九年に、イングランド人の反アイルランド感情を和らげようとする趣旨のパンフレットが、匿名（出版者も不明）で出版されたが、そのタイトルは『アイルランド人の性格、または、ありのままに描かれたディア・ジョイ』である。Anon., *The Character of an Irish-Man: Or, a Dear-Joy Painted to the Life* (1689, EEBO) 参照のこと。

＊04 以下、本書ではアイルランド訛りを、実際にどこかの具体的な方言に即しているわけではない混成東北弁で訳す。本書は、アイルランド方言にも東北方言にもなんら否定的な意識があるわけではないが、近代にいわゆる標準語が整備されてゆくなかで、両者がたどった周縁化の歴史に共通項があると考え、相応させている次第である。

＊05 ドーソンは、コリアーが『舞台の不道徳と不敬に関する管見』で、納め口上を語る役者が芝居の世界

を越境して直接観客へ語りかける風習を厳しく非難していることに注目している。彼の視点で考えると、演劇を宗教的見地から批判しているかに見えるコリアーの主張は、言語活動による階級秩序撹乱への危機感を隠し持っていることになるからだ。この観点からすれば、ロバート・ウィルクスが「前口上と納め口上の卓抜した演者」(『アイルランド人名辞典』)だったとされていることは、彼の階級越境性を考える上で興味深い。

第七章

チャールズを探せ

『悪口学校』と『若気の至り』における兄弟像のゆらぎ

オリヴァー・ゴールドスミスを読んでいると、思いがけずジョージ・ファーカーの名を目にすることがある。例えば、『ウェイクフィールドの牧師』（一七六六）の第一八章では、駆け落ちした娘を探す途上で旅芸人の一座と遭遇したプリムローズ牧師が、座長と芝居談義をして、「コングリーヴやファーカーは機知に富みすぎて、現代の趣味には合わないのだなあ」と嘆息する（第二巻九五―九六頁）。王政復古期流の喜劇が廃れたことを嘆く牧師の口調は、作者ゴールドスミス自身の演劇観とも重なっており、それは後に発表された「演劇論」（一七七三）で、より言葉を尽くして主張されることになる。

「笑える喜劇と感傷喜劇の比較」という副題を持つこの評論は、人間の愚行を笑うという古典期以来の喜劇の伝統に反した流行の感傷喜劇は、庶民の苦しみをひけらかす「悲劇の私生児」だと論難する。とりわけ、「潔癖性が過ぎると、舞台から笑いを追放することになり、我々は自ら笑いという技を失くしてしまうのだろう」（第三巻二一三頁）という結論には、預言者エレミヤめいた嘆き節の雰囲気すら漂っており、後世に〈一八世紀は感傷喜劇の時代〉という印象を強く与えることとなった。

しかし、「演劇論」発表の二ヶ月後に上演された彼の代表作『負けるが勝ち』（一七七三）には、これと矛盾した文脈でファーカーへの言及が見られる。[*01] ヒロインのケイトは、宿屋の使用人を装って、親が決めた婚約者チャールズ・マーロウの人柄を見極めようとするのだが、第三幕で質素な服を着て現れた彼女は、侍女に「わたし、『伊達男の策略』に出てくるチェリーみたいに見えると思わない？」（第五巻一六八頁）と尋ねている。チェリーとは、『伊達男の策略』（一七〇七）で二人の伊達男が寄宿する宿の娘であるが、さて、このジョークは当時の観客にどれほど通じただろうか。

結論を先に言ってしまえば、おそらくかなりの客に通じたはずだ。前章で確認したように、ロンドンの劇場におけるファーカーの人気は（プリムローズ牧師の主張にもかかわらず）一八世紀の半ばを過ぎてもさして衰えておらず、一七四七年から七六年の間に、上演回数で『伊達男の策略』（二一一回）を上回ったのは『乞食オペラ』（三九五回）のみであった。[*02] また、劇中で客に通じないジョークを披露しても意味はないのだから、ケイトの台詞自体が、『伊達男の策略』がまだそれなりに人口に膾炙していたことを示唆していると言えるだろう。つまり、ゴールドスミスは、自らの喜劇がファーカーらの系譜につながる「笑える喜劇」であることとその意義を主張するため、『ウェイクフィールドの牧師』や「演劇論」ではあえて感傷喜劇を仮想敵として、意図的に状況を誇張して述べ立てていた可能性が強いのだ。

この点について、ロバート・ヒュームのように、感傷喜劇というサブジャンルの存在自体に疑問を呈し、「本当は、感傷喜劇という概念それ自体が混乱のもと、猟犬に獲物の臭跡を失わせる燻製ニシンに過ぎないのだ」（一二頁）とまで言い切れるのかどうかは、議論の余地があるだろう。しかし、近年の演劇史研究においては、ゴールドスミスが描いたような分かり易い二項対立の図式は修正される傾向にある。ミスティ・G・アンダーソンが言う、「ジョージ朝の演劇は、王政復古期の喜劇に応答し、これを矯正し、反駁してやろうという決意において、結局のところ王政復古期の作品に登場する人物や問題提起に取り憑かれると同時に、それによって精気を与えられた」（三四八頁）という考えが、おそらく妥当なところであろう。是認と批判のどちらに軸足を置くにせよ、ジョージ朝の演劇は、先行する王政復古期の芝居との比較によって自己を形成してきたのだ。

当時の劇場では、五幕の作品（メインピース）を演じた後に、歌やダンスを挟んでアフターピースと呼ばれる軽喜劇を上演するのが慣習になっていた。アンダーソンはこれに照らして、メインピースでは比較的感傷《センティメント》が重んじられた一方、アフターピースでは王政復古期の喜劇の精神がかなり生き残っていたと考えている。彼女がその興味深い例証として取り上げるのが、アーサー・マーフィーの『市民』（一七六一）という笑劇だ。この作品では、マライアという紳士階級の娘が、親同士の都合で裕福な市民の息子ジョージ・フィルポットと結婚させられそうになるが、機知を駆使して彼を退け、恋人であるチャールズ・ボーフォートと結ばれる。ここで注目すべきは二人の花婿候補の名前である。アンダーソンによれば、「ハノーヴァー朝とステュアート朝をそれぞれ示すファースト・ネームの違いは、この作品が王政復古期的な参照枠に肩入れしていることを密やかに示している」(三五六頁)のだという。

彼女の指摘は、一八世紀後半に上演された「笑える」喜劇のヒーローの名前として、何故か「チャールズ」が好まれる傾向にあったという見過ごされがちな事実に、我々の注意を引きつけてくれる。チャールズという名は、「陽気な王様」チャールズ二世はもちろんのこと、彼を大叔父に持ち「ボニー・プリンス・チャーリー」と呼ばれたチャールズ・エドワード・ステュアート(一七二〇―八八)をも示唆するものであり、一七四五年のジャコバイトの乱が鎮圧された後の時代には、むしろアウトローや亡命者といった印象を与える可能性があったにもかかわらず、たくさんのチャールズが一八世紀ロンドンの舞台上を主役として闊歩していたのだ。

例えば、先に引用した『負けるが勝ち』について考えてみよう。この作品を紙上で読んでしまう後代の我々は、ついついテクストに記された台詞の発話者の表記に従って、主人公と彼の友人の名前を「マーロウ」と「ヘイスティングズ」として覚えがちである。だが、舞台の上で「ジョージ」、「チャールズ」と呼び合う彼らは、観客にとっては何よりもまず「チャールズ」(=マーロウ)と「ジョージ」(=ヘイスティングズ)であるはずだ。漁色家の放蕩者と引っ込み思案の感傷的人間《マン・オブ・センティメント》とに分裂した性格の主人公マーロウがステュアート朝的な名前を持ち、もっと時代に適合して生きているヘイスティングズが現国王（ジョージ三世）の名前を持っているという事実は、ハノーヴァー朝の繁栄の賛美とも、また逆に、追われたステュアート朝への密かな追慕とも取れて、曖昧かつ意味深長である。

だが、一八世紀演劇でもっとも有名なチャールズといえば、リチャード・ブリンズリー・シェリダンによる喜劇『悪口学校』（一七七七）に登場する、浪費家のチャールズ・サーフィスだろう。彼自身は、マーロウとは違って裏表のないキャラクターだが、偽善者の兄ジョウゼフによって広められた放蕩者という噂ばかりが一人歩きしている点では、彼もまた引き裂かれた存在である。シェリダンの喜劇では、〈兄弟の確執〉という本書が一貫して注目してきたトポスが、チャールズという名前と結びついて、極めて複雑になっている。『悪口学校』のチャールズは、ステュアート朝の王のイメージのみならず、政治家チャールズ・ジェイムズ・フォックス（一七四九―一八〇六）や彼自身の家族など、過剰な意味を負わされて破裂寸前の記号なのだ。また、兄弟の優劣関係は、世襲財産よりもイングランドの〈内なる外部〉である東インドをめぐって争われる構造になっており、慣習的な設定が転置されることで生まれる不安を、この芝居は笑いの陰に隠しているのだ。

加えて、イングランド社会から疎外された存在としての弟と、チャールズというファースト・ネームの結びつきは、ジョン・オキーフ（一七四七―一八三三）の『若気の至り』（一七九一）においては、さらなるひねりを加えられている。この喜劇では、「チャールズ」の存在自体が、終幕ぎりぎりまで隠されていると同時に、チャールズと東インドの関係が、『悪口学校』よりもさらに明確に打ち出されているからだ。本章では、『悪口学校』と『若気の至り』を取り扱い、これらの芝居ではチャールズという名の主人公が、喜劇が伝統的に描いてきた兄弟像を脱構築していることを指摘し、そのことが反映していた同時代の価値観の大きなゆらぎを読み解きたい。

自由主義者チャールズ

『悪口学校』に登場するサーフィス兄弟を、大英帝国とその植民地の関係に重ね合せる解釈は、特に奇抜なものではない。例えばデイヴィッド・フランシス・テイラーは、『悪口学校』を、当時急速に発達して独自の言論形成力を持つようになっていた出版メディアへの諷刺として捉えているが、その観点から見れば、本性とかけ離れた良い評判を糧にして生きている偽善者の兄ジョウゼフは、シェリダンが批判する、真偽の疑わしい〈ジャーナリズム輿論〉と、それが支持する大英帝国イデオロギーの象徴である。ゆえにテイラーによれば、四幕三場の有名な「衝立の場」には、二重の諷刺が込められていることになる。この場面でジョウゼフは、自分の元後見人であるサー・ピーター・ティーズルの妻を誘惑しようと、彼女を自分の書斎に招き入れるが、そこへ折悪しくサー・ピーター本人が訪ねてくる。騙され易い彼は、ジョウゼフではなく弟のチャールズが妻を誘惑していると思い込み、相談に来たのだ。

慌てたジョウゼフは、何枚もの地図がかけられた衝立の後ろにレイディ・ティーズルを隠すが、さらに間の悪いことにチャールズまでがやって来たので、今度はクローゼットにサー・ピーターを隠す。左右に隠した夫婦から呼びかけられるたびに舞台の上をせわしなく走り回るジョウゼフは、嘘の多い生き様をスラップスティック的な所作で可視化させる一方で、何につけ率直で無遠慮なチャールズは、クローゼットを開け、衝立をなぎ倒して、彼の隠し事を暴き出してしまう。だが、ここで暴かれるのは個人的な嘘だけではない。ジョウゼフがレイディ・ティーズルを隠す衝立に、大英帝国の版図と野望を示す世界地図がかけられていることが重要だ。つまり、「この芝居の中心となる有名なスペクタクルは、複数のフィクション――ジョウゼフの感傷主義と大英帝国という至聖の構想――がともに崩壊するさまを劇化して」いるのだ（三六頁）。

打算的で二枚舌の兄が大英帝国の植民地主義を指しているとすれば、だらしないが正直者のチャールズには、シェリダン自身――あるいは作者が心酔していた、キャラクターと同じ名前を持つ自由主義的政治家、ホイッグ党のフォックス――が重ねられていると考えられる。だが、このほのめかしを感知するためには、当時の政治的背景を少々心得ておく必要があるだろう。ハノーヴァー朝の黎明期、ドイツ系で英語もさして喋れず、そもそもあまりイングランドに来ることもなかったジョージ一世や、その息子のジョージ二世は、名誉革命前の混乱期にステュアート朝の王位継承を支持したトーリー党を遠ざけ、ホイッグ党を重用していた。だが、一七六〇年に王位についたジョージ三世（一七三八―一八二〇）は、異なる道を選ぶ。彼は、ジョージ二世の長男フレデリック皇太子（一七〇七―五一）の子で、父が祖父に抱いていた反感を受け継いで育った。十三歳で祖父よりも先に父を失い、繰り上がりで王位継承者第一位となると、父の信任篤かったトーリーのビュート伯（一七一三―九二）に教育されたためもあり、一七六〇年に即位すると、祖父時代のホイッグ中心の治世を腐敗政治として退け、トーリー党の議員を中心とした政治に切り替えを図ったのだ。

シェリダンが『恋敵』（一七七五）や『悪口学校』といった、一躍彼を有名にした喜劇を執筆、上演した一七七〇年代、時の首相はトーリー党のノース卿（一七三二―九二）であった。彼自身は北アメリカ植民地の不満を和らげるために茶を除くすべての輸入品への関税を撤廃するなど、政局安定に努めたものの、同植民地に対するジョージ三世の強硬的な態度にあえて異を唱えることはなかったので、七五年には、アメリカ独立戦争を引き起こすこととなった。このノース内閣の植民地政策を強く非難してホイッグ党のロッキンガム派に加わり、政治家として頭角を表したのがフォックスである（なお、未来のホイッグ党指導者としては運命の皮肉ながら、彼はチャールズ二世の庶子である初代リッチモンド公チャールズ・レノクスを母方の曽祖父に持つ、直系の子孫である）。その対植民地政策において、シェリダンは彼に会う前から強い共感を抱いていたようだ。リンダ・ケリーの伝記によれば、『恋敵』が成功を収め、めでたく有名人の仲間入りをした一七七五年に、シェリダンはハロウ校時代の友人ジョン・タウンゼンドを通じて、初めてフォックスに会うことができた。

翌日、シェリダンがこの友人に感謝を込めて伝えたところでは、「自分は、フォックスを賛美するあまり茫然自失の態だが、何が彼のもっとも素晴らしいところかと聞かれると困ってしまう。あの、人を圧するような才能と該博な知識なのか、それとも遊び心に溢れた魅力と、無造作な様子、それとも言葉のはしばしから滲み出る、情愛深い心の方なんだろうか」（Kelly 六九頁より引用）といった熱の入れようであった。シェリダンが、この五年後の一七八〇年には、フォックスの勧めでホイッグ党から立候補して下院議員に当選し、その後は劇作よりも政治に精力を傾けたことはあまりにも有名なので、ここでは詳しく触れない。しかし、シェリダン自身がやがて内面化したフォックスの振る舞い——飲食と社交を大いに楽しみ、金銭的には常に鷹揚な態度を重視する——が、すでに『悪口学校』のチャールズに投影されていることは、注目して良いだろう。[*03]

ところでチャールズは奇妙な主人公で、主役のはずでありながら登場するのが極めて遅い。観客は芝居の冒頭で、レイディ・スニアウェルとジョウゼフが、彼とヒロインのマライアの仲を裂くために協働して、彼に関する悪い噂を流していることを知らされる。その後はその悪い噂を聞かされるばかりで、なんと作品の折り返し地点に当たる三幕三場まで、実際にチャールズの声を聞き、顔を見ることは叶わない。だが、いったん舞台に現れてからの彼は印象的だ。彼はその行動によって、「破産者」という社交界で流通している評価が、実は磊落な善良さであることを観客に示すのである。

四幕一場で、ユダヤ人の高利貸しプレミアムに変装した叔父サー・オリヴァーから八〇〇ポンドもの手形を受け取ったチャールズは、自分の借金の返済を後回しにして、同じく債鬼に苦しめられているという親戚のスタンリーにすぐ百ポンドを送るよう、執事のロウリーに頼む。ロウリーが軽率な慈善行為を諫めようとすると、チャールズは彼の機先を制して、「『寛大になる前に正しくあれ』だろ？　へイ！　そりゃね、俺だってできるならそうしたいよ。でも、正義の女神ってのは、足を引きずってよろよろ歩くお婆ちゃんだから、慈善の女神と歩調を合わせようったって、とても無理なんだよ」（第一巻四〇九頁）と答え、これ以上の反論を許さない雰囲気を作ってしまう。

一世代前のゴールドスミスによる『お人好し』（一七六八）においては、主人公ハニーウッドの過剰な感受性と慈善癖は、矯正すべき弱点として扱われていた。それどころか、ゴールドスミスがライヴァル視していた、ヒュー・ケリーの感傷喜劇『誤ったデリカシー』（一七六八）においてすら、ヒロインの感受性は部分的に諷刺の対象となっていた。[*04] だが、チャールズの感受性と共感能力は、揶揄されるどころか、彼の乱費と無計画性を慈善癖と優しさに読み替えて、観客の是認を強要する働きをしている。この時、母方の血筋を尊重して「チャールズ・ジェイムズ」という、ステュアート王室を代表するファースト・ネームを二つながら与えられた政治家フォックスのイメージが重ねられていることが相まって、『悪口学校』におけるチャールズという名前は、二重の意味を帯び得る。彼は王政復古時代の演劇の伝統を体現する放蕩者の末裔であると同時に、北アメリカ植民地の解放を支持し、ジョージ三世の植民地政策を批判する、情愛深い自由主義者でもあるのだ。

ロンドンの放蕩者《リバティーン》からインドの放蕩息子《プロディガル・サン》へ

　ここで否応でも気づかされるのは、『悪口学校』のチャールズと『伊達男の策略』のエイムウェルという、二人の弟の間の大きな違いである。どちらも兄の陰に隠れて肩書きと財産を得ることの叶わなかった放蕩者の成れの果て、破産者であることに変わりはない。だが、実兄（に世襲財産を与える長子相続制度）に明らかに恨みを抱いているエイムウェルとは異なり、チャールズは劇中で兄に不満を持っている様子を見せない。もちろん、兄弟の叔父サー・オリヴァーによって、ジョウゼフの仮面が剥がされると同時に、放蕩者チャールズの隠れた美徳が露わにされる大団円は、一見するとファーカーの作品が持っていた「兄に取って代わりたい」という願望を継承しているかのようだ。だが、ズーヘア・ジャムーシが指摘しているように、サー・オリヴァー自身が二人の亡父の弟であり、彼の富が父祖伝来のものではなく東インドで作った財産であることに、もっと注意すべきだろう。

　構造としては、これは第五章で分析したトマス・シャドウェルの『アルセイシアの地主』に似ているようだが、『悪口学校』はさらに急進的だ。前者のベルフォンド兄が最後には改心し、よき地主になることを示唆して芝居の幕が降りるのに対し、シェリダンの喜劇では、ジョウゼフはまったく変化しない。レイディ・スニアウェルのたくらみに自分が加担していたことを認めようとせず、相変わらずの教訓めいた弁解をしながら舞台を立ち去っていくのである。そもそも、芝居が始まる前に、ジョウゼフは先祖伝来の屋敷を一族代々の肖像画ごと弟のチャールズに売りつけていたのであり、家長としての自覚も皆無だった。そんな彼がこれから良き家長になる見通しは皆無に近い。サー・オリヴァーがインドから帰国した時、サーフィス家は危機に瀕していたのではない。とっくに瓦解していたのだ。つまり、この芝居においては、長子相続制度がそもそも機能していないのであり、そのことは、三幕四場でチャールズが、個人的な思い出のあるサー・オリヴァーを除いて、一族全員の肖像画を売り払うことにもよく現れている。かくて、陽気な絶対君主にして急進的な自由主義者でもあるという、正反対のイメージを同時に帯びたチャールズは、伝統的な社会秩序からは外れた新しい家を創生することになる。

これは意外に大胆な設定といえるだろう。確かに一八世紀には、地代を収入源としない職業人までもが新しい紳士となったことは、第五章および第六章ですでに述べた通りだ。だが、一八世紀後半から一九世紀にかけては、こうした紳士階級の拡大を受けて逆説的に地主制度の再強化が図られたのであり、イングランド社会において長子相続制度がかつてのような力を持たなくなったとまでは、とてもいえないからだ。法廷弁護士だったエア・ロイドが一八七七年に出版した『キリスト教国における相続法』の巻頭には、別立てのセクションとしてイングランドの長子相続制に関する章が設けられており、そこには「長子相続が、遺言がない場合以外にも適用される法的強制だと考えるのは、広く流布した過ちである」（一）とある。長子相続が法的規制というよりは慣習的なものであると、わざわざ断りを入れた上で、しかも長子相続制について論じる必要があると著者が感じたこと自体、一九世紀末にあっても、長子相続がイングランド社会に深く根を下ろしていたことの証左であろう。

こうした状況下で、長子相続制から離れた別種のハッピー・エンディングを創造するにあたり、『悪口学校』は通常の結婚喜劇とは異なるたぐいの祝祭性を、聖書から拝借する戦略を用いている。つまり、チャールズが「放蕩者」と呼ばれる時、その呼ばれ方には二種類あり、作者は明確に使い分けをしているのだ。一幕一場で代筆屋のスネイクにジョウゼフとの仲を問われたスニアウェルは、「わたしが自分で言わなきゃいけないの？　チャールズ――あの放蕩者、財産も名誉も破産状態の浪費家――のため、わたしがこんなにやきもきと悪意を巡らせているって」（第一巻三六一頁）と答えるが、この時彼女は彼を「放蕩者」（the Libertine）と呼ぶ。彼女は、五幕三場の冒頭でも「わたしがあの恩知らずの放蕩者を想う気持ち」（what I have [felt] for that ungrateful Libertine 第一巻四三四頁）という言葉で自分の恋心を表現しており、彼女にとってのチャールズは王政復古劇に登場するリベルタン――懐疑主義と無神論の実践者としての放蕩者――の末裔である。

しかし、チャールズを救済する〈機械仕掛けの神〉サー・オリヴァーは違う。チャールズにもっとも悪感情を抱いている三幕三場ですら、彼が発する皮肉の台詞は「先祖を競売にかけるとは希有な冗談ですなあ、ははは！　おお、放蕩者！」（I think it a rare Joke to Sell one's Family by Auction, ha!

ha! Oh, the Prodigal! 第一巻四〇三頁）であり、大団円で甥を赦免する際の呼びかけも「奴の弟、こっちの放蕩者は――」（As for that Prodigal—his Brother there— 第一巻四三七頁）である。サー・オリヴァーからは、チャールズは一貫して、「ルカ書」（一五章一一―三二節）の放蕩息子を偲ばせる“the Prodigal”という表現で呼ばれているのだ。このことは、チャールズの救済を観客へ事前にほのめかす符号になっているとともに、チャールズを〈神の寵児〉として、長子相続制度下の兄弟表象の系譜とは異なる文脈に置くはたらきをも有している。一幕一場のスニアウェルの台詞で“the Libertine”として劇世界に紹介されたチャールズを、最終幕で“the Prodigal”に再構築することにより、『悪口学校』は、これまでの喜劇的伝統とは違うたぐいの家族がこの大団円で形成されるのだと、密やかに告げている。それは、かつてロレンス・ストーンが「情動に基づいた個人主義」（一四九―八〇頁）と呼んだ概念に基づく、近代に特徴的な、閉じた家族なのである。

家としてはすでに瓦解したサーフィス家の次男坊チャールズは、叔父のサー・オリヴァーが東インドから持ち帰った巨額の財産をもとに、孤児のマライアを配偶者として新たな核家族を築く。そしてチャールズは、自ら人生の浮沈がサーフィス家の本来の世襲財産ではなく、植民地で豊かになった叔父の個人資産に結びついていることを、よく自覚している。三幕三場でチャールズは、プレミアムから金を引き出そうと、相手が当の叔父とは気づかずに、「ぼくには、東インドにとんでもない金持ちの叔父がいるんですよ。サー・オリヴァー・サーフィスっていうんですが、ぼくはとにかく彼の秘蔵っ子でね」（第一巻四〇一頁）と自分を売り込む。同様に、四幕一場の競売の場でも彼は、「おちびで正直者のインド成金おじさん以外の」（all but the little honest nabob 第一巻四〇八頁）肖像画をまとめて卸売りするという言い方をする。チャールズの台詞によって、観客は、サー・オリヴァーが東インドと密接に結びついていることを常に意識させられるようになっているのだ。

サー・オリヴァーからの恩恵を堂々と自認するチャールズに対し、ジョウゼフはそれを隠そうとする。スタンリーに変装したサー・オリヴァーを前にして、金の無心を警戒するジョウゼフは、自分が叔父からは金銭的援助を何も受けていないと主張する。

サー・オリヴァー　なんですって！　おじさんは、金塊やルピー銀貨やパゴダ金貨を送ってくれたことなどなかったと言うのですか？

ジョウゼフ　ああ、あなた、そういうものはちっとも。いえ、いえ、時折、ちょっとしたものをくれるだけです。瀬戸物、ショール、中国茶、紅雀、それに爆竹なんかをね。それ以上のものは何にも、本当ですよ。

サー・オリヴァー　［傍白］一万二千ポンドに対する感謝がこれか！　（第一巻四二五頁）

弟とは対照的に、ジョウゼフは「金塊、ルピー銀貨、パゴダ金貨」といった東インドの富との結びつきを否定してしまったがゆえに、今後の叔父との関係をも自ら絶ってしまうことになったのだ。瀕死のサーフィス家を再生させるのは、植民地からやってきた富であり、放蕩息子の次男坊である。作品世界のハッピー・エンディングは、二重に周縁的な手段によって可能となるのだ。それでは、大団円から締め出される偽善者のジョウゼフは、この劇世界において贖罪の山羊に過ぎないのだろうか。

弟になりたい兄、兄になりたい弟

キャサリン・ワースは、『悪口学校』が感傷喜劇的な勧善懲悪の物語とは一線を画していることを主張するなかで、悪玉のジョウゼフと善玉のチャールズがしばしば交換可能な立場にあることを指摘している。作中、レイディ・スニアウェルとジョウゼフは恋人同士だと思われているが、彼女が愛しているのはチャールズである。サー・ピーターは、妻の浮気相手がチャールズだと疑っているが、本当はジョウゼフである。ジョウゼフはマライアとの結婚を企てているが、彼女はチャールズの恋人である――といった具合だ。

この点についてワースは、「兄弟同士が性的領域においてこれほど重層的に関係しているとなると、無意識レベルの深層において［ジョウゼフには］弟の所有物を引き継ぐのみならず、より完全に〈弟になる〉必要でもあるのかといぶかってしまうほどだ」（一五一頁）と述べるにとどまっているが、これはいぶかるだけでなく、もっと真剣に考える価値があることだ。たしかに、この戯曲においては、シェイクスピアやファーカーの作品に登場する弟たちと違って、弟が兄に取って代わる欲望をたぎらせているようには見えない。対照的に、兄であるジョウゼフこそが弟になりたがっているのだ。ジョウゼフが、父の死後に相続した屋敷を弟に売りつける理由も、(「競売の場」を設定するためのご都合主義という以外に)こんなところにあるのかもしれない。

どこか奇妙でねじれたこの兄弟関係を、作者に近しい人々は、シェリダン自身と彼の兄に関するファミリー・ジョークと捉えていた。シェリダンの喜劇に自伝的な要素が盛り込まれていることは、よく知られている。『恋敵』に、シェリダン自身が引き起こした駆け落ちと決闘事件が反映されていることは疑いがないし、『批評家』(一七七九)に登場する、役者たちのご機嫌を取りながらリハーサルをやり遂げようとする三文作家のパフにも、ドルリー・レインの支配人としてのシェリダンの姿が投影されていると、当時から考えらえていた。これらのあからさまな例に比べれば、『悪口学校』には目立った自己言及がないように見えるが、しかし主人公たちの姓サーフィスはそもそも、彼の母フランセス・シェリダン(一七二四―六六)による、上演されることのなかった喜劇『バース旅行』(一七六五頃)に登場する人物「サーフィス氏」から拝借したものであり、家族間で通じる符丁は明確であった。

シェリダンのアイルランド性にはじめて焦点を当てた伝記を著したフィンタン・オトゥールは、幼少期のシェリダンがいかに孤独を託ったか、両親がいかに彼の兄ばかりを跡継ぎとして可愛がったかについて、紙幅を割いて説明している。ダブリンでスモック・アリー劇場の支配人を務めていた父トマスと母フランセスは、一七五三年に劇場で起こった暴動や経済的な苦境のため、リチャードがわずか三歳の時に、一つ年上の兄チャールズだけを連れてロンドンへ発ってしまう。一七五六年にダブリンで家族は再会するが、再び五八年には、夫婦は兄だけを連れてロンドンへ戻ってしまった。リチャードの妹アリシアが後に述べたところによれば、この時期は「彼［リチャード］もわたしもあまり幸せではなかったけれど、お互いのことは本当に大好きでした。何しろ他に愛すべき人もいなかったので」（O'Toole 一三頁より引用）という状況であった。

一七六四年にアリシアを含む家族全員が渡仏することになっても、リチャードだけはハロウ校に入れられて、寄宿生活を強いられる。二年後に母がフランスで客死した際、リチャードが母方の叔父に宛てた書簡――「サムナー先生がぼくに、可哀想なお母さんが死んだという憂鬱な報せを伝えてから、もうじき一週間です。なのに、サムナー先生はお父さんがいつ戻るのか未だに聞いていないので、お葬式をどうするのか叔父さんに手紙で尋ねなさいと、ぼくにおっしゃいました」（書簡集第一巻二―三頁）――は、十五歳で母を失った少年が、家庭内でいかに孤独な環境に置かれていたかを示して余りある。

シェリダン家の長男チャールズの性格と、彼とリチャードとの疎遠な関係を考え合わせて、アリシアと末の妹アンは、ジョウゼフのモデルを実兄チャールズだと考えていた（Kelly 八二頁）。妹たちがそう感じただけではない。作品に散りばめられた内輪の冗談もまた、サーフィス家とシェリダン家をメタドラマ的にクロスオーヴァーさせて、この解釈を是認する。四幕一場で、競売人の役を務める友人ケアレスのために、ハンマーの代用品を探していたチャールズは、羊皮紙の巻物を発見する。

チャールズ ……ここにある羊皮紙はなんだ？［巻物を降ろす］「ト、マ、ス、の、嫡、男、リ、チ、ャ、ー、ド、」——我が家の家系図、しかも欠けるところなき完全版だ！　ほらよ、ケアレス、おまえが使うのは平凡なマホガニーの木材じゃないぜ。これこそは、我が一族の家系樹だ……。

（第一巻四〇五頁、傍点は原文イタリック）

シェリダン家において、トマスの嫡男は当然チャールズなのだが、劇中のサーフィス家では、リチャード（シェリダン家の次男）が嫡男に繰り上がり、しかもそれが「完全な」（in full）家系図だとされる。シェリダン家の長男としてのチャールズは、劇中の幻想の家系図の中では存在そのものを抹殺されているという訳だ。だが、ただ単に兄を消してしまいたい欲望を持っていたと考えるには、シェリダンの名づけの手法には妙なところがある。言うまでもなく、チャールズとは『悪口学校』では弟の名前だからだ。とすれば、ずいぶん奇妙なことだが、作者はこのジョークによって、弟を消したいという欲望をも肯定しているのである。兄ジョウゼフがにじませる、植民地や妻から新たな富を引き出す弟に取って代わりたいという願望を、家系図はチャールズを削除するという迂遠なやり方で、そっと支持しているのだ。

また、ジョウゼフは、偽善を暴かれて放逐される悪役というよりは、むしろ愛すべき人物として描かれている。ジェイムズ・モーウッドは、『悪口学校』がモリエール（一六二二―七三）の喜劇をどのように吸収しているかを論じながら、『タルチュフ』（一六六四）に登場する同名の偽善者とジョウゼフとの根本的な違いを指摘している。タルチュフ――および、アイザック・ビカースタッフによる翻案『偽善者』（一七六八）のカントウェル牧師――は、観客の嘲笑の対象とはいえ、宗教に対する背信と偽善は、悲劇に通ずる深刻な問題になりえた。ちなみに、ビカースタッフの『偽善者』自体、コリー・シバーの『宣誓拒否者』（一七一七）という、先行する『タルチュフ』翻案の焼き直しなのだが、シバーがタルチュフ的な偽善をイングランドに置き換えたタイトルとして、名誉革命体制を不服としてウィリアム三世とメアリへの臣従の誓いを拒んだ国教会聖職者（宣誓拒否者）を選んだことも示唆的だ。[*05] 彼らは潜在的には真に危険な人物であり、一八世紀半ば以降のイングランドの文脈からすれば、ジャコバイトの影をも負わされているのだ。

だが、ジョウゼフからはこうした宗教性、政治性、秩序転覆性が完全に抜き去られている。名家の乗っ取りを企むタルチュフやカントウェルと違って、彼はそもそも最初から良い家の総領息子であり、成り上がる必要など存在しない。また彼の偽善は、宗教的説教ではなく世俗化された金言というかたちで発揮されるのであって、背後にさしたる権威を持ってはいない。さらに、本心しか言わない設定のチャールズに比べ、上辺と内心に乖離があるジョウゼフは、それゆえにこそ観客に向けて打明け話をするような傍白や独白が多く、その点で観客は弟よりもむしろ兄のほうに共感を抱きやすい構造になっている。そして、その途方にくれたような独白が如実に示すように「自分の計略の成り行きを自分でコントロールできないことが、彼を究極的には無害にしてしまう」（Morwood & Crane 七五頁）のである。つまり、快男児チャールズが妻と富を手に入れる時、『悪口学校』という芝居は、大団円の祝祭から放逐されるジョウゼフにも、弟同様の好意と拍手を送るよう、観客を誘導しているのだ。

『悪口学校』において、チャールズという名は驚くほど豊かな矛盾の指標である。作中のチャールズが、放蕩者《リバティーン》にして放蕩息子《プロディガル・サン》というだけではない。チャールズとは、作中の弟の名であると同時に作者の実兄の名でもあり、また王政復古時代の演劇的イデオロギーを身にまとった放蕩者の名であると同時に、ホイッグ党の急進的自由主義者の名でもあった。かくしてこの喜劇は、表層的には、一八世紀の弟たちが、土地を基盤とした長子相続制度から自由になって、植民地の富を得て豊かになることを言祝ぐ一方で、その内奥では、その同じ人物がいかに一枚岩ではありえないか、いかに引き裂かれているかについての、無気味な考察ともなっている。それと同時にこの芝居は、弟たちの台頭によって周縁へ追いやられる嫡男たちにも愛情ある眼差しを向けることで、伝統的な地主社会の衰退に対しても、一抹の愛惜の情を示しているのだ。

『悪口学校』は、一七七七年五月八日の初演の際に、「笑える喜劇」を目指したゴールドスミスが羨んだであろうほどの大爆笑を巻き起こした。[*06] しかしながら、その笑いはすでに、ゴールドスミスが主張した「愚行や悪徳を滑稽化することを目指す」(第三巻二一一頁)という古典古代の喜劇作家の規範からは、遠く離れていたように思われる。笑う側(チャールズ)と笑われる側(ジョウゼフ)の立場がともに、かくも複数の意味を負わされ、脱構築されている芝居では、古典喜劇が笑いによって回復しようとした道徳や秩序がそもそも存在するのかどうかが、よく分からないからだ。もちろん、『悪口学校』が、笑える喜劇と感傷喜劇を融合させた、ゴールドスミス流の喜劇の延長線上にあることは間違いない。だが、『批評家』というメタ喜劇によってやがて明らかになるシェリダンの笑いの空虚さは、この喜劇にもすでに現れている。そしてそのことが、『悪口学校』を、イギリス、アイルランド演劇における〈兄弟もの〉の伝統を徹底的に脱構築したナンセンス劇——オスカー・ワイルドの『真面目が肝心』(一八九五)——の遠い先祖にしているような気がしてならないのである。

旅芸人の兄弟

だが、『悪口学校』から一足飛びに『真面目が肝心』に移ってしまうのは、いくらなんでも話をはしょりすぎだろう。その間にも兄弟を主人公にした芝居は山ほど書かれてきたわけだし、何よりシェリダンと同時代人でもう一人、「チャールズ」を主人公にした兄弟ものの喜劇を書いた作家がいたことを忘れてはならない。その作家とはジョン・オキーフであり、作品とは『若気の至り』のことである。

さて、この芝居のユニークな点は、過去の芝居の引用から成り立っていることだ。もちろん、過去の作品を再利用することは、演劇が古典古代から連綿とやってきたことだし、独創性ということが問題にされるようになってきた近代においても、事態はそう変わっていなかった。『批評家』に「サー・フレットフル・プレイジャリー」(気難しい剽窃家の意)というキャラクターを登場させ、同業者リチャード・カンバーランド(一七三二―一八一一)の文学的盗癖を当てこすったシェリダン自身、多くのものを同時代の芝居に負っている。そもそも『悪口学校』という標題自体が、モリエールの『女房学校』(一六六二)に端を発し、アーサー・マーフィーの『後見人学校』(一七六七)や、エリザベス・グリフィスの『放蕩者学校』(一七六九)など、一八世紀後半にはすっかりロンドン演劇界に根付いていた「学校もの」の系譜に倣ったものだ。兄が偽善者という性格設定などは、自分が揶揄したカンバーランドによる感傷喜劇『兄弟』(一七六九)のベルクール兄弟から拝借した可能性さえある。

だが、「『若気の至り』は引用から成立している」と本書がいう時、問題になるのは、こうした通常のレベルの間テクスト性ではない。なんと『若気の至り』は、自分が演じた芝居の台詞でしかしゃべれない旅役者を主人公に据えて、それが引用であることを殊更に観客に見せつけつつ、引用のパッチワークで新しい芝居をひとつ作ろうとするのである。この態度は、ジョン・テイラーによって書かれた前口上からも明らかで、口上役はまず「今や我々は、何をもってお客様にいらっしゃいと呼びかけられるでしょう／全領土があなたがたのために消尽しつくされてしまったのに」（一―二行）と、演劇文化の爛熟によって新しい芝居の題材が枯渇した現状を訴える。ゆえに、「常に新鮮な芝居の禽獣」（八行）を観客に提供すべく、世界中を回った詩人（オキーフ）も、結局何も発見できない。

そこで、エイヴォン川の岸辺から地上に生まれ出でた「尊き狩人」（九行）――もちろんシェイクスピアを指す――の「崇高な業績の跡をたどって、／自然のつましい領土の境界線を越える」（一五―一六行）ことを、彼は決意する。

われらの主人公は、今まで分かった限りでは
若い役者で、もちろん恋もしています！
しかし、どうでしょう、少なからぬ驚きを巻き起すかもしれませんよ！
単なる変装を超えて種々の姿を取ることに慣れた身とはいえ。
作り物のことば、しかも借り物の役回りで、
舌で軽快に遊びはしても、実は、真心から出たのではないのだから！
（二一―二六行）

この前口上が誇らしく語っているように、『若気の至り』の新手法とは、主人公ジャック・ローヴァー

が旅役者だという設定にあり、彼はシェイクスピアを中心とした様々な先達による芝居の引用をコラージュして自らの思いを語るのだ。これは確かに、興味深い試みだ。いくら喜劇には悲劇ほどのディコーラムが求められないとはいえ、アフターピースでもなければ、役者という職業人が紳士階級の向こうを張って結婚喜劇の主人公を務め得るとは、あまり想定されていなかったであろうからだ。

もちろん、これは一種の貴種流離譚であって、最後に身分のどんでん返しが想定され得るわけだが、それにしても一八世紀小説に散見される似たような設定の旅役者の姿とは、ローヴァーは趣を異にしている。小説の場合、通常彼らは本当に旅役者を職業にはしない。例えば、『ウェイクフィールドの牧師』第一九章には、プリムローズ牧師が旅芸人の一座の舞台上で「わたしの不運な息子」(第三巻一〇五頁)を発見するくだりがあるが、彼は初舞台を踏む直前に、父親らに見咎められ、本人も後に「今ここにいる皆さんにお目にかかったので、幸いにも演技をしなくて済んだのです」(同一一二頁)と、ほっとした調子で語る。またトバイアス・スモレットの『ハンフリー・クリンカー』(一七七一)では、ヒロインのリディアが旅役者ウィルソンと恋に落ちて伯父ブランブルと兄ジェリーの不興を買うものの、彼女との駆け落ち未遂事件により逮捕されそうになったウィルソンが、詳細は明かせないが自分も紳士であると弁明し、治安判事が召喚した一座の座長もまた、彼が「決して給金を受け取ろうとはしない」(一二三頁)旨を証言したと、ブランブルの書簡は伝える(なお、ウィルソンがブランブルの旧友デニソンの息子ジョージであったことが判明し、二人はめでたく結婚に至る)。こうした作品の世界観からみれば、本当に旅役者として身過ぎ世過ぎをしてしまうことは、貴種であることを自ら辞める――紳士の世界へ戻る担保を失う――も同然なのだ。

だが、ジャック・ローヴァーは、旅芸人の一座から一座を短期雇用で渡り歩く、名前通りの本物の放浪者《ローヴァー》だ。イングランド人ではあるが、乳幼児の頃に東インドで母に捨てられ、養い親もカルカッタで自分を劇団に預けたという孤独な男で、そもそもジャック・ローヴァーというのも、おのれの境遇を鑑みて自分でつけた名前である。両親を探したい気持ちを抑えきれず密航してイングランドの土を踏んだが、「一番古い記憶がある頃から、つい数年前まで、ずうっと東インドにいたのです」(五幕四場二二七—二八行)という彼は、事実上の東インド・クレオールであり、宗主国の内なる他者である。

近年の批評は、ダブリン出身で、一七八一年に三十九歳でロンドンへ永住するまではイングランドとアイルランドを行ったり来たりしていたオキーフについて、そのアイルランド性をことさらに重視する傾向がある。批評家たちの注目が、彼にしては珍しく母国アイルランドを舞台にした笑劇『貧しき兵士』(一七八三)に集まることは当然としても、アシエル・アルトゥナ=ガルシア・デ・サラザールなどは、スペインを舞台にした『アンダルシアの城』(一七八二)にまで、アイルランド表象を読み込もうとする。[*07] サラザールの考えるところでは、差別的なステージ・アイリッシュマン表象を是正したいオキーフはしかし、「同国人を、イングランド人の観客にとって面白おかしく表現する必要から逃げることの事実上の不可能性」(二一〇三頁)を鑑みて、アイルランド人の姿を重ねたスペインの盗賊たちを同情的に描くという婉曲的な戦略をとったのだ。

これはさすがに強弁であって、この伝でいくと『若気の至り』のローヴァーにまで、アイルランド性を読み込む必然性がありそうだが、もちろんそんなことはない。ただし、もっと広い文脈で考えてみれば、これは妥当な意見でもある。オキーフの芝居には、貧しい者や植民地出身者という、イングランド社会の〈内なる他者〉に対する共感や同胞意識が見られることには間違いがなく、ローヴァーもまさにそのような周縁的存在として劇中に存在しているのである。

そんな彼にもただ一人、ディック・バスキンという役者仲間の友人がいる。しかしバスキンは、芝居好きが高じてしばし身分を偽り旅芸人の一座に加わっただけで、本当は伯爵家の血筋を引く士官候補生ヘンリー（ハリー）・サンダーという人物である。気まぐれで三ヶ月ばかりポーツマスの海軍兵学校を逐電したが、父サー・ジョージ・サンダーを悲しませないためにそろそろ戻ろうと従者に告げる彼の台詞からは、真摯な反省は窺えない上に、「あなたがスタンダード大佐を演じるのを、もう見られないのですか」（一幕二場二三一二四行）という従者の返答からは、役者として普通に収入を得ていた気配すら濃厚である。

彼の得意役がファーカーの『誠実な二人』に出てくる、兄と喧嘩して軍隊に入った弟（第六章を参照）だということは、おそらく大団円への伏線で、自分は一人っ子だと思っていた彼が、実は弟であったというどんでん返しを予表している。しかし、それより注目すべきは、この芝居が紳士であることと役者業を両立可能なものとして提示することで、軍人や商人のみならず、俳優までをも新しい紳士に含めようとしている点であろう。

だが、ひとくくりに役者業といっても、もちろんローヴァーとハリーには雲泥の違いがある。後者にとって、旅役者としての生活は、彼が選んだ偽名——悲劇役者の編上げ靴——よろしく、簡単に着脱可能な変装に過ぎないのだ。ゆえに、畢竟ハリーには、自らが拠って立つアイデンティティを持たないローヴァーの空虚さを真に理解することはできない。ローヴァーと別れねばならないことを思う彼は、「あの忌々しい引用癖が出る瞬間は別として、あれほど気持ちのいいやつを知らないよ」(一幕二場四〇―四二行)と呟く。だが全幕を通して、ローヴァーに引用癖が出ない瞬間など、まず存在しないと言ってよい。

常に古今の芝居の台詞を文脈に合わせて融通無碍に引用する能力を持つ一方、「自分自身が物語の主人公となると、ぼくは世界最低の語り手になってしまうのです」(二幕一場二二七―二八行)と、しどろもどろで訴える彼は、ナイジェル・ウッドが指摘するように「自分の言葉で語る言葉を持たない」(xxxiii頁)人物であり、自我の空白を、借りた台詞で埋めあわせることで生きている。ベン・ジョンソンからR・B・シェリダンまで、ローヴァーが劇中で言及する芝居は時代的にもジャンル的にも多岐にわたる。だが、少なくとも作品の前半に限って言えば、トマス・オトウェイの『孤児』(一六八〇)への言及がとりわけ多いことと、『リア王』のエドガーが「ベドラムのトム」として語る台詞を口癖のように繰り返すことには、注目すべきだろう。いずれも兄弟の物語であるとともに、ローヴァーの根無し草ぶりを強烈に臭わせる作品だからだ。

しかし、エドガーへの執拗な言及は、『若気の至り』の願望充足的なハッピー・エンディングを予見させる布石でもある。時代背景とローヴァーが引用する台詞から鑑みるに、彼が演じた『リア王』はネイハム・テイト（一六九二―一七一五）が改作したハッピー・エンディング版に間違いないからだ。エドガーが庶子の弟エドマンドの謀略を撥ね退け、グロスター伯の嫡男としての地位を取り戻すがごとくに、一見対照的なハリーとローヴァーの立場は劇の大詰めにおいて逆転し、ローヴァーこそがサー・ジョージの嫡男にしてハリーの兄であったことが判明するのだ。

おまえをチャールズにしてやろう

ただし、ローヴァーとハリーの兄弟は、重要なある一点で、これら先行する芝居の兄弟とはその関係性を異にしている。彼らはまったく喧嘩をしないのだ。『孤児』に登場するカスタリオーとポリドアのように、一人の女性を巡って恋敵となるわけでもなければ、『リア王』のエドガーとエドマンドのように地位と財産を巡って対立するわけでもない。むしろハリーは、嫡男の地位を失った直後ですら、「でも、ぼくはその代わりに、その友情は（兄だと知る前から）イングランド中のどんな財産よりも貴いと思っていた、そんな兄を得ました」（五幕四場二七七―七八行）と父に答え、ローヴァーに対して一瞬の敵意も見せないのである。そもそもローヴァーの方も、自分は天涯孤独だと信じているため、弟に恨まれる兄の心情に自分の身を置くことなど、あまり想定していない。むしろ、作品の後半で彼が強烈に自分と同一視するのは、『お気に召すまま』の、兄に憎まれた弟オーランドーである。

この選択には、ローヴァーの恋愛が絡んでいる。ひょんなことからハリーと間違えられて、サー・ジョージの姪（つまり、ハリーとローヴァーの従姉妹）レイディ・アマランスの屋敷に連れてこられたローヴァーは、彼女に一目惚れをしてしまう。彼女の家では、クエイカーで偽善者の執事エフレイムが大きな影響力をふるっており、演劇は不道徳なものとして退けられてきたのだが、ローヴァーに勧められてシェイクスピアを読んだ彼女は、「舞台というのは今や、喜びと道徳を伝達する媒介だとか」（四幕一場七行）と述べて、考えを改める。やがて、ローヴァーが契約した劇団が、エフレイムと結託した強欲な土地権利所有者ガモンによって上演場所の確保に苦しめられると、彼女は自分の屋敷を無料で開放し、領民のための慈善公演を開くことにする。この時ローヴァーは演目を『お気に召すまま』にして、彼女がロザリンド、自分がオーランドーを演じることにこだわるのだ。

この時までに彼女の屋敷には、サー・ジョージ、ハリー、ローヴァーが集まっているのだが、親友の恋を応援しようと思っているハリーは自分の本当の身分を隠し続けるため、ローヴァーに「アブラワングという詐欺師と組んで、偽のサー・ジョージ親子を名乗る羽目になってしまった」などと苦しい嘘をつくので、事態は混乱する。ローヴァーは、愛する女性を守るため、本物のサー・ジョージを詐欺師と勘違いして宣戦布告するのだ。

ローヴァー　おまえに力士チャールズの役を当ててやろう。オーランドー役はこの俺だ。全宮廷の見守る中でおまえの足をすくってやる。（四幕一場三二七―二八行）

言うまでもなくこれは、『お気に召すまま』一幕二場の、宮廷の御前試合でオーランドーが簒奪公フレデリックのお抱え力士チャールズを負かす場面を示唆している。だが、そうとは知らず実の父を、オリヴァーとフレデリック公の手先である二重の敵チャールズになぞらえたローヴァーは、やがて運命から皮肉なしっぺ返しを受けることになる。ローヴァーは、ガモンから追い立てを迫られたバンクスとアミーリアという零落した兄妹に同情し、自分の全財産を彼らのために用立てたりしていたのだが、なんとそのアミーリアが実の母であったことが、最後に判明するのだ。サー・ジョージは若い頃、親の決めた婚約者がいる身でありながら、若気の至りでアミーリアを誘惑し、偽の結婚式を挙げて捨てたのだが、実はその結婚式を執り行なったバンクスには聖職者の資格があったので、結婚は合法的なものであった。だが、正当な妻として乳飲み子を連れて夫を探しに東インドまで渡ったアミーリアは、そこで子供とはぐれてしまったのである。

アミーリア　わたしの息子！
ローヴァー　おばさん！
アミーリア　この子はわたしのチャールズよ！（抱きしめる）
サー・ジョージ　ええっ！

（五幕四場二五五―五八行）

ローヴァーの身の上話を聞いたアミーリアは、自分の正体を明かして息子にその本名を告げ、かくて離散していた一家はここに再結集する。ついにローヴァーが手にした本当の名前は、彼が足をすくうはずの「チャールズ」であったのだ。だが、ここに見られるのは、倒す相手が自分であったという、『お気に召すまま』に依拠した皮肉だけではない。本章の文脈に即していえば、父がジョージで息子がチャールズという名前を持っていることは、『若気の至り』もまた、一八世紀後半の喜劇がしばしば用いた、新旧の国王名を対比的にほのめかす遊戯に参加していることを示す。

しかし、すでに確認したように、『悪口学校』以降、チャールズという名は、王政復古期の演劇文化を含意しつつ、これを超えていく記号としての意味を持ち得るようになっていた。それは旧体制の国王の名であるとともに、植民地へ同情を寄せる自由主義者の名前であり、その彼が、「ジョージ」という父の「若気の至り」を超克して、新たな時代を開くのである。すでに父を乗り越えた彼が手に入れるのが、父の財産ではない、という設定も、従って故なしとしない。そもそもサー・ジョージは次男であって、サンダー家の本領は、彼ではなく長男の娘であるレイディ・アマランスが所有している。その彼女と結婚することによって、ローヴァー／チャールズは、放浪の旅役者から、一挙にサンダー家という伯家の家長に上り詰める。兄弟の転覆は、父子の転覆に直結しているのだ。

かくして彼は、妻の財産があれば十分だからと、雅量を発揮して父サー・ジョージの財産を改めて弟ハリーに譲り、芝居は幕を閉じる。だが、大団円を満喫するローヴァーには何故か、ついにアイデンティティを見出した喜びが希薄なように見える。彼は最後にやおら、二人の結婚式ではなく『お気に召すまま』の上演を始めると宣言し、次のような納め口上を述べるのだ。

ローヴァー　……ぼくはこれからもずっと芝居を愛し続ける。シェイクスピアという炎のごとき詩神から放たれた火花こそ、この孤独で寄る辺ない人生の迷路を導いた星であり、ぼくを望外の喜びへと連れてきてくれたのだから。
　これほどよき友と、これほど愛しき妻にふさわしくあるため、
　心優しき夫というのを、ぼくの生涯の持ち役にしよう。
　さて、かくて撒かれた野生の麦、どうか公平な演劇の作法に
　豪勢な穫り入れを命じさせてください——つまり、お客様の拍手を。

（五幕四場二八五―九二行）

これは一見、平凡な演劇擁護のスローガンのように響くかもしれない。だが、この引用で見落とせないのは、嫡男に収まったはずのローヴァーが貴種流離譚の旅芸人のトポスを回収することなく、今後も一種の役者であり続けると宣言しているかに見えることだ。彼にとっては、これから自分がチャールズという名前で送るであろう地主の生活も、突き詰めれば「生涯の持ち役」（my part for life）に過ぎないのである。つまり、植民地からやってきた放浪者が実はイングランドの大地に根付いた高貴な血の持ち主であったというおとぎ話めいたこの芝居の結末は、実のところ自らが描き出す願望充足に対し、極めて懐疑的なのである。

ありきたりなハッピー・エンディングの背後に見え隠れする、こうした二律背反的なメッセージこそ、イングランドに生きる植民地出身者たちの不安定な立場をよく表しているのであり、『若気の至り』という作品を真に面白い喜劇にしている。娘アデレイド・オキーフの回想によれば、作者もまさにそのような状況下で綱渡りをするような立場にあった。オキーフは、一七四五年のジャコバイトの乱の際、祖父がステュアート朝を支持して挙兵したカトリックの家の出だが、彼が生まれた一七四七年には、そのために領地を失い、見る影もなく落魄していた。そのうえ、「一七八一年以降、彼が愛するアイルランドを再び見ることはありませんでした。それに父は、ステュアート家ではなくブランズウィックの王室に、独立の祝福を——どれほど慎ましいものであろうとも——認めるよう運命づけられていたのです」（xxiii頁）と娘は言う。

確かに、オキーフの芝居にジャコバイト性は皆無といってよく、作中に国王への言及がある場合は、ジョージ三世を讃えるのが常である（ロンドンの観客に向けて書いている芝居なのだから、当然といえば当然だが）。ハインツ・コソックは、オキーフの芝居が反植民地主義的アプローチで読まれすぎることへの警鐘を鳴らし、「オキーフとその戯曲は、圧倒的にイングランドの演劇的伝統に属している」（五四頁）と指摘する。彼の作品に散見されるアイルランドへの祖国愛は、喜劇『村社会』（一七九三）に登場するフランス軍属のアイルランド人、キャプテン・マリナハックの台詞——「愛する国王ジョージと誉れ高き母国アイルランドに敵対するようなことがあれば、わたしを大砲で、ばらばらの肉塊に吹き飛ばすがいい」（五幕、六一—六二頁）——に見られるように、ジョージ王朝への忠誠と矛盾しないのだ。

だがそうであっても、視力をほとんど失い、妻と別居した後のオキーフを支え、口述筆記を含む父の生活の面倒を一手に引き受けていた娘アデレイドが紡ぐ言葉は、どことなく意味深だ。右に見た回想にある「認めるよう運命づけられていた」（he was destined to own）という表現には、「本来の意に反して」というニュアンスが込められていないだろうか。同様の押し殺した不満気な空気は、オキーフ自身による自伝にも散見される。自伝の冒頭で彼は、フランスに渡って一財産作った母方の親戚が、長兄ダニエルか次男である自分のどちらかを引き取って大陸で教育させたいと両親に申し出たことを告げる。

しかし不運なことに、我々のどちらもフランスにやってもらえなかった。わたしのたった一人の兄、ダン・オキーフ（のちに傑出した細密画家）は運命により、イングランドで象牙の上におべっかを彫りつけるよう取って置かれたし、ジャック・オキーフは市場《マーケット》で干し草《ヘイ》を束ね、庭《ガーデン》のために花を育てる運命をたどったのだ。（第一巻九頁）

ここには娘の回想録よりもあからさまに、フランスで教育を受けられず、イングランドで生計を立てる羽目になった人生を、不運として嘆く口調が見られる。引用の後半は、オキーフの芝居の多くがロンドンのヘイマーケット劇場とコヴェント・ガーデン劇場で上演されたことに言及しているのだが、この婉曲的表現によって芝居書きという職業は、市場の花売りと同様のつましい肉体労働に列せられてしまっている。これは、役者業を紳士にふさわしい職業として誇らかに肯定する『若気の至り』の雰囲気とは、雲泥の差ではないか。『若気の至り』という作品は、植民地出身者がイングランドの地主となり、演劇稼業が紳士の生業となる明るい未来を歌って、その幕を閉じる。だが、作者がそのメッセージを本気で信じていたとはとても思えない。作品に内在するそのような懐疑が、「チャールズ」という相反する意味を内包した記号に現れているのかもしれない。

『悪口学校』と『若気の至り』においては、もはや兄弟はこれまで論じてきたような意味では対立していない。兄弟が爵位や財産を巡って妬んだり嫉んだりすることもないし、いわんや兄が神の寵児たる弟に嫉妬して殺意を抱くことなど考えられない。だが、だからと言って、この二本の戯曲が、骨肉の争いを克服した理想の世界を描いているわけでもない。むしろ両者は、イングランド社会が植民地との関係のなかであまりにも激しく多様化し、そのために演劇の伝統的なトポスの一部がすでに機能不全になってしまったという諦念を提示しているように思われる。

むろん、このような感覚がロンドン演劇界に敷衍していたと主張するつもりはない。むしろこの先一九世紀にかけて、ゴシック演劇やメロドラマといった大衆演劇においても、それに反発したロマン派詩人たちによるレーゼドラマにおいても、兄弟の恩讐に関する物語は大いにもてはやされることになる。それでもなお、一八世紀末の「笑える喜劇」の線上には、一世紀後のワイルドを彷彿とさせるような、伝統を脱構築した醒めた笑いがすでに浸透し始めていたのである。

▽註

＊01 「演劇論」は『ウェストミンスター・マガジン』(*Westminster Magazine*) の一七七三年一月一日号に掲載され、『負けるが勝ち』は、同年の三月一五日に、コヴェント・ガーデン劇場で初演された。

＊02 ただし、「一七三七―一八〇〇年の間にロンドンで上演された回数」と条件を変えると、感傷喜劇の代表作と目されるスティールの『醒めたる恋人』(四三四回) が第二位につけ、『伊達男の策略』(四一九回) は第三位になる。だがいずれの結果も、『伊達男の策略』の持つ驚くべき持久力を露わにしている点では変わりがないと考えて良いだろう (Anderson 三五〇頁参照)。

＊03 C・J・フォックスの社交性は、彼の「この世で唯一の本当の幸福は友情にある」(Mitchell 一一頁) という彼のモットーによく現れている。実際に同時代人からは、フォックス派 (the Foxites) の政治は、ブルックス・クラブでの仲間たちとの食卓談義の延長線上にあると考えられていた。

＊04 『お人好し』と『誤ったデリカシー』における感受性の表象については、拙稿「『お人好し』における感受性の経済効率」(『東北英文学研究』第一号、二〇一〇年、一三―二六頁) 参照。

＊05 一七六九年に出版された『偽善者』の序文では、ビカースタッフがデイヴィッド・ギャリック (David Garrick 一七一七―七九) からの発案でシバーの翻案を改訂した経緯が語られ、それゆえに「この芝居になんらかの反論があったとしても……わたしがそれに答える義務はない」(頁記載なし) として、ビカースタッフの文責が否定されている。

＊06 初演日の夜九時頃にたまたま劇場前を通りがかった、少年時代のフレデリック・レノルズ（Frederic Reynolds 一七六四–一八四一）は、『悪口学校』初演時の歴史的な大爆笑に対する貴重な記録を残している。彼によれば、「頭上からあまりの大音声が鳴り響いたので、劇場が崩壊するのかと思って、命からがら逃げ出した。しかし、翌朝判明したことだが、あれは劇場が崩落《フォーリング》したためではなくて、屏風が倒れ《フォーリング》たために起こった騒ぎであった」（Mikhail 二六頁より引用）。

＊07 例えば、ヘレン・バークはオキーフの『貧しき兵士』を、カトリック解放運動を取り巻く広範なメディア・ランドスケイプの中におき、標題人物であるパトリックらが、アメリカ独立戦争に参加した義勇兵である設定に、「大英帝国軍が新兵を必要とした機会を利用して、アメリカ独立戦争時にカトリックのアイルランド人が指導力を高めた」（四二二頁）という、逆説的な状況に注目している。

第八章

兄弟をめぐる真空の結節点としての『バートラム』

サムは激怒した。必ず、かの邪智暴虐の芝居を除かねばならぬと決意した。邪悪に対しては人一倍に敏感であった彼は、一八一六年の八月から九月にかけ、五通の公開書簡を『クーリエ』に発表したうえ、翌年に出版した『文学評伝』（一八一七）の第二三章に全文を再録し、これを徹底的に攻撃した。

さて、サムことサミュエル・テイラー・コールリッジ（一七七二―一八三四）をこれほどに怒らせた芝居とは何だったのか。答えは、一八一六年五月九日にドルリー・レイン劇場で開幕し、連続四〇夜公演を超える大成功を収めたチャールズ・ロバート・マチュリン（一七八二―一八二四）の悲劇『バートラム』である。当時のマチュリンは、畢生の大作『放浪者メルモス』（一八二〇）を出す前の、無名に等しい存在で、自費出版した処女小説『宿命の復讐』（一八〇七）に好意的な書評を寄せたサー・ウォルター・スコット（一七七一―一八三二）一人をパトロンとして文壇の端にぶら下がっていた。要するに、功成り名を遂げたコールリッジにふさわしい論敵ですらなかったのだが、それでも彼を徹底的に逆撫でする何かが、『バートラム』にはあったのだ。

ただし、彼が『文学評伝』で行なった批判を額面通りに受け止める研究者は、現代にはほとんどいない。コールリッジ自身の悲劇『悔恨』が持っていた二〇夜連続の公演記録（これも、当時としてはかなりの成功を意味する）を軽く塗り替えられた悔しさに加え、「『バートラム』が、彼の『ザポリア』（一八一六）に勝ってドルリー・レインの演目に選ばれたことへのルサンチマンが動機となっている」（Burwick 一四四頁）と考える批評家も少なくない。個人的怨恨の線はさておくとしても、『バートラム』と『悔恨』の両者を比較して確執の種を探るのは、妥当な考え方であろう。叙述的な台詞が延々と続き、動きが少ない『悔恨』と、派手なスペクタクルに富んだ『バートラム』は、一見対照的だが、国を不当に追われた男の帰還というゴシック的な設定や、恋愛と復讐という主題の焦点化など、実は多くのものを共有しているからだ。

だが、『バートラム』が深い関わりを持っている芝居は、『悔恨』だけではない。マチュリンが直接参考にしたリチャード・レイラー・シールの『アデレイド』（一八一四）や、さらに『アデレイド』が材源としたトマス・オトウェイの『孤児』（一六八〇）のほか、嵐によって追放者を乗せた船が故郷に流れ着くというオープニングに関してはリチャード・カンバーランドの『兄弟』（一七六九）に、フリードリヒ・シラーの『群盗』（一七八一、英訳版一七九二）など、『バートラム』に直接間接の影響を与えた芝居は多い。また、『バートラム』を採用するにあたって、ジョージ・ラム（一七八四―一八三四）と共にドルリー・レイン劇場の査読委員を務めていたバイロン（一七八八―一八二四）は、おそらく『バートラム』と『文学評伝』に触発されて、『マンフレッド』（一八一七）や『カイン』（一八二一）といった、一連のクローゼット・ドラマをものすこととなった。

コールリッジが自作の劣化版を読み取って怒り狂った芝居は、その実、当時の複雑な演劇文化ネットワークの結節点であり、マチュリン個人の作品というよりも多数の間テクストから成る共同的なテクストであった。そして、驚くべきことに、『バートラム』そのものには兄弟は登場しないにもかかわらず、『孤児』、『群盗』、『悔恨』、『兄弟』、『カイン』など、『バートラム』の血肉となり、また『バートラム』を血肉とした芝居の多くが、何故か〈兄弟もの〉である。前章では、アメリカの独立やインド成金の紳士化など、大英帝国と植民地との関係が大きく変貌を遂げる中で執筆、上演された一八世紀末の喜劇においては、兄弟にまつわる伝統的な言説が機能不全に陥り、オスカー・ワイルドを予見させるようなメタ言説化を先取りしていたことを論じた。だが、悲劇においては、〈兄弟もの〉はそれとはまた別種の変化、発展を遂げていた。情念の称揚というロマン派的感性と相性が良かったらしきこのトポスは、いわば『バートラム』というテクストを結節点として、意外なほどに華やかなネットワークを形成していたのだ。では何故、『バートラム』なる作品がハブとして機能し得たのか。この時、マチュリンという作家に内在する〈反演劇性〉が問題になってくるのだが、この語が具体的に何を意味していくのかについては、議論が進むにつれて、おいおい明らかになるはずだ。

コールリッジの『バートラム』批判と、『悔恨』と『群盗』

まずは、簡単に『バートラム』の筋を確認しよう。舞台は、十字軍時代の地中海世界。かつて王位を主張して国を追われた貴族バートラムは、今や盗賊団の首領として放浪を続けているが、嵐で船が難破して故国の岸に打ち上げられる。そこで彼は、恋人イモージンが自分の追討軍の隊長だった宿敵オルドーブランドの妻となったことを知り、絶望と復讐の念をたぎらせる。難破船を救助した修道院長の諫めも虚しく、彼はイモージンと肉体関係を結んだうえ、オルドーブランドを殺害する。彼女は悔恨のあまり正気を失い、息子までが絶命したことを聞くと（死因は不明）、胸破れて息絶える。最後に残ったバートラムも自害をし、幕は降りる。

筋だけでも明らかなように、これは既存の演劇を縦横無尽に拝借したパッチワークであり、シェイクスピアを始めとするルネサンス期の復讐劇やマシュー・グレゴリー・ルイス（一七七五―一八一八）による『古城の亡霊』（一七九七）といったゴシック演劇、疾風怒濤期のドイツ演劇（とりわけシラーの『群盗』）などの影響が顕著に見られる。偉大なるシェイクスピアを剽窃しているように見えること、ドイツ演劇に多くを負っていること――その両方がおそらくコールリッジの神経に障った。彼がこの戯曲に対して浴びせた批判は、「聞くに堪えない大仰な台詞回し」から「あまりに御都合主義のプロット展開」まで多岐にわたるが、とりわけこの芝居が危険思想を提示している（ように見える）ことを、『文学評伝』は深刻な問題とする。

第四幕冒頭のバートラムの独白（芝居の文脈から、この直前に彼がイモージンと関係を持ったことが観客には匂わされている）に対する次の引用には、汲めども尽きぬ嫌悪感が溢れ出している。

第四幕の冒頭を見たときの、恐怖と嫌悪が混じった気持ちを表す言葉も無い。これぞ公衆の心が堕落したことの憂鬱な証拠だと考えるからだ。恐るべきジャコバン主義精神は、もはや政治だけのことではないようだった。邪悪な事件や人物——たとえ道徳原理を直接に乱す場合でなくても——に慣れきってしまったことが、人々の嗜好を毒し、その感情をして、穏やかな訴えにはなべて無関心で、粗野で暴虐な刺激ばかりを欲するようにしてしまったらしい。ブリテンの観客たるものが、公共の礼儀作法に対するこのような侮辱を受動的に許容し得る——それどころか万雷の拍手で受容し得るという、五臓六腑に沁み渡る事実が……鉛のような重さでわたしの胸に迫ったので、わたしは危うく役者も作者も作品も何もかもを忘れてしまうところであった。

（*BL* 第二巻二二九頁）[*01]

一七九〇年代の若き日に共鳴した革命思想からはすでに遠く隔たっていた一八一〇年代のコールリッジは、『バートラム』をジャコバン主義的プロパガンダと解釈し、そこから彼にとっては自然な流れでカトリック的な神聖冒涜をも読み取る。彼によれば、フランス革命に心を寄せるこの悲劇は、同時にイエズス会的な陰謀と欺瞞に満ちている。例えば、第四幕のイモージンが「何も知らぬ夫から赦しの言葉を騙して引き出す、卑しい奸計とイエズス会風の企み」(*BL* 第二巻二三二頁)がその好例だ。理由を言えぬまま、夫に不倫の赦しを請うその姿は、コールリッジの目には「イエズス会的な」狡知にしか映らない。彼はまた、彼女を演じる女優(ミス・サマヴィルという、本作が初舞台だった人物)の演技が、観客の心の深いところではなく「乱暴な感情を騒がせた」ことにも触れ、「ブリテンの観客たるものが、これらすべてに耐えたとは」(同頁)と、憤りを露わにする。さらに第五幕では、修道院長が礼拝堂でバートラムを諌める場面が問題となる。「礼拝堂に高くしつらえられた祭壇を、盃やその他の備品までもそろえて、冒涜的に再現していること」(*BL* 第二巻二三二頁)だけでも、聖所のスペクタクル化という不敬の誹りを免れ得ないのに、「聖歌隊の少年達による聖歌まで、実際に舞台の上で歌われたのだから!」(同頁)、聖なる礼拝を冒涜すること甚だしいと感嘆符つきで訴えるコールリッジは、この場面をカトリック的な偶像崇拝と結びつけて考えている。

ただし、本章の冒頭ですでに触れたように、彼のこの意見に賛同する批評家は現代ではほとんどいない。『バートラム』のファクシミリ版を編纂したジョナサン・ワーズワースは、「既婚者として、セアラ・ハッチンソンへの情熱を抑制することに多くの時間を費やしたコールリッジなら、長年の別離の後に再会したバートラムとイモージンが二人の時間を最大限に楽しんだことに肝を潰す」(頁記載なし) はずだと、とぼけたことを述べたうえ、「コールリッジには業腹だろうが、われわれは彼女の苦悩に共感してしまう」(頁記載なし) と付言している。マイケル・ゲイマーとロバート・マイルズも、彼のほかには同時代の保守派論客の誰一人として、『バートラム』とジャコバン主義を結びつけた者はいないという事実を指摘し、「コールリッジが識別し、糾弾しているものは、実際はマチュリン演劇の政治学というよりシェイクスピア悲劇に備わっている政治学」(一三八頁) であり、マチュリンが手本として学んだ『ハムレット』や『マクベス』らに内在する体制転覆的な要素を、コールリッジが拡大解釈したのだと論じている。

だが、マチュリンとシェイクスピアを結びつけるような解釈を、コールリッジが受け入れることはなかっただろう。「ブリテンの観客たるものが……」(a British audience could...?) という表現を繰り返していることから明らかなように、彼の『バートラム』批判は、ナショナリズムと絡み合っているからだ。リンダ・コリーがつとに示したように、「ブリティッシュ」という国民意識は近代の産物であり、植民地の権益をめぐるヨーロッパ諸国との争いのなかで生まれた、「海の向こうの奴ら、とりわけ天敵フランス人と自分たちは違うという信念」(一七頁) を核としている。文学の畑でもさして事情は変わらず、ウィリアム・ワーズワース (一七七〇―一八五〇) によって『抒情詩集』の第二版 (一八〇一年一月）から付された有名な序文は、「我らの上の世代の計り知れないほど貴重な作品は――シェイクスピアとミルトンの作品と言いそうになったほどだが――狂乱小説や、病んだ愚かしいドイツ悲劇や、韻文で書かれた無益で大仰な物語の氾濫によって、すっかり忘却の彼方に追いやられている」状態を嘆いている（五九九頁）。[*02]

ここで批判されているドイツの悲劇として、ワーズワースの頭にあったのは、『群盗』を含むシラーの戯曲というのが定説だ。だが、ソフィー・トマスが指摘するように、初めて『群盗』を読んだ一七九四年秋のコールリッジは、「なんてこった！　サウジー！　このシラーって誰だい？　この、心ゆさぶる男は？」（*L* 第一巻一二二頁）などと熱っぽい手紙をロバート・サウジー（一七七四―一八四三）に送っており、まさにワーズワースが嘆くところのドイツ悲劇かぶれだった。トマスの解釈によれば、コールリッジにとっては「シラー劇が――特に、書簡集のかたちをとった彼の『人間の美学教育について』と併せて読んだ時に――政治と劇場の両分野にまたがる〈芝居／遊び〉（play）の概念を理論化」（五四三頁）してくれたのであり、そのことは『悔恨』が、プロットのレベルで『群盗』と酷似しているのみならず、絵画的イメージの用い方にシラー美学が反映されていることからも窺えるのだ。本章はこの点を重視し、『悔恨』と『群盗』の複雑な間テクスト性こそが、彼をして『バートラム』に激昂させた重要な理由なのではないかと考える。

長子である主人公が、相続権と婚約者を共に奪わんとする偽善者の弟に陥れられて流浪の身となり、艱難辛苦の末に身をやつして故郷に戻る——以上が、両者に共通する基本設定だ。まずは、『群盗』が図像学的な要素をどのように芝居に取り入れているかを見てみよう。四幕二場では、自分が育った城へ変装して戻ってきた主人公チャールズ（カール）を、婚約者のアミリア（アマリア）が彼とは知らずギャラリーに案内するが、ここは虚像（picture / image）を通じて真実があぶり出される場面である。[*03] チャールズは自分の肖像画を指して「右手にあるのは、誰の肖像画（picture）ですか」（一三〇頁）と尋ね、アミリアの反応から彼女がまだ自分を想ってくれていることを悟る。その一方で、通りかかった弟フランシス（フランツ）は、変装したチャールズの姿を見て「消えろ、恐ろしい像（image）よ」（一三二頁）と恐怖の叫びをあげ、兄の帰還を悟る。そしてもちろん、この場面を執筆した際のシラーの念頭には、あまりにも有名な兄弟にまつわる復讐悲劇の一場面——先王ハムレットとクローディアスの肖像画をガートルードに見せ、「さあ、この絵をご覧なさい、そしてこっちも／二人の兄弟の似姿だ」（三幕四場五二一—五三行）と叫ぶハムレットの姿——があったはずであり、発表当時は規範からの逸脱を批判された『群盗』は、その実かなり伝統的な（新古典主義以前の）作劇法を意識して作られていることが分かる。

しかし『悔恨』では、絵画的イメージの用いられ方がずっと近代的になる。ムーア人の呪術師に変装して帰郷した兄アルヴァーは、弟オルドニオーに対する復讐を考えているわけではなく、むしろ彼から悔恨の念を引き出そうと努める。そのため、実兄とは気づかずに自分を利用しようとする弟の奸計に乗るふりをしながら、こっそりと暗殺未遂の場を描いた迫真の絵画を作成している。オルドニオーは、兄の婚約者ドーニャ・テレサに彼の死を納得させるため、生死を司る霊を呼び出す祈祷をアルヴァーに命じる。

アルヴァー　……もし彼が死す身なら、おお、出でよ！　そして共に連れて来い
死の間際に彼が掴んだものを！　しかれど、まだ生きている身なら、
その杳として知れぬ剣呑な命のしるしを見せるのだ。
（音楽全体が、突如始まったコーラスに飲み込まれる）

コーラス
彷徨える悪霊よ、呪文を聞け！
さもなくば、より邪悪な魔法がそなたらを――

（銅鑼が鳴り、祭壇のお香が突如として燃え上がると、アルヴァー暗殺の場面を描いた絵が照らし出され、数秒間そこに提示されるが、やがて高く燃え上がった炎の背後に消えてしまう）

オルドニオー　（非常に動揺して見つめる）――ごろつきのイジドールが！

（*P*第三巻第二部、三幕一場九六―一〇一行）

犯行現場を見せつけることで、暗殺者を差し向けた弟に悔恨の念を呼び覚まそうと、アルヴァーは、祭壇の前で護摩を焚きながら、くだんの絵画を炎で照らし出す。するとオルドニオーは動揺して、実行犯の名前（イジドール）を口走ってしまうのだが、この直後にアルヴァーは異端審問官に捕らえられてしまう。つまりコールリッジは、シラーとは違うやり方で『ハムレット』を再利用し、ハムレットの「芝居が鍵だ、／それで王の良心を突き止めてみせるぞ」（二幕二場五八一―八二行）という、劇中劇でクローディアスの本心を探る有名な台詞を、いわば「絵画が鍵だ」に置き換えたのだ。これはトマスによれば、シラーが書簡で述べた、「人類は尊厳を失ったが……真実は、芸術という幻視（the illusion of Art）のなかに生きている」（Thomas 五五二頁より引用）という、〈視覚〉を基盤とした芸術論を、コールリッジ演劇が今なお活用していることの証左である。

とすれば、彼自身の戯曲も、『バートラム』同様（あるいはそれ以上に）シラー悲劇の影響下にあるといえよう。ただし、ピーター・モーテンセンは、コールリッジが『悔恨』の基となった若書きの芝居『オーソリオー』（一七九七）を『悔恨』に書き直した際に、シラー美学を換骨奪胎してその政治的含意を革命主義から保守主義へと大きく転換したと考えている。そもそも『悔恨』のアルヴァーが劇中で関わり合いになる仕事は、弟を改心させることだけではない。その出で立ちのせいで、オルドニオーに首領を奪われたムーア人の一族から新たな首領として反乱を率いて欲しいと見込まれた彼は、それを未然に防ぐことにも腐心しなければならない。つまり、モーテンセンが考えるところでは、「二人の兄弟は対立するというよりも、現在の領土安定を脅かす共通の敵に当たっている」（一四二頁）のだ。[*04] とすれば、兄弟喧嘩という伝統的な演劇的トポスよりも植民地出身者コミュニティの安定化のほうを、演劇が描くべき喫緊の社会問題だと示唆している点で、ロマン派悲劇は、シェリダンやオキーフの喜劇と同じ時代意識を共有していたのかも知れない。

だが、そうだとしても——というより、そうであればこそ——『悔恨』が結局のところ、コールリッジ自身が少なくとも意識的には忌み嫌っていた、想像力（imagination）よりも感覚（senses）に訴える芝居として出来上がってしまったことは意味深い。実際、初演の二日後に『モーニング・クロニクル』誌（一八一三年一月二五日付け）に掲載された、無記名の劇評は、祈祷の場のスペクタクル効果を盛大に褒めそやし、「祈祷の場の視覚への一撃（*coup-d'oeil*）は、我々が見たと記憶している限りもっとも斬新でピクチャレスクなものだった。芝居そのものは、幾つかの場面を削除して、もっと適切な長さに切り詰めても良かったかもしれない」（Jackson 一一七頁）と述べている。

一体全体、こんな劇評を頂戴した人物が、『バートラム』の祭壇にとやかく文句をつける資格があるのだろうか。しかし、見方を変えれば、まさにその五十歩百歩のケレン味が、あれほどまでにコールリッジをして『バートラム』を嫌悪させたのかも知れない。いわば『バートラム』は、『悔恨』が漂白したはずの、外国趣味（異教趣味）、ジャコバン主義、センセーショナリズムといった封印したい過去を否応なしに思い起こさせる、拡大鏡のような役割を果たしてしまったのではないだろうか。

『孤児』と『アデレイド』の違い

だが、『バートラム』の作者のことを鑑みれば、ジャコバン主義とカトリック性を攻撃したコールリッジは大きな勘違いをしていた。アイルランド国教会の牧師を生業としていたマチュリンは、その両方に好意のかけらも抱いてはいなかったのである。『バートラム』執筆時にマチュリンが考えていたのは、主に金銭のことだった（当時の彼は妻子に加えて両親をも養わねばならず、ひどく困窮していたのだ）。小説で文名の上がらない彼が芝居を書くことを考えたのは、同国人R・L・シールの戯曲が収めた華々しい商業的成功を目の当たりにしてのことである。ロンドンで売れた芝居がシーズン遅れでダブリンに届くのが普通だったこの時代、『アデレイド』はまずダブリンで好評を博してから、翌年コヴェント・ガーデンに進出するという快挙を果たした。これによりマチュリンは、売れる芝居を書くことがもっとも手っ取り早く多額の収入を得る道だと学んだのである。

ただしシールは、マチュリンとは立場を大きく異にする。クレア・コノリーは、二人は「一九世紀初頭のアイルランドにおける宗派対立の両派をそれぞれ代表している」（一八六頁）と述べ、マチュリンを「ユグノー派の末裔で論争的なプロテスタント聖職者」（同頁）、シールを「カトリックの法廷弁護士で、劇作家として成功する野心を諦め、ダニエル・オコンネルと活動を共にした」（同頁）人物と簡潔に説明している。だが――彼女は続ける――「マチュリンとシールを結ぶものは、彼らを隔てるものと同じくらい重要だ。宗教的な憎悪と不寛容に対する共通の投資が……シールとマチュリンをして、カトリックと結びついた形式や様式やトピックをドラマツルギー上の実践のなかに組み込ませ」（一八七頁）たからだ。カトリック解放運動が盛んだった時代のダブリンで書かれた彼らの芝居には、立場の違いを超えて、否応なくカトリック表象が刻印されてしまっているのだ。

『アデレイド』の舞台はフランス革命直後のドイツで、神聖ローマ帝国のリューネンバーグ伯が、婚約者のいる身で亡命貴族サン・エヴゥルモン伯の娘アデレイドと偽装結婚し、関係者が怒りと恥辱のうちに次々と死ぬ悲劇だ。だが、作品の幕が開いた時、すでに彼らは革命という悲劇を背負っている。アデレイドの兄アルベールは一幕一場で、革命裁判にかけられて命からがら逃げた過去を、リューネンバーグに次のように説明する――「あの迅速確実な死刑執行機に連れて来られ／その前に頭を垂れんとするところ、まさにその時、歓声が／耳に飛び込み、『暴君死す』と伝えた。／騒ぎが大きくなった。衛兵がわたしを打ち棄て何処かへ消え、／救いの門が、踏み出せとばかりに開かれた」（七頁）と。サン・エヴゥルモン一家が敬虔なカトリック信徒という設定になっていることが、ここでは重要だ。イングランド人の想像力の中で革命思想とカトリシズムは、しばしば（意図的に）混同されたが、『アデレイド』においては明確に、革命はカトリック信仰を踏みにじるものだと訴えている。ルイ一六世の処刑という秩序転覆のみがアルベールを救い得たという皮肉こそが、この世界の関節が外れてしまったことの証拠なのだ。
故郷喪失者の一家に、安住の地はない。彼らを迎えたリューネンバーグは、オーストリア皇帝と縁続きになる有利な結婚を控えているため、アデレイドを騙して偽の結婚式を行い、その操を奪う。カトリック亡命貴族は、無神論とプロテスタントの両方から挟み撃ちにされ、滅びるしかないのだ。森の中の廃墟となった修道院であげた二人の結婚を、両親にも告げてはならぬと夫に言われたアデレイドは、一幕二場で兄嫁ジュリアにのみ、苦しい胸の内を打ち明ける。

あの寺院の朽ちかけた祭壇の中にあって
結婚の誓いを立てた時……
密やかな声が、罪と恐怖をわたしに囁いたの。
ねえジュリア、赤くなった顔を隠し、また不安を鎮めるために、
あの人の腕に身を躍らせたとき、
あの人も震えていたのよ。その瞳には炎が燃え盛って
ぞっとするような激情がその顔に散らついていたの。
（一九頁）

結婚の秘儀が神聖冒涜に変容したことを直感的に訴えるこの台詞は、一見シラーめいた誇張法に満ち

ている。だが、シールはこうした台詞回しをシラーから学んだのではない。彼が参考にしたのは、王政復古期の劇作家トマス・オトウェイの『孤児』であった。王位継承権排除危機（一六七九―八一）のさなかに、王党派の劇作家によって書かれたこの悲劇は、親のない娘が恋人の弟からも恋慕されて苦しむ物語を、絶望感漂う筆致で提示した、「兄弟と孤児の娘の三角関係」型の芝居の嚆矢である。コールリッジの『悔恨』もまたこの型を踏襲している点からも、このパターンの物語が比較的長い期間に渡って好まれていたことが窺える。事実、一八世紀に王政復古期の英雄悲劇が次々と忘れられていったなかでも、『孤児』の寿命は長く、ジョンソン博士の『詩人伝』（一七八〇）では、「今でも舞台で一定の居場所を確保している、数少ない芝居のひとつ」（第一巻二四五頁）と言及されている。ただし、A・M・テイラーによれば「摂政時代が終わる頃には、『孤児』は舞台から追放されていた」（xvii頁）そうで、『孤児』が忘れられた芝居になっていたことが、シールのあからさまな拝借を容易にし、また観客の新鮮な反応の呼び水となったのかもしれない。

だが、ほとんど逐語的とすら言える明らかな模倣の理由は、それだけではないだろう。新古典主義的英雄悲劇はしばしばそうであるが、『孤児』もまた、ミソジニーとサディズムが手に手をとってヒロインを苛む、ぞっとしない悲劇である。なかんずく『孤児』には、ジョン・ドライデンの『全ては愛のために』（一六七七）のクレオパトラや、そのドライデンが範としたラシーヌ（一六三九―九九）による『フェードル』（一六七七）のフェードルのような、〈人物〉としてのヒロインの性格を忍ばせるような台詞が存在しないため、『孤児』のモニミアは没個性的にひたすら苦しむ〈機能〉でしかない。この現代人の目には不愉快な男性中心主義の世界は、正調の英雄悲劇というよりは、部分的にメロドラマ的な「美徳の不幸」をすでに予見しており、その点では、一九世紀演劇と相性が良かったといえよう。

『孤児』においては、ヒロインのモニミアと相思相愛のカスタリオーは、同じく彼女を愛する双子の弟ポリドールへの遠慮から、二人の結婚を秘密であげる。彼女はこれに不吉なものを感じ、第三幕で夫に「今日、天の神様は、間違いなくお怒りだった気がするわ／……／善良な牧師さんが聖なる言葉を宣言したとき／苦しい感情が高まって、わたしは涙が両目から／溢れ出すのを止められず、震えがわたしの魂を襲ったの」（第三幕二六七–七一行）と訴える。『アデレイド』とは異なり、こちらは虚偽の結婚ではないものの、その後初夜の約束を盗み聞いたポリドールが、兄の代わりにベッドに忍び込んで彼女と性交渉を持ってしまうので、モニミアの恐れは結果的に正しい。

だが、下劣なのは弟だけではない。愛だ天使だ名誉だ鳩だと喚いてみても、所詮モニミアを主体としてではなく、所有欲をかきたてる〈モノ〉としてしか認識していない点は、彼女の想い人である兄も、横恋慕の弟も、まったく違わない。第二幕で、弟の前で「モニミアよりおまえのほうが大事だ」というようなことを口走ったカスタリオーは、その後彼女から責められると「これはモニミアか？そんなはずはない！　たった今まで／俺はいつもモニミアのことを、鳩のようで、柔らかく、優しいと思い続けていたのだから！／女の心を信じたら、男の心は必ずや破れるのだ！」（第二幕三六五―六七行）と、盗人猛々しく彼女を責め始める。しかも、モニミアの小姓の印象的な台詞――「でも、あなた［カスタリオー］は前回、もしぼくがモニミア様のストッキングが何色か、それを膝上のガーターベルトで留めているかをお伝えすれば、狩りに乗って行けるような仔馬をくださるって約束しましたよ、絶対そう約束しましたとも」（第三幕四六四―六七行）――によればカスタリオーの品性はかなり怪しいわけだから、畢竟どちらを選んだところで、モニミアが幸せになれる見込みはない。

これほど英雄が不在のアナーキックな英雄悲劇であれば、兄弟を中心に据えていながら『孤児』が長子相続の問題にまったく関心を払っていないことにも、ある程度の納得が行くだろう。この芝居が兄弟の財産相続について言及する場面は、芝居全体を通して一箇所しかない。第三幕の冒頭で、突然ひきつけを起こした二人の父アカストが、二人に遺言のつもりで「不動産については、わしが死んだら分かるだろうが／二人の間で分割相続にしておいた。／平等に分けたのだ、おまえたちがわしの愛情を均等に分かち合っていたように」（第三幕七〇―七一行）と告げる場面がそれだ。しかし皮肉なことに、兄弟およびモニミアという若い三人が大詰めで自死するときに、唯一生き残って一家の破滅を見届ける羽目になるのは、このアカスト老人である。こうした様々なアンチクライマックスのすべてが、劇作家としてのオトウェイが社会秩序の基盤としての家庭の維持や再生といった要素にほとんど興味を持っていなかったらしいことを窺わせる。だが一方、シールの『アデレイド』は、無秩序状態ら『孤児』から拝借しつつも、最終的にはそれを否認する点で、その思想において『孤児』から は決定的に距離を置いている。

例えば、『孤児』では、ベッドトリックが絡んだ複雑な三角関係の事情を断片的に妹から聞き出したモニミアの兄シャモンが、カスタリオーが妹を騙して捨てたと思い込み、第四幕で彼に向かい「妹は不当な扱いを受けたと断言しよう。／モニミアが、カスタリオーに劣らず／高く尊い生まれの妹が。彼女に正義を。／さもなくば神かけて、このわたしが血の雨を降らせてやろう」（第四幕三三一―六行）という有名な台詞を吐く。だが、勘違いに基づいたこの台詞もまた、『孤児』においては無数に浮遊する権威を奪われた虚しい名誉の記号のひとつに過ぎない。そのため、彼は正気を失った乱暴者としてアカストらの嘲笑を買うことになってしまう。

だが、この台詞を（これまたほぼ逐語的に）採用した『アデレイド』三幕一場のアルベールの言葉には、もっとずっと重みが与えられている。彼はまず、自分は「祖国がおのれの血に飢えて狂うさまを／目の当たりにし」、革命によって「名前を、財産を、そして祖国を失った」（四二頁）身であることをリューネンバーグに思い出させた上で、それでも譲れない誇りがあるのだと告げ、相手の罪の意識を刺激する。

さあ吐け、傲れる貴族よ、わたしの血筋とて、おまえに劣るものでなく、祖先は同様に高貴な者だ。その尊い血を貴様は汚したのか？
貴様がわたしをこの罪深い塔に迎えたのも
おまえの邪淫が妹の恥辱をむさぼり食らうのを
見せるためであったのか？

（三幕一場、四三頁）

アルベールは、フランス革命による国家の荒廃を嘆いてから、それを個人のレベルに落とし込み、革命群衆のアナーキズムとリューネンバーグの性的放縦とを重ね合わせている。また、芝居の場をフランスではなくドイツに据えることで、シールはコールリッジが同列に論じた「革命・アナーキズム・カトリック」という三要素に、明確な区切り線を設けようともしている。『アデレイド』は、革命とアナーキズムによって正統カトリックが迫害される芝居であり、秩序の転覆と神聖冒涜は、カトリックの登場人物ではなく、「遠くに修道院の廃墟が見える、森の中のゴシック風の城」（一幕一場冒頭ト書き）に住まうプロテスタントの貴族に付与されているのだ。

『バートラム』の悪魔と、マチュリンの反演劇性

かくしてシールの悲劇は、密やかなプロテスタント批判を、当時流行していたドイツ悲劇ではなく、

すでに廃れていた王政復古期の英雄劇という皮袋に入れて提示している。だが、『アデレイド』を参考にした『バートラム』が、このような水面下のポリティクスまでをも採用したかといえば、そんなことはまったくない。マチュリンが食いついたのは、シールが表面的に借りたゴシック仕立ての設定の方だった。しかも、ルイスの『修道士』(一七九六)を愛読していたマチュリンが、森の中のゴシック風の城に住まわせたがったのは、なんと人間ではなく悪魔であった。

『バートラム』の草稿は、バートラムが復讐のために「森の黒騎士」と呼ばれる悪魔と契約を交わしたうえ、ヒロインの死後は悪魔に連れ去られるという、『修道士』の結末を拝借したような設定になっていた。だがこの案は、最初に原稿を見せたウォルター・スコットからも、ドルリー・レインの査読委員だったバイロンからも、にべもなく却下される。スコットは、作家仲間のダニエル・テリーへの一八一四年一一月一〇日付の手紙で、この戯曲を次のように評価している。

美点も目立つし、深くて印象的だが、欠点は不快すぎて冷やかすことすらできない。我らの古馴染みの友セイタンを(セン・ジョン通りにたむろするゴロツキどもじゃなく、魔王様ご本人だ)実際に舞台に上げようとしたのだ。汚らわしい悪魔は、わたしが無事お祓いしたものと信じている。——何しろその悪魔は、確かにマチュリンの原稿で読む分には恐ろしい奴だったけれども、公衆がどう受け止めるかは怪しいから。

(第三巻五一五頁)

スコットは総じてこの作品に対して悲観的だが、とりわけ悪魔を登場させるのは上演台本としては問題外だと考えた。それもそのはず、当時は超自然的な存在を直接舞台にあげることは、すっかり廃れていた時代だったのだ。実際、マチュリンが耽溺したルイスの手になるゴシック演劇『古城の亡霊』（一七九七）には、ヒロインを守る母の亡霊が登場するが、ルイス自身が出版時に「わたしの亡霊に対しては、多くの反対意見が力説された」（二二三頁）ことを伝え、自分としては「何故、パントマイムで妖精が飛ぶことは許されるのに、悲劇で幽霊がうろうろするのは駄目なのか分からない」（同頁）と付言している。

このような状況にあって、ジョージ・ラムらとともにドルリー・レインの査読委員を務めていたバイロンの目にも、草稿をそのまま上演することは論外であった。だが彼は、穏やかで好意的な表現で、悪魔を削除するよう指摘した手紙を一八一五年一二月二一日に書き送り、マチュリンを励ましている。

これは並外れた作品で、構成も素晴らしいうえに非凡であり――（お許しいただければ）多少の修正と削除のうえで――現在の舞台の嗜好にも合う形で上演できるのではないかと思います――その傾向は、才能ある人間にとって励みになるものではありませんが。そのために欠けているように思えるのは、（いくつかの場面で）調子を落とすことです……。全五幕を通じてこの口調と、連綿と持続する激しい感情の動きを保ち続けられる俳優は存在しません。――「黒騎士」にもご退場願わなくてはなりません――大詰めは別の場面に差し替えましょう。苦も無くできることと思います。（第四巻三三六頁）

バイロンの手紙は、マチュリンが芝居の台詞には緩急が必要であることも分かっていない素人だったという印象を与える。だが興味深いことに、出版時には収録されなかったものの、マチュリンは当初の草稿に、自分はこの処女戯曲で、「舞台のうえで実際に喋る言葉に最大限の注意を払い、単なる散文的な作文や、いかにも芝居っぽい台詞を書くことには最小限の注意しか向けなかった」が、それは「最良の芝居とは、作者が怠り無く、書斎で読まれる芝居と舞台にかかる芝居を弁別したもの」（Cox 三一七頁）だからという野心的な序文を加えていた。

マチュリンの気負った所信表明は、現場をよく知らないのに現場第一主義であるというおかしみを含んでいる。だが、戯曲の冒頭近くにある「嵐の場」では、この主張が面目を保っており、彼に上演台本を書くセンスと技術が欠けていた訳ではなかったことを証明している。バートラムが乗った盗賊船が難破する一幕二場の「嵐の場」は、当時『バートラム』でもっとも評判を呼んだ場面である。

岸壁――海――嵐――背景に修道院が照らし出される――間歇的に鐘の音――

岩の上に、たいまつを持った修道士の一団――沖合に難破した船
舞台手前に、修道院長と修道士達登場

修道士その一 ……院長様、どうぞ中にお入りください、溺れる者たちの叫びが
理性を揺るがす前に。さあ、中でロザリオの祈りを唱えてください――
修道院長 わしは入らんぞ、あの望みなき難破船にしがみつく腕が
一本でもあるかぎり。あの大音声で荒れ狂う海原に
助けを呼ぶ声が一つでも聞こえるかぎり――わしはここから動かん。
修道士たち （岩の上で）船が沈む――沈むぞ――悲しくも恐ろしい瞬間！
船が沈む――修道院長は修道士たちの腕の中へ倒れこむ　（Cox 三三―三頁）

ポール・レインジャーは、ゴシック演劇が好んだスペクタクルとして「暗い森、嵐、廃墟」の三つを挙げたうえで、嵐の典型例としてこの場面を引いている。上演用台本に書き込まれた注記では、修道士たちが嵐に怯える修道院の内部を描いた一幕一場の「書き割りが左右に割れ、修道士たちが松明を持ってよじ登るがっしりした岩が現れ」（Ranger 三三頁）て、嵐の場へと転換することになっているが、この場面は当時の劇評で、「崇高なまでに雄大で、ピクチャレスク」（同頁）と賞賛された。また、レ

インジャーは、背景に灯りの点いた修道院の姿を描いて近景の岩に対比させる画面構成を、高く評価している。曰く、「この二つの場を並列するマチュリンは、本能的に（というのも、彼は舞台のために書くことには慣れていなかったので）実行可能な演劇の実践に行き当たったのだ。つまり、危険を示す状況と安全を示す状況を同時に提示して比較した」と（同頁）。

彼が主張するように、マチュリンにはスペクタクル性を重視する場面構成に対して天賦の才があったとすると、スコットが不信感を抱き、バイロンもやんわりたしなめた「悪魔を登場人物にする」という問題には、当時の演劇文化に対する無知とは別の要因があったのではないだろうか。本書は、これをマチュリンの宗教観が関係した意見の相違だったのではないかと考えている。そして、そのことは皮肉にも、コールリッジが「嵐の場」に加えた批判から逆照射され得る。

> だが、『バートラム』の難破の場面で、嵐の不可思議さを説明するものが何かあるだろうか？超自然的な作用をほのめかす要素すらない、単なる超自然的な舞台効果に過ぎない。驚異的と言われる状況を一切有しない驚異。しかるべき理由も無しに導入され、その因果も無しに終わる奇跡。
>
> （*BL* 第二巻二三二頁）

この引用の直前でコールリッジは、トマス・シャドウェルがドン・ジュアン伝説を取り上げた『放蕩者』（一六七六）と、「嵐の場」を比較しており、前者では「神意」が劇の全体構造を作っているのに比べ、この場面にはヌミノースのかけらもないと批判している。コールリッジにとっては、神意の欠如は『バートラム』が冒涜的な芝居であることの証拠の一つなのだが、マチュリンにとってはそれこそが彼の宗教性を表していた可能性はないだろうか。彼は確かに、スペクタクル性の高い場面を構築するのが（ジョージ・ラムの加筆修正を引いて考えても）上手かった。だが、それは演劇文化を愛しているからではなく、その反対に、彼が〈演劇的なるもの〉に対して特に思い入れがなかったために大胆なことができたのだと考えることはできないだろうか。

マチュリンは、一八一七年に『クォータリー・レヴュー』に寄せたシールの新作への論評のなかで、演劇史を宗教史の一形態として捉える独自の演劇観を示している。彼にとり演劇とは、神学の枠内で理解すべきものだったのだ。ゆえに、彼の神学的な立場をここで確認しておく必要があろう。彼は国教会の牧師にしてカルヴァン主義者を自認しており、論敵は常にカトリックであった。

> 彼らは、ミサの捧げものは（つまり、十字架上のキリストの犠牲は）、最後の晩餐の際に表象された（*represented*）のではなく、実際に遂行された（actually performed）のだと言っている。なるほど、もしそうだとすれば、その犠牲はことが起こる前に払われたことになる。
>
> （*Five Sermons* 四八―四九頁、傍点は原文イタリック）

ここでマチュリンは、聖体拝領のパンと葡萄酒を実際のキリストの血肉と考えるカトリックの化体説は、それを最初に行なったのがキリスト本人であるという聖書の記述と論理的に矛盾すると述べている。しかし、その批判の論理的妥当性よりも、ここで注目すべきは、マチュリンが礼拝や劇場で行われることは〈表象〉(representation)に過ぎず、実際の〈行為の遂行〉(performance)ではないといった、まるで芝居を論じているかのような用語を使っていることだろう。彼がこれらの語を、宗教用語にしてかつ演劇用語として使っていることは、シールの戯曲の論評という体裁ながら自身の演劇論を展開している、次の引用からも明らかだ。

> 人が劇場に行くのは、向上したり堕落したりするためではなく、道徳的教訓や人生のルールを学んだり忘れたりするためでもない。……誰もが晒され得る苦しみや、誰もが犯し得る愚行の表象を目撃しに行くのだ。それによって、おのれの主義主張が堅固になることも、また揺らぐこともないまま、家路につくのだ。ひとことで言えば、架空の人生や、現実の邪悪さに対する慰めや忘却の表象を楽しむために、芝居に行くのだ。
>
> (“The Tragic Drama” 二四八–四九頁)

カルヴァン主義者としてのマチュリンは、儀式に用いるパンと葡萄酒を、キリストの血肉とは明確に弁別した。同様に、劇作家としてのマチュリンもまた、舞台上で行われる行為は何かの表象にすぎず、人間に実質的に働きかける力はないと主張している。芝居とは performance ではなく representation に過ぎないのだというマチュリンは、いわばプロテスタント劇作家として、演劇的な化体説を否定しているのだ。

しかしこれは、なんという奇妙な演劇論だろうか。表象と行為の遂行を切り離し、演劇のパフォーマティヴィティを根底から否定することで、いわばマチュリンは〈世界劇場〉のトポスを放棄し、かつてルネサンス演劇が当然のものとしていた魔術性——演劇の行為遂行能力——そのものを否定しているのだ。つまり、マチュリン演劇とは、本質的に反演劇的（anti-theatrical）なのだ。逆説的だが、演劇に一切の超自然性・神秘性を認めないことにより、コールリッジが激怒するほどに仮借ない、演劇的なケレン味にあふれた場面を舞台に上げることができたのだ。

そのゆえに、『バートラム』という芝居は、人物の内的成長を示す台詞が少なく、際立ってタブロー的だという特徴を持っている。四幕二場でバートラムが、仇敵にして恋人の夫であるオルドーブランドを刺殺する場面でも、肝心の彼の台詞は「おまえの魂には悪党だろう——俺はバートラムだ」（三六三頁）というわずか一行のみである。後は、「バートラムは短剣を手に、死体を見下ろすように立ち、死体をじっと見据える。群盗が背景を埋める。幕」（同頁）という一幅の絵を舞台上に形成し、これが第四幕の幕切れとなる。この場面を、例えばデズデモーナを殺したオセローによる自己弁明の長広舌などと比べて見れば、バートラムにはいわゆるルネサンス的な自己成型の要素が欠落していることが明らかになる。マチュリンの芝居には、語ることによって自己というテクストを更新して行く要素が限りなく希薄なのであり、要するに一見はなばなしい演劇性（theatricality）を有しているようでありながら、本質的にまったくパフォーマティヴではないのだ。

コールリッジが、自作『悔恨』のあり得た姿を『バートラム』に感じ取って、一種の同族嫌悪のゆえにこれを攻撃したことは、虚しい戦いであった。まず、当の『バートラム』が、『孤児』の流れを汲む『アデレイド』を下敷きに、スコット、ジョージ・ラム、バイロンらの助言を容れて、演劇的感性とはまったく異なる原理に従う書き手によって推敲を重ねられた代物だった。コールリッジがロマン派的・悪魔主義的な個性だと想定したものは、一九世紀初頭の爛熟した演劇文化が生み出した間テクストの集合体でしかなかったのだ。そのうえ、作者マチュリンのドラマツルギーに従えば、ジャコバン主義的な要素を（作者の意図と関係なく）たまたま読み取れる箇所があったとしても、それが観客を変容させる影響力を持つと考えることこそが、まさにカトリック的な迷妄だったのだから。

バイロンの劇詩の演劇性

だが、話はコールリッジの誤解だけでは終わらない。どうやらこの『バートラム』をめぐって張られた網の中に、不幸な誤解をしていなかった人物がいるからだ。マチュリン演劇の持つ、彼の芝居のケレン味が、実際のところ〈芝居に一切の魔術性を認めない〉という極めて反演劇的な態度に由来しているという逆説に、そこはかとなく気づいていたように見えるのが、彼の原稿を舞台にかけることに決めたバイロンその人である。彼は一般的には、あくまで「詩人」として演劇史では等閑視されている存在だが、ドルリー・レインの査読委員としては、演劇の〈実用性〉(practicability) ということに、徹底的にこだわった人物でもあった。

腹違いの姉オーガスタとの近親相姦関係や妻アナベラとの別居問題などのため、『バートラム』初演の直前にイギリスを離れたバイロンは、『バートラム』の評判とそれに対するコールリッジの憤激を、イタリアで知ることとなった。一八一七年一月一二日付けの、出版業者ジョン・マリーに宛てた書簡には、バイロンが感じたコールリッジに対する不快感と、自身の演劇観が共に示されていて興味深い。

コールリッジの『文学評伝』に、ドルリー・レインの当時の副委員会に対する批判があるのに気がついたよ。──『バートラム』を上演したからだってさ──マチュリンの『バートラム』に対しては、上演されたが故の批判があったね。色々と考え合わせると、どうもこの御立派な自伝作者様にしては、感謝の念があるとも礼儀を知っているとも言えないね。だから、もし彼のほうでぼくに恩義があるのでもなきゃ、報復してやりたいところだよ。でも、わざわざ彼の意見を宣伝してやるためにぼくが骨を折るだなんて、問題外だね。――副委員会の関係者全員、コールリッジの芝居が使い物になりそうでさえあれば、どんな作品でも舞台に上げるつもりだったってことは、ぼくが充分承知している。だが、彼が出して来たものは――詩的ではあったけれども、ちっとも実用的じゃなかった。そして、『バートラム』は実用的だった――だからこそ奴もこんな長広舌をふるってるんだろ――　（第五巻二六七頁）

ここでのバイロンは、コールリッジの芝居（彼がシェイクスピアの『冬物語』を模して書いたクリスマス向けの牧歌劇『ザポーリア』を指す）は実用的ではないが、マチュリンのものは実用的だったと述べて、『バートラム』を評価していることに注意したい。すでに見たように『バートラム』には、嵐の場やタブロー的な殺しの場など、当時の観客が好んだ扇情的な演出を想定した場面がいくつも含まれていたことは確かである。しかし、バイロンは必ずしもマチュリン演劇そのものを芝居として高く評価していた訳ではなかった。『文学評伝』への皮肉たっぷりの感想を綴った四ヶ月前、彼はマリーから、マチュリンの第二作目の戯曲『マニュエル』を送ってもらい、次のような感想を書き送っている。原文は、一八一七年六月一四日付けのかなり長い手紙であるが、バイロンの演劇観の重要な核心を明かしてくれる箇所を中心に、多数の中略を交えて紹介する。

君の荷物が届いたよ、ムーアのイタリアの本と――マチュリンの破綻した悲劇もね。賢い男の馬鹿げた作品だ。思うに（仮面か覆面か何かの手を使って）マニュエル本人に決闘させて、モリノーを助太刀として雇ったりしなければ、舞台でもうまくいったかもしれないな。……失敗したのも当然だ。だって、芝居としては実用的じゃないし――詩としても大した作品じゃないからね。――「栄光と裸で取っ組み合ったギリシア人」って台詞だけど、誰のことさ？　オリンピック競技の競技者か？　それとも倒した敵の墓の周りをぐるりと回ったアレクサンドロス大王？……それにト書きと来たら――「死体の山のなかでよろめく」って何だよ――死体の数が多過ぎるだろ。それに、キリスト教に宗旨替えしたムーア人の悔悛の騎士は、一人だけでも充分過ぎるだろうに。……どうもマチュリンはナサニエル・リー風の劇作家に堕落して来てるな。でも、彼にもう一度チャンスをやってくれよ。才能はあるんだ、趣味は悪いけど。――結局のところ、サザビーが現代のアイスキュロスになるべき人物なんじゃないかと、不安になって来たよ――むしろ、それを期待してると言ったほうがいいかな。――ただし、リチャード・シールが本当にあの成功にふさわしい劇作家だというなら話は別だよ。演劇業界を見れば見るほど、そこから縁を切りたくなるね。――その証拠として、『マンフレッド』の第三幕が君のところに届いているといいんだけど。あれなら少なくとも、ぼくが書割に背景を描かれる可能性ときっぱり縁を切りたがってることが分かってもらえるだろう。

（第五巻二三七―二三八頁）

マチュリンが二匹目のどじょうを狙った『マニュエル』という悲劇は、今度はまったく当たらず、商業的には大失敗に終わった。バイロンはマリーから送られてきた版本を読んで、それに納得しているようだが、ここでも問題になるのは、芝居を舞台にかける際の〈実用性〉である。具体的には、バイロンが「舞台の上の死体が多過ぎる」とか「改宗したムーア人の騎士は一人だけでも充分過ぎる」と、マチュリンの〈過剰さ〉に辟易している点は見過ごせない。舞台上で行われることになんら本質的な意味を認めないマチュリンの逆説的なドラマツルギーは、大胆なスペクタクルを可能にする代わり、あまりにも容易にやり過ぎへと変容してしまうのだ。バイロンが『バートラム』に認めた実用性は、真の演劇的センスに基づいていたわけではなかったがために、『マニュエル』では非実用性に転じてしまったと言えるだろう。

この書簡で特に面白いのは、バイロンがマチュリンに対して示したこのような失望感が、彼自身の劇詩『マンフレッド』の改稿と文脈づけられていることである。イタリア滞在中のバイロンは一八一六年の秋から、アルプス山中に住まう恋人を失ったファウスト的人物マンフレッドが死と喪失の問題に悩む物語『マンフレッド』に着手する。いったん(翌年三月)マリーに原稿を送っていた彼はしかし、その後第三幕を大幅に書き直すことにしていた。ゆえに、この手紙で言及されている『マンフレッド』の第三幕とは、改稿版のことを指している。いずれのヴァージョンでも、第三幕にはマンフレッドの魂を救わんと願う大僧正が彼を訪うものの、その願いが虚しく散る場面がある。だが、その演出法は大きく変わっている。まずは、オックスフォード大学出版局の全集版の巻末に収録されている、バイロンが最初にマリーに送った草稿を見てみよう。

僧院長　神の慈悲は期待できませんぞ。警告はしましたからな。お待ちを——

マンフレッド　（小箱を開ける）この小箱のなかに、あなたへお渡しするものがある。

マンフレッドは小箱を開け、火をつけて香を焚く

はっ！　アシュタロト！

悪魔アシュタロトが以下の歌を歌いながら登場　（第四巻四六八頁）

では次に、同じ場面が完成稿ではどのように変わっているかを確認しよう。

マンフレッド　ご覧なさい！

大僧正　何が見えます？　何も。

マンフレッド　ご覧なさいというのです。
しっかりとね――さあ教えてください、何が見えますか？
大僧正　普通であれば身の毛もよだつようなものが――だがわたしは恐れぬ――
陰鬱で恐ろしい形の者が立ち現れるのが見える、
地下からやって来た地獄の王のような。
（三幕四場五八―六二行）

このように並べて比較してみれば、違いは歴然だろう。当初の草稿では、マンフレッドに救済の余地がないことは、悪の女神アシュタロトの登場と彼女による歌という、オペラ的な装置によって示されている。バイロンは、我知らず当時の大衆演劇の文法に従っていたという訳だ。しかしながら、書き直した完成版には、そのような視覚的な手がかりはまったく与えられない。見える人にしか見えない曖昧な陰（もちろん、舞台空間にこれを具現化させる必要はない）がアシュタロトの代わりを務め、それが一体なんであるかについては、大僧正の言葉を手がかりに、読者／観客が各自で想像することが求められているのだ。

こうした改変が示唆するように、バイロンはおそらく、演劇文化に無知であるがゆえにクローゼット・ドラマに走ったわけではなかった。事情はおそらく逆で、むしろ当時の劇場文化を知悉していたがために、その規範に過剰に乗ってしまったマチュリンを他山の石として自らの理想の演劇の姿を彫琢し、彼は『マンフレッド』を書き直していたのである。もはや、森だろうが嵐だろうが洞窟だろうが、スペクタクルとして可視化できない場面など存在しないほどに舞台装置が爛熟したこの時代の、真に新しいスペクタクルとは、バイロンによれば「見えないものを見る」ということだったのだ。

『カイン』における兄弟と相続

バイロンの行為は、演劇文化に背を向けているように見えて、はだかの舞台に立つ役者の声が重要なファクターであったルネサンス演劇文化と存外近いところにあったように思われる。バイロンの劇詩は、コールリッジなど他のロマン派詩人のそれとは一線を画しているのであり、上演するものとしての演劇を、単に理解しているのみならず、むしろ愛好していたからこそ、あえて現今の演劇へのアンチテーゼとして彼はクローゼット・ドラマに向かったのである。そして、それは逆説的に初期近代演劇文化の再生を目指すことにも重なっていた。バイロンが自らの戯曲の〈(反) 演劇性〉にかなり自覚的だったことは、中世のミステリー劇を換骨奪胎した自作『カイン』(一八二一) 脱稿のわずか五日後、一八二一年九月一四日に、彼が別居中の妻に宛てて書いた手紙からも明らかである。

目下マリーは、手元にぼくの悲劇を三本持っている(君にもすぐに分かるように、上演用じゃないぜ)。そのうちの一本――カインについての話だが――これは充分詩的にできた。でも、他の二本はもっと単純で簡素な文体だ。――ぼくはある実験をやっているのだ――正調の悲劇を我らの言語に導入しようと言うのさ――舞台のことは関係なくね。でも舞台の方じゃ、それを許してはくれないだろうな――読者の心のなかにある、精神の劇場だけは別として。――これまでのところ、あんまり成功はしていない。ぼくの実験は、イングランドの古き良き破調の演劇に対する反逆だと思われているんだよ。でも、それは反逆ではなく、両者が別々で異なるものなのだということなのに。……もしジョアンナ・ベイリーに会う機会があれば、キーンがついにド・モンフォートを演じると伝えてやってくれ。一八一五年には、ド・モンフォートをやれよって、奴を百回ばかりも説得したものだ――これは人づてに聞いた話だが、ぼくは本当に嬉しい――ただ残念なのは、それを見られないことだよ。

(第八巻二一〇頁、傍点は原文イタリック)

『カイン』の出来について自信を見せるバイロンは、ギリシア悲劇のような「正調の悲劇」は、もはや「精神の劇場」(mental theatre)でしか上演できないのだと断言する。なお、ここで言及する「他の二本」とは、アッシリアの最後の王を描いた『サーダナパラス』と、一五世紀のヴェニス元首とその息子の破滅を扱った『二人のフォスカリ』を指す。『カイン』の原稿を受け取ったマリーは、この作品が訴える異端思想に警戒の念を抱き、単独出版ではなく三編を合本として出すことにしたほか、内容の修正を求めたため、バイロンは彼への不信感を芽生えさせることになるのだが、この際、もともと『二人のフォスカリ』に付されていた友人ウォルター・スコットへの献辞が、『カイン』へと移されたのは、バイロンの自負を示す示唆的な事実であるといえよう。しかし面白いことに、彼は精神の劇場へ撤退すると告げるまったく同じ筆で、二〇年近く前に大流行したジョアンナ・ベイリー（一七六二―一八五一）のゴシック悲劇『ド・モンフォート』（一七九八）がドルリー・レインで再演されることを喜び、名優エドマンド・キーン（一七八七―一八三三）の演技を見られないのが残念だと述べている。バイロンと演劇との関係は、思う以上に複雑なのである。

しかし、それ以上に重要なのは、本書が問題とする「兄弟」という主題を通して見た『カイン』の特徴だ。すでに述べたように、マチュリンの『バートラム』は、『ハムレット』から『群盗』を通じて『悔恨』に至る兄弟の悲劇の系譜を一方に持ち、『孤児』から『アデレイド』に続く流れをもう一方に持ちながら、自身はこれらに通底する主題が〈兄弟〉であることをついに見出し得なかった芝居であり、換言すれば、ロマン派の時代における兄弟ものの演劇をマッピングする際の、真空の結節点である。『カイン』はいわば、この空虚な参照点から新たに生まれ、兄弟喧嘩のトポスを上述の一連の流れの中に復活させた芝居だが、前章で扱った喜劇が被った変化から、悲劇もまた自由なわけではなかった。

マイケル・マコウヴスキは、バイロンの『ドン・ジュアン』（一八一九―二四）を中心に論じながら、ゴシック文学で広く用いられていた長子相続制度に対する反抗——『オトラントの城』（一七六四）や『ユードルフォの謎』（一七九四）などが、その好例——がゴシックのパロディたるバイロン作品においてはテクスチュアリティの問題と重ねられており、おのれが作品としてコピーされ、剽窃され、拡散していくことへの嫌悪感と結びついていると主張している。マコウヴスキに従えば、「いずれの場合も、連綿と続く系譜《ライン》ないし相続される伝統は、子孫の家系とテクストの家系の両方に当てはまる」（三九頁）というわけだ。

彼の指摘は本書にとっても有益な示唆を与えてくれるが、『カイン』においては、血脈や財産の系譜と文学的伝統の系譜の関係性が、マコウヴスキが論じるよりもさらに複雑になっている。まず、テクスト的な系譜についていえば、すでに論じたように『カイン』は、当時の劇場文化への意図的な反逆として書かれているが、また同時にそれはある種の伝統的な演劇観を取り戻す試みでもあった。三幕構成の本作品の中間部では、カインがルシファーに連れられて「空間の深淵」なる不可解な場に足を踏み入れ、〈死〉の一端を感得してしまう。この重要な役割を持った空間で、カインが最初に発する言葉は「空中を踏んでいるのに、落ちない。だが落ちるのでは／ないかと思って怖い」（二幕一場一—二行）だが、それに対してルシファーは「俺を信じるんだな。そうすればおまえは／落ちない」（同場三—四行）と答える。このような、地上の法則ではなく悪魔的な力が支配する空間が、もしも上演可能だとしたら、それはやはりルネサンス期公衆劇場の舞台のような、空っぽの空間であるように思えてならない。*05

さらに、続く二幕二場で冥界へとくだったカインは慄然とし、「死に至るような／生を生み出した者に呪いあれ」（二幕二場一八一一九行）と叫ぶが、ここから続くルシファーとの問答は、バイロンの懐疑主義的宗教観と相続の問題をともに示しており、読みごたえがある。

ルシファー　自分の父を呪うのか？
カイン　私を生むことで、父のほうが私を最初に呪ったのではないですか？
私が生まれる前から、父は私を呪っていたのではないですか、大胆にも
禁じられた果実をもぐことで。
ルシファー　その通りだ。
おまえたちは、父と子で互いに互いを呪いあっている。
だが、おまえの子供たちや弟はどうだ？
カイン　分かち持ってもらいますよ、
私と、父と、弟でね！　他の何を私が持っているというのです？
私に相続されたもので！　彼らにも、私の相続財産を遺してやります。
（二幕二場二一一二一九行）

アダムの長子として死すべき運命を最初に相続したカインは、これを拒否し、自分が受け取ったものを父に返すとともに、また周囲の誰彼に分与しようとする。こうした彼の態度が長子相続制度に対する反抗の身振りをとっていることは、例えばアベルから「兄さん、長男として、最初に、／犠牲を捧げて、お祈りと感謝を唱えてください」（三幕一場二三〇―二二行）と言われたカインが、「いや――俺はこういうことに慣れてない。おまえが手本を見せてくれ」（同場二三二行）と応えることからも窺える。

しかも、カインが保有する世襲財産は、通常と違って分与しても減らないどころか、むしろ与えれば与えるほど増殖していくたぐいのものだ。だが、バイロンの『カイン』では、〈死〉という人間の共有財産が無条件に拡散することは許されていないし、実はカインもそんなことを望んでいない節《ふし》が見受けられる。彼は意図的に弟殺しをするのではない。カインの収穫した農作物が神に受け入れられなかったため、もう一度犠牲を捧げるよう迫る弟に逆上した彼は、アベルが捧げた犠牲の子羊に、そしてアベル本人に対し、「引っ込め」（Give way）と繰り返すが、それは「おまえの神は血が好きなんだ！」（同場三一〇行）という台詞に表れているように、死を伴う捧げものに対する嫌悪感から来ているものだ。ついには「ならばその命をおまえの神に捧げろ、／命をもらうのが好きな神だからな」（同場三一六―一七行）と言いながら、アベルを撲殺してしまうカインは、死を憎むあまり、死を神に返そうとしているとも考えられる。

しかも、弟を殺してしまったことに気がついた彼は、天より降りてきた天使に、「私を殺してください！」（同場五〇〇行）と懇願するが、一言のもとに却下される。天使の仕事は「おまえの額に印をつけて、／おまえが成した行為から免除させる」（同場四九八―九九行）ことに、別言すれば、これ以上地上に新たな殺人者を増やさないことにあるからだ。要するに、作中のカインの罪は、死を地上にもたらしたことにあるのではない。彼自身が気にしているように、犠牲の子羊というかたちですでに地上の生き物は血を流しているのみならず、それはカインの捧げものよりも神に喜ばれている。バイロンの作品におけるカインの罪は、神のみが管理者であるべき〈死〉という財産を、自分で勝手に処分してしまったことにある。死は、人類が共有する負の遺産だが、その管理者は神ただ一人であるべきなのである。バイロンの『カイン』とは、罪と死の起源を探る思想詩であると同時に、世襲財産の根源的な源を神という管理者に求め、その真を問う、ロマン派版〈兄弟と相続〉の芝居でもあったのだ。

本章では、マチュリンの『バートラム』をかすがいとして、一九世紀初頭のロンドン演劇界が、いかに多種多様な兄弟をめぐる悲劇の間テクスト的ネットワークを形成していたかを確認してきた。その掉尾を飾るのが、自らをイングランドから追放された亡命者と見なしていたバイロンが、遥かな地ラヴェンナで著した『カイン』であるのは、皮肉なことに見えるかもしれない。だが、このことは重要な二つの点を明らかにしてくれる。まず、前章で見た喜劇の場合と同じように、長子相続制度の浸透した社会に立脚した兄弟の相克を描く初期近代演劇のトポスは、悲劇においてもそのままでは通用しなくなっていたこと。しかし、それにも増して重要なのは、それでいてなお、兄弟の物語そのものは、絶えることなく生産され続けていたことである。

バイロンが述べたところの「正調の悲劇」が、「精神の劇場」から三次元の劇場へと戻ってくるまでには、W・B・イェイツ（一八六五―一九三九）のアイルランド文化民族主義と結びついた詩劇復興運動や、T・S・エリオット（一八八八―一九六五）の宗教演劇など、もう一世紀を待たねばならない。だが、兄弟というもっとも根本的な人間関係のひとつが提供し得る、深遠な緊張感と豊かな可能性についての演劇的興味は、いつの時代にあっても途切れることなく、立場の異なる劇作家たちを惹きつけ続けていたのであった。

▽註

＊01　以下、コールリッジからの引用は、『文学評伝』の場合は *BL*、書簡の場合は *L*、戯曲の場合は *P* と略記し、カッコ内に巻数と引用ページを示す。

＊02　ただし、本稿の引用は、コールリッジの意見を容れて大幅に加筆した第三版（一八〇二）の序文に拠っている。彼がロバート・サウジーに宛てた一八〇二年七月二九日付の手紙によれば、「ワーズワースの序文は、半分はわたし自身の頭から生まれた子供」であった（*L* 第二巻八三〇頁）。

*03 以下、『群盗』からの引用は、人名も含めて一七九二年の英訳版に拠る。

*04 ゲイブリエル・シーリー＝モリスは、モーテンセンにさらに反論し、コールリッジはジャコバン主義への共感を『悔恨』でも捨てていないと主張している。だが、その論拠は薄弱で、あまり説得力はない。Sealey-Morris 二九七―三〇八頁参照。

*05 もちろん、現代に至るまで『カイン』が演劇界のレパートリーになったことは無いのだが、ロシアの十月革命（一九一七）後間も無い時期に、コンスタンティン・スタニスラフスキー（Konstantin Stanislavskii 一八六三―一九三八）がモスクワ芸術劇場で演出したものや、ロイヤル・シェイクスピア・カンパニーが一九九七年にバービカン・センターで行なった上演など、『カイン』を実際に舞台にあげる試みは、少ないながらも途切れることなく続いている。最近の事例としては、二〇一一年にブリティッシュ・コロンビア大学で朗読劇として上演された『カイン』があり、脚本と演出を担当したファニナ・ウォーバートン・ド・ピゾーは、自らが選んだ上演形態について、「もしも『カイン』が変えようもなくクローゼットと劇場をまたぐ閾領域に——ある点では演劇的だが、他の面では一見舞台向けでない領域——存在しているとすれば、わたしはそんな芝居にぴったりの舞台を見つけてやる必要があったというだけだ」（四二七頁、傍点は原文イタリック）と述べている。

第九章

ブーシコーとワイルドの戯曲における、兄弟の終焉の向こう側

夫君アルバート公が亡くなる前のヴィクトリア女王は、しばしば劇場で芝居見物を楽しんでいた。例えば、彼女は一八六一年二月一八日の日記で、目下お気に入りの芝居について「二回目はさらに面白くなったはずだが、大事なアルバートが随分と居心地悪そうだったために、わたしの楽しみは損なわれてしまった」(Fawkes 一二三頁より引用)と記している。この時期に女王はアデルフィ座に三度も足を運んで、このお気に入りの芝居を満喫したが、それが彼女にとって、公衆の娯楽場に姿を表す最後の機会になったのだった。さて、この時ヴィクトリア女王を惹きつけた芝居とは、アイルランド出身のメロドラマ作家ディオン・ブーシコー(一八二二―九〇)が、故国で実際に起こった殺人事件(を題材にした小説)を下敷きにした、『コリーン・ボーン』(一八六一)である。

ブーシコーは、ヴィクトリア朝期を代表するメロドラマ作家であると同時に、近年はW・B・イェ

イツらによるアイルランド文芸復興が目指したアイルランド民俗劇の先駆けとして見直されることも多い人物だ（ただし、イェイツ自身は、自分たちの芝居がブーシコーの延長線上にあると見なされることを、蛇蝎のごとく忌み嫌っていた）。[*01] しかし、本章が問題にするのはそこではない。大衆劇作家を自認するブーシコーは生涯に一五〇本以上の芝居を書きまくったため、（メロドラマ的であるという以外に）作品から一貫した作家傾向を読み取るのは難しいのだが、それでも『コルシカの兄弟』（一八五二）、『コリーン・ボーン』、『流れ者』（一八七四）といった、彼の長いキャリアの節目節目での代表的作品には、兄弟（ないしは擬似兄弟）が大きな役割を果たしている。ただし、ブーシコーのメロドラマが描き出すのは、相続をめぐるライヴァルとしての兄弟とは対極的である。彼らはしばしば、社会経済的な秩序や利害関係と無関係な——あるいは対立するような——精神的な紐帯を観客に訴えかけてくるのだ。

メロドラマとは、ジャン＝ジャック・ルソー『ピグマリオン』（一七六二頃執筆、一七七〇初演）などをその祖型とし、元来は登場人物や場面の雰囲気に合わせた楽曲演奏を伴う芝居を意味していた。しかし、ピーター・ブルックスが名著『メロドラマ的想像力』（一九七六）で喝破したように、その真の特徴は楽器演奏自体にあるのではない。音楽によって観客の情動を一定の方向にわかりやすく誘導しようという試みの背後にあり、やがて小説にも伝播していったメロドラマのドラマツルギーとは、フランス革命に象徴される旧社会の規範の崩壊に際して、人々が感じた拠り所のなさを埋め合わせようとすることである。「社会法、道徳法、自然法、修辞法のいずれであれ、法たるものが沈黙してしまう時、それでもまだ基本的な倫理規範のはたらきを見つけて示すことは可能なのだと表明するために、法規制定とその実施表明の新たなかたち、道徳法を語る新しい創造的修辞法が、起こってくる」（Brooks 二〇一頁）のだが、これこそがメロドラマであった。いわば、ブーシコー劇の（擬似）兄弟たちは、古い社会規範が崩れた後の、新しい精神的な兄弟関係とその道徳を提示しようとしているのである。

だが、こうした真面目な試みは、ヴィクトリア朝後期の爛熟した演劇文化の文脈では、茶化される運命にあった。たとえば、W・S・ギルバート（一八三六―一九一一）が作曲家アーサー・サリヴァン（一八四二―一九〇〇）と共作した一連の軽喜歌劇（通称サヴォイ・オペラ）には、『軍艦ピナフォア号』（一八七八）や『ゴンドラ船頭』（一八八九）など、嬰児の取り違えが芝居の大詰で明らかになるという、（擬似）兄弟もののパロディが少なくない。さらに、こうしたメロドラマ的な兄弟を脱構築する喜劇的手法は、オスカー・ワイルドの『真面目が肝心』（一八九五）で頂点に達する。

本章では、ブーシコーのメロドラマとワイルドの『真面目が肝心』を扱い、いかに後者が、本書が模索してきた「イギリスおよびアイルランド演劇における兄弟間の相克」という主題を脱構築した、〈兄弟もの〉の極北であるかを検証したい。ただし、ブーシコーも単なるワイルドの踏み台として取り上げられるわけではない。これらのメロドラマは、やがてワイルドの喜劇に結実する、重要な家族観の変化をすでに提示しているからだ。中世末期のキリスト教劇から、一八世紀末の『若気の至り』（一七九二）およびバイロンの『カイン』（一八二一）に至るまで、演劇における兄弟間の相克とは――それが「父なる神」であろうと肉親としての父であろうと――〈父の跡を継ぐこと〉に関する争いを意味していた。ゆえに、シェイクスピアの『お気に召すまま』（一五九九頃）において、オーランドーが「自分はサー・ロウランド・デ・ボイスの子である」と主張することは再三あっても、彼と兄オリヴァーの母親が誰なのかが問題にされることはまったくないのである。

これは何も、初期近代演劇に限ったことではない。『アルセイシアの地主』（一六八八）のベルフォンド兄弟にせよ、『伊達男の策略』（一七〇七）のエイムウェルにせよ、『悪口学校』（一七七七）のサーフィス兄弟にせよ、兄弟ものの芝居においては連綿と、彼らが〈父の息子〉であることが示されるだけで、いずれの作品も異常なほどに母親への関心が薄い。だが、「父から息子へ」という父権制モデルがもはや演劇の筋立てとして説得力を持たないということを反映してか、多くのブーシコー作品では父親が不在であり、「母と息子」というのがそこで描かれるもっとも特徴的な人間関係となっている。あたかも、父から子へと継がれる相続制度は、もはやブーシコーの劇世界には存在し得ないかのように。

だが、『真面目が肝心』は、さらにその先を行く。ヒロインの一人グウェンドレンには両親が健在だが、母親レイディ・ブラックネルの存在感に比べて、父親はいかにも影が薄い。グウェンドレンは事実、もう一人のヒロインであるセシリーに向かい、誇らしげに「言わせてもらいますが、うちのパパはね、家族の他にはまったく知られていないのよ。まさしく、そうあるべきよね」（二幕五六三―六四行）と告げる。そんな彼女を愛する主人公ジャックに至っては、父親は記号である。なにしろ彼は両親のいない孤児で、通称姓ワージングも本当の父親の姓モンクリーフも、ともに文字記号（前者は切符、後者は『軍人名鑑』）に由来するのだから。

本章は、『真面目が肝心』を、ワイルドが高度にメタシアトリカルな手法を用いて〈世界劇場〉の息吹に満ちた喜劇を現代に蘇らせようとした芝居であると同時に、兄弟劇の最後の頂点と捉え、本書全体の結論とするものである。だが、そのようなワイルド喜劇が可能になるためには、彼自身もその系譜に連なるメロドラマが必要不可欠であったのだ。

『コルシカの兄弟』における、ヒュドラとしての兄弟

一八五二年二月二四日にプリンセス座で初演を迎えた『コルシカの兄弟』は、ブーシコーを押しも押されもせぬ当代随一の売れっ子劇作家にした作品だが、本当の意味で「新作」であった訳ではない。彼は、パリで一八五〇年に当たりを取った、ウジェーヌ・グランジェとグザヴィエ・ド・モンテパンによるフランス語の芝居『コルシカの兄弟』を下敷きにしたのだが、そもそもこれが大デュマ（一八

〇二―七〇）による同名の中編小説（一八四四）の舞台化であったので、ブーシコー版はいわば二重のスピンオフであった。しかし、『コルシカの兄弟』という作品そのものの国際的な知名度を高めたのは、客足の伸びない作品はすぐに下ろされるのが慣習だった時代に、六六夜連続公演という大成功を収めたブーシコー版であったことは間違いない。

二つの原作に細かな改変を加えたブーシコー版のプロットは、以下のようである。一卵性双生児ルイ（デュマの原作ではルシアン）とファビアンは、コルシカ島の旧家デイ・フランキ伯爵家の生まれだが、父をとうに亡くして、彼らが一族最後の男児である。ルイが愛する女性エミリを追ってパリへと発ってしまったので、現在ではファビアンと母親だけがコルシカで暮らしているのだが、兄弟は離れていても互いの心身の痛みに感応してしまう体質だ。自分が理由もなく感じる不調のため、ルイの身に異変が起こったのではないかと案じるファビアンだが、ある夜ルイの亡霊が彼と母親の前に現れて、自分の死の場面を再現する。エミリの名誉を守るために、シャトー＝ルノーという放蕩者と決闘をする羽目になったルイは、フォンテーヌブローの森で殺されたのだ。すべてを悟ったファビアンは、ルイが斃れたまさにその場所でシャトー＝ルノーを倒し、復讐を遂げる。泣き崩れるファビアンの背後に、再びルイの亡霊が現れ、そっと話しかけるのであった。

デュマの原作では、大詰めの場面に幽霊は登場せず、最後の一節は最後まで名乗らない語り手による、「これが、この若者が流した初めての涙だった」（二一八頁）という控えめな報告のみである。しかし、グランジェ＝モンテパンが考案し、ブーシコーが発展させたメロドラマ版では趣が異なり、フィナーレに登場するこの幽霊こそが、最大の呼びものであった。一八五〇年よりプリンセス座の支配人であった、名優エドマンド・キーンの息子チャールズ・キーン（一八一一―六八）が、自ら双生児を一人二役で演じたうえに、この芝居のためにわざわざ特別なトラップ・ドア（奈落に通じる落とし戸）を作らせ、幽霊が奈落から舞台上へ静かに滑り出てくるかのような特殊効果を挙げたのである。これは、仕掛けそのものが「コルシカの落とし戸《コーシカン・トラップ》」と呼ばれるようになるほどの評判を取った。

演劇史家のジェレイント・ダーシーが説明するところでは、これは、舞台上の床面と舞台下の奈落とに作った二つのコンベア・ベルトを同時に同方向へ動かすことで、役者が徐々に舞台上に現れたり消えたりできる仕掛けだった。同年二月二九日付の『エラ』誌は、新装置の衝撃を興奮気味に伝えている。「〈亡霊《シェイド》〉のおとないの場面では、驚くべき仕掛けが考案されていた。キーン氏の似姿が床から立ち昇ってくるように見えたのだ。……メロドラマ効果がこれほど完璧に演出された試しはない」と、大絶賛である（"Theatres &c." 一一頁）。ダーシーは、当時の演劇界で「コルシカの落とし戸」がどのように受容されたかを精査し、「『コルシカの兄弟』の人気の理由は、脚本にあったのではなく、落とし戸にあった」と言い切っている（一三頁）。彼によれば、「コルシカの落とし戸」は、ヴィクトリア朝期の特徴である装置中心のドラマツルギーを象徴している。「ここで興味深いのは、メロドラマで幽霊を登場させる仕掛けそのものというよりは、こうした装置が上演に欠くべからざる要素と見なされていたことにある」のだと（同頁）。

一九世紀演劇は文学的価値が低くもっぱら視覚的に消費するものであった（それゆえ研究手法もパフォーマンス研究にならざるを得ない）という考え方は、当該分野の専門家たちの一致した意見のようだ。[*02] だが近年では、『コルシカの兄弟』のテクストそれ自体に、重要性を見出そうとする批評家もいないわけではない。例えばマイケル・メイウィスは、第一幕でファビアンが鶏泥棒から始まった地元の二家族の血の復讐（ヴェンデッタ）の仲裁をするやり取りに着目し、ウォルター・バジョット（一八二六―七七）らが奉じていた当時の社会自由主義的言説との近似性を指摘している。第一幕の後半は、コルシカ土着のオーランドー家とコローニ家にまつわる、主筋とは関係のない仲裁の儀式を不自然なほどに長々と描くのだが、それはメイウィスによれば、「ファビアンの仲裁は、こうした農民たちを公的な記号体系（ここでは、代償の鶏と握手）に従わせることに関わっている」からであり、その目的は、近代国家に必要な「統一化された公的合意を形成する」ことにあるのだ（一〇九九頁）。

自由社会主義と劇場文化の関係性を重視するメイウィスは、メロドラマとは労働者階級に近代的な価値観を内面化させるための言説空間であったのだと主張している。例えば、「敵と仲直りだなんて、男として息が詰まりそうなんで」と訴えるオーランドーに対し、ファビアンが「忘れてはいけない、オーランドーよ、おまえは僕に約束した」（第一幕、一〇七頁）と答える時、そこには近代的な指導者が前近代的な民衆を啓蒙しているような響きがある。メロドラマの持つ近代性とは、ここでは観客に近代的な「市民」の概念を理解させるということなのだ。

領民を近代的公共圏へ導く指導者としてファビアンを読み解くメイウィスの議論は、ブーシコーのメロドラマが隠し持った近代性を見事に照らし出してくれる。だが、しかし作品全体を通して考えてみた時に、第一幕では禁じたはずの復讐を、第三幕ではファビアン自らが行っているという皮肉な展開の意味が不明になるという解釈上の問題を残してもいる。実際、パリから訪ねてきたルイの友人アルフレッド（デュマの原作では名乗らぬ語り手に相当する人物）が、この屋敷には古《いにしえ》の高貴な様子がまだ生き残っていると感嘆すると、ファビアンは「そうですね、母の中には常に。だけど、ぼくと来たら、まさにこの瞬間にも、ご先祖様が不名誉だとみなすような行いに手を染めようとしているところです」（第一幕、一〇六頁）と答え、近代的な仲裁者としての自らの役割にあからさまな嫌悪感を示している。父がおらず、母が一族の精神的紐帯となっていることからも明らかなように、近代化の波の中で封建領主としてのデイ・フランキ家は没落の縁に立っており、ファビアンはむしろそれを愛惜しているのである。

彼らが継ぐべき家がすでに有名無実化していることが仲裁の儀式によって明らかにされるため（本書の考えでは、これこそが一見無意味な儀式の場の意味である）、この兄弟は爵位や世襲財産といった、奪い合うべき何かを持っている二人の人間のようには描かれない。それどころか、シャムの双子として生まれ、医者が彼らの身体を二つに切り裂いたという彼らは、二人の個人というよりは神話的な融合体のごとき様相を帯びる――ファビアン自身がアルフレッドに「信じてください、ルイとぼくは一体なのです」（第一幕、一〇一頁）と訴えるように。

つまり、ルイとファビアンは、これまで本書が見てきたどの芝居の兄弟とも異なった立場に置かれていることになる。いわば彼らは、旧い社会秩序が失われ、新しい近代市民社会でもまだ居場所を見つけられないために、お互いの精神的な絆でつながっていることだけを居場所に変えている二人なのだ。そのため、舞台をフォンテーヌブローに移した第三幕で、ついにシャトー＝ルノーを発見したファビアンは、自分たちを神話的な大蛇に例えて決闘を申し込む。

ファビアン　……コルシカ人とは、物語にあるヒュドラのようなものだと知らないのか？　一人を殺してみろ、もう一人がすぐにその場所を占めるのだ。おまえはぼくの兄弟の血を流した。だからおまえの血を要求するためにここに来た。さもなくば、このぼくの血を流すだけだ。

ルノー　……………………………

ファビアン　俺は、本当に心からこの事態を避けたかった。それで逃避行していたのだ。だが、結局決闘を受けるとなれば、ひとつ条件がある。

ファビアン　言ってみろ。

ルノー　いざこざをここで終わりにし、もう二度と俺が別の兄弟とか遠い親戚なんぞに付きまとわれないようにしてくれ。

ファビアン　これが最後とならざるを得ないだろう。ぼくがルイのただ一人の存命の血縁だからな。シャトー＝ルノー殿よ、ぼくの後におまえを悩ます者は誰もないと請け合ってやろう。

（一三一頁、傍点は原文イタリック）

言うまでもないことだが、ヒュドラとはギリシア神話の英雄ヘラクレスに殺された、レルネの沼地に棲む九頭の大蛇である。ヒュドラ退治の経緯はヘシオドスによる『神統記』（前七〇〇年頃）や偽アポロドロスの『ビブリオテーケー』（前一世紀頃）に詳しいが、頭を一つ切り落とすと後からすぐに新たな頭が生えるというこの怪物に対峙するに当たり、ヘラクレスは甥の力を借りて、頭を切り落とした傷口に松明を押しつけることで頭の再生を防いだ。だが、中心にある頭だけは不死であったため、彼はこれを戦いの女神アテーナから授けられた黄金の剣で切断し、切られた首を大岩でもって押しつぶした。その後ヒュドラは天に昇って海蛇座となったという。ファビアンにとって、「コルシカ人」（the Corsican race）を形成する個々人は、近代的な意味での「個人」というよりは、一つの胴体から増殖をする巨大な生物の一部に過ぎないのだ。しかも、「ぼくがルイのただ一人の存命の血縁」（I am the only living relative of Louis）と名乗る彼は、いわばデイ・フランキという大蛇の中心にある、不死の頭に相当する。この作品においては、片割れを失った兄弟とは、死ぬに死ねない亡者のような無気味な存在なのである。

ただし、公平を期するために記せば、ヒュドラのイメージはブーシコーの独創ではない。グランジェ＝モンテパンのフランス語版にはすでに、「コルシカでは、家とは古《いにしえ》のヒュドラなのだ」（Une famille corse c'est l'Hydre antique 二四頁）という表現も、「この決闘が最後になるだろう。ぼくがルイのただ一人の生き残りの兄弟だから」（Ce combat sera le dernier, je suis le seul frére de Louis 二五頁）という表現も、確かに存在する。しかし、グランジェ＝モンテパン版では、これらのやり取りの間に、シャトー＝ルノーの友人モンジロンによる仲裁の台詞がいちいち差し挟まれるために、非常に間延びしてしまっており、観客がヒュドラのイメージと自分が最後の生き残りという台詞を結びつけることは難しかったと思われる。一方のブーシコー版は、一連のモンジロンの台詞を削除したうえ、ファビアンとシャトー＝ルノーの台詞もかなり短く切り詰めた、緊迫したやり取りになっており、結果として神話的イメージが会話全体に投影されるようになっている。また、「コルシカの家」（une familie corse）が「コルシカ人」（the Corsican race）に、「ただ一人の兄弟」（le seul frére）が「ただ一人の存命の血縁」（the only living relative）に変更されるなど、ブーシコー版では、鍵となる単語がことごとく大袈裟かつより包括的な意味に修正されていることも、こうした超自然的、神話的イメージの醸成に役立っているだろう。

しかし、この改変によって、ブーシコーは奇妙なことに、兄弟の実の母親を「存命の血縁」に含めてないらしいことが明らかになる。もちろん、その含意するところが「男子の血縁」なのだということは推測がつく。とすれば、家長を欠いた一族を描く芝居が、母の血を問題にしない点で無意識的にはどうしようもなく家父長的であるというこのディレンマこそが、英語版『コルシカの兄弟』を、イギリスおよびアイルランド演劇における「兄弟もの」の系譜に連なる芝居として読むことを可能にしている。『お気に召すまま』の公爵家とデ・ボイス家は、アーデンの森で再生を果たし、秩序を取り戻すが、これとは対照的にデイ・フランキ家は、フォンテーヌブローの森でその崩壊を確認するのである。

母への軽視と依存が同居するこの作品の最終場で、シャトー＝ルノーを殺害したファビアンは「母上、約束を守りましたよ。ルイ、ルイ！　これでやっと彼のために泣ける」（第三幕、一三三頁）と呟いて泣き出す。すると、背後からルイの亡霊が「コルシカの落とし戸」を使って立ち現れ、「嘆かないで、弟よ。ぼくらはまた逢うだろう」（同頁）と告げ、芝居は幕を降ろす。なお、作品を締めるこの最後の台詞についても、「ああ、何故ぼくのために泣くのだ、弟よ。天上でぼくらがまた会えないとでも言うのか？」という、一見かなり似た台詞がグランジェ＝モンテパン版にあるが、ここでも原文を確認すると趣はかなり異なっていることに注意したい。フランス語版の最後の台詞——“Eh! pourquoi me pleurer, frère? Est-ce que nous ne nous reverrons pas là haut?”——が散文で書かれているのに対し、英語版ではこの最終行だけが“Mourn not, my brother. We shall meet again”と、弱強五歩格の韻文になっているのだ。韻文の台詞が用いられるのは、芝居全体を通してもこの最後の一行だけである上、ルネサンス演劇では階級の高い人物や悲劇的な場面では韻文が用いられ、滑稽な場面や人物は散文で語るのが普通だったことを考えれば、ブーシコーが死者の語りに特権的な地位を与えていることが窺える。

こうした詩的な要素は、語りの内容にも反映されている。ブーシコー版のルイによる「ぼくらはまた逢うだろう」という呼びかけは、何を含意しているのだろうか。ファビアンの死後に二人が天上で再会することを述べているとも解釈可能であるし、今後も兄弟の感応能力は生死の境をすら超えて続くことを示唆するとも取り得る（さらに物語内容とは別の層から考えれば、役者が観客に向かって「もう一度見に来てくれ」と、納め口上替わりに呼びかけている可能性もある）。これらのどれもがおそらく少しずつ正解であり、観客が意味を一つに絞ることは、こうした台詞使いからは奨励されていない。一方のフランス語版では、ルイの台詞に解釈の多義性はない。“là haut (up there)”という語句が示すように、ルイは「おまえの死後に天上で会えるだろう?」と言っているのであり、他の意味が重なってくる可能性は最初から排除されている。

また、修辞疑問から未来形の平叙文への変更も興味深い。修辞疑問が反語的な問いかけであって「会えるのだ」という回答までをも含むのに対し、「ぼくらはまた逢うだろう」は予言であり、かつまた約束であり、要するに、言語行為理論の提唱者J・L・オースティン（一九一一―六〇）の表現を借りれば、回答を担保せずとも成立する発語内行為になっているのだ。[*03] こうした単純未来とも意志未来ともつかない"shall"を用いた話法は、実はすでに引用したファビアンの「これが最後とならざるを得ないだろう」（The last it shall be）という表現にも見られる。つまりこの兄弟は、劇が終わりに近づくに従って、喋り方も似てくる上に、劇が終わってもずっと死者と生者の垣根を超えて一心同体のままであるかのような印象を観客に与えるようになるのだ。フランス革命後の混乱の時代にメロドラマが選んだ兄弟表象とは、兄弟の絆を世俗的な秩序や利害から完全に切り離し、神秘化された一種の秘儀として再提示することにあったのだ。

『コリーン・ボーン』の乳兄弟

だが、ブーシコーの作品に、こうしたオカルト的兄弟が頻繁に登場するという訳ではない。むしろ、彼の芝居に通底して見られる男系相続制度の破綻への不安は、マージョリー・ハウズが言うところの「抵当権メロドラマ」というかたちを取ることが多い。ハウズは、ブーシコーの作品で用いられる言語行為を論じる中でこの用語を用いているが、それは具体的には、「不動産が、正しい所有者から奪われた、ないしは奪われそうになっている状態から始まり、最終的にはそれを取り戻す筋書き」（八六頁）

というものである。だが、抵当権メロドラマが背後に持つのは、もっと深い意味での喪失の不安である。ハウズによれば、ブーシコーの劇世界は「階層的、身分本位的、家父長的で……ピーター・ブルックスであれば〈演劇の道徳的秘儀〉とでも呼びそうなものと緊密に連携している。だがこの世界は、それを追い立てようとする近代化の秩序からの圧迫を受けている。それは、民主化を目指し、あからさまに資本主義的かつ個人主義的で、法的、政治的な制度に基づいた秩序なのである」(八七頁)。

なるほど確かにハウズが指摘するように、ブーシコーの作品(とりわけ成功作)には、追い立ての危機に瀕した屋敷で、母と息子(あるいはそれに相当する立場の主人公)が苦しんでいるという設定のものが目立つ。例えば、彼がアメリカに活動拠点を置いていた時期に書かれた『八分の一混血児』(一八五九)では、イングランド人のジョージ・ペイトンが、アメリカで農園を経営していた叔父の死を受けて、法定相続人としてルイジアナ州へやってくるものの、農園監督官を務めていたマクロスキーという男の奸智により抵当権を奪われそうになっていた、という状態から始まるし、本節で取り扱う、ブーシコーの代表作であり、もっとも大きな商業的成功を収めた『コリーン・ボーン』も、これによく似た設定の物語である。

『コリーン・ボーン』(アイルランド語で fair girl を意味する cailín bán という語句を、英語式に綴った題名)は、アイルランド人作家ジェラルド・グリフィン(一八〇三―四〇)が、故郷リメリックで実際に起こった殺人事件をもとに書いた『大学仲間』(一八二九)という三巻本の長編小説を下敷きにしている。劇中では、エリー・オコナーという貧しい娘を見初めて秘密結婚したハードレス・クリーガンというジェントルマン階級の青年が、コリガンという悪漢によって、母と二人で守ってきた土地屋敷を奪われそうになり、金銭的苦境を脱するために、アン・シュートという富裕な女相続人と結婚せざるをえない状況に追い込まれる。

重婚の罪を隠すため、ハードレスはエリーの持つ結婚証書を取り返そうとするのだが、彼女を無私の愛で想い続ける青年マイルズ・ナ・コパリーン（ブーシコー本人がこの役を演じた）や、二人の結婚を司ったトム神父に阻まれて失敗する。そのため、ハードレスを気遣う忠実な船頭ダニー・マンは、主人の真意を読み誤り、深夜の洞窟でエリーを密かに溺死させようとする。だが、たまたま居合わせたマイルズが水の中に飛び込んで、沈みかけた彼女をすんでのところで助ける。このスペクタクル性の高い救出の場が、『コリーン・ボーン』という芝居の目玉であり、大評判を呼んだと同時に、批評家たちからは演劇の堕落の象徴として激しい攻撃を浴びることとなった。例えば、『フレイザーズ・マガジン』一八六一年一二月号に掲載された「シェイクスピアとその最新の上演解釈」という無記名の評論は、シェイクスピアを堕落さしめた元凶としてメロドラマの流行を指摘するところから筆を起こしているが、そこで具体的に槍玉に上がるのが、この場面なのである。

『コリーン・ボーン』のような芝居が引き起こした熱狂を、どうやったら説明できるというのか？　要領よく組み立てられ、観客の感覚刺激に強く働きかける新機軸の舞台効果をあげる場面が一つあるという意外、なんの見るべきところもない作品でありながら、この作品は上演回数を重ね、演劇史上かつてないほどの収益を生み出したのだ。……金儲けの才能の前では、昨今は、批評の才能や詩の才能は、ともに頭《こうべ》を垂れねばならない。そして、ブーシコー氏が得た成功は、なにしろ桁外れなのだ。彼は、現代の観客は眼に映るものを通して、情緒よりも感覚刺激を通して、魅了すべきことを悟っているのだ。観客には十分なだけのアクション、物語、サスペンス、興奮を与え、完全なる恐怖すれすれの強烈な舞台効果で神経を高ぶらせ、美しい背景画で五感を楽しませろ、そうれば客はご満悦だ……。（七七二頁）

ここでも、『コルシカの兄弟』の受容の過程で起きたのと同じことが起こっている。人々はブーシコーのテクストをイギリス、アイルランド演劇のまともな伝統に連なるものとは認めようとせず、その成功の原因をひとえに舞台効果にのみ求めてきたのだ。この傾向が同時代から現代に至るまで続いていることは、一八六〇年代におけるセンセーショナリズムの流行を〈近代〉という新たな概念の表出だと論じたニコラス・デイリーによる『コリーン・ボーン』論からも一目瞭然である。彼は、アイルランドの田舎という舞台設定が誘う郷愁はまやかしに過ぎず、この救出劇の核心は、列車の時刻表や工場の始業時間など「産業化された時間の感覚」（七一頁）を舞台の上に再現したことにあると主張しているからである（間一髪で救出される美女など、近代以前から連綿と繰り返されてきた道具立てであるというのに）。

いずれにせよ、批評家たちがこれほど「救出の場」ばかりに注目するのには、理由がある。原作には存在しないブーシコーの創作であるため、この場面は彼の作家性をもっともよく表すものと考えられて来たのだ。グリフィンの小説中ではハードレスはかなり身勝手にアンに心変わりをしてエリーが邪魔になり、ダニーにそれとなく彼女を「除く」（get rid of）ように指示する。だがブーシコー版は、コリガンがクリーガン家の出納責任者という職権を濫用していつの間にか土地屋敷の抵当権者となった上、未亡人であるクリーガン夫人に自分との再婚を迫るという状況を描き加え、ハードレスへの同情を喚起する雰囲気の醸成に努めている。このように、ハードレスを近代契約社会に追い詰められる旧社会の紳士ととらえるブーシコーの態度に加え、キャラクターを個人ではなく類型《タイプ》として描くメロドラマのお約束もあって、彼が描くハードレスは人畜無害な人物になっている。だが、原作の読みどころは本来別のところにあった。

小説『大学仲間』では、エリーは助からない。しかも、殺害は楽屋裏で行われることになっており、作中で直接には描かれない。ハードレスがエリーを「除く」ようダニーに仄めかすのは第二巻の二七章だが、それから三五章に至るまで、エリーがどうなったのかは、読者にもハードレスにもまったく明らかにされない。三五章で川から水死体が引き上げられ、そこに居合わせたハードレスが、所持品からエリーだと知るのみだ。殺人の場面に触れないこの小説にとって、最大の見せ場とは、殺害犯の嫌疑をかけられて勾留中のダニーのもとへ、ハードドレスが会いに行く第三巻の四〇章になる。

「だが殺せとは言ってない」と、ハードドレスは言った。「殺せとは言わなかった」「確かに」と、ダニーは答えた。「確かに口にはしませんでした。けれど、真意が感じ取れたんです。だから、口にするのを待つまでもなかった。だって、そういうつもりだったんでしょう?」「違う!」と、突然ハードドレスは激昂して叫んだ。「彼女の命を取れだなんて、そんなつもりは断じてなかった。むしろ、それはやめろと命じたじゃないか、ダニー。命は奪うなと警告しなかったか?」

「しました」と、ダニーは答えたが、軽蔑の念が彼を常にも似ず雄弁にしていた。「でも、あなたの目は、警告を口にする間も『殺せ』と言ってるように見えました。こんなことがあるんじゃ、もう真意を知ろうとして人の顔を見る気も起きませんね」

（二〇四―五頁）

この引用だけを読むと、どちらが正しいのかは必ずしも明確ではないかもしれないが、小説の読者にはダニーが正しいことは明らかだ。何故なら、この作品の全知の語り手はこれまでに何度か、殺されるエリーの姿をふと脳裏に浮かべたハードドレスが、悲痛な快楽におののくさまを描いているからだ。

彼は、エリーに殺意を抱きながらも、それを自分の意識では認めることができない小さな人間であり、この小説の主題は殺人そのものではなく、ハードレスという凡庸な犯罪者の心の襞を追求することにある。小説の標題『大学仲間』が示すように、グリフィスが興味を持っているのは、ハードレスと彼の大学仲間であるカール・デイリーという誠実な紳士を対比的に描き、前者の人間性をあぶり出すことなのだ。

だが、ブーシコーはこれを大きく換骨奪胎し、ハードレスを善人化して人間心理の暗い側面をすべてダニーに移植した。『コリーン・ボーン』のダニーは、ハードレスにお乳をやっていた乳母の息子(つまり彼の乳兄弟)という設定で、しかも少年時代、ハードレスに樹上から突き落とされたために、背骨の曲がった障碍者になってしまったという過去を持っている。自分を醜い体にしたハードレスを恨むどころか、それ以来彼と自分を一体化して行き過ぎなほどの忠誠心を捧げるダニーは、エリーを深夜の洞窟に呼び出して、愛情の深さを張り合うような言い方で彼女を脅迫する。

ダニー　昔はな、エリー、俺だって、見目の好い立派な坊主だった。おっかさんの自慢の種だったんだ。金髪の秘蔵っ子ってな。今の俺を見たら、そんなこと考えも及ばないだろうが。なんで俺がこんな風に変わっちまったか、知ってるか?

エリー　ええ。ハードレスが話してくれたわ。

ダニー　そのハードレス様がやったんだよ――でも、その前から俺はあの人が好きだったし、その後だって好きだった。俺の血の一滴残らず、あの人のためなら湯水のごとく流さないものなんてない。

エリー　言いたいこと、分かる気がする――あの人があなたの体を畸形にしてしまって――人生をめちゃくちゃにして――今のあなたにしてしまったのにね。

ダニー　女であるおまえのほうが、この俺より、あの人を愛してないいんじゃないか？　欲しがってるものをあげようとしないいんだからな。たとえおまえの心がハードレス様に粉々にされたとしても、そんなの俺の背骨と同じじゃないか、どっちもあの人が激情に駆られた一瞬にやったことなんだから。俺が一度だって、俺の背骨の償いに、ハードレス様とその立派な家系をぶち壊しにしてほしいなんて頼んだか？　まさか！　俺はあの人を愛してるから、許してあげたんだよ。

（二幕六場、二二九―二三〇頁）

小説に比べて性格が単純化されたハードレスの代わりに、ここで陰の部分を見せてくれるのは、彼の分身たるダニーである。もちろん、彼らは血の繋がった兄弟ではない。だが、乳兄弟という二人の関係が、前節で論じた〈兄弟の神秘化〉と同じ働きを有していることには注目すべきだろう。この歪んだ三角関係を生み出す力は、まさに彼らが精神的な絆で結ばれている点にあるのだ。しかし、コルシカの兄弟が真に共鳴し合っていたのとは対照的に、ダニーのハードレスへの共鳴は一方的で、しかも誤ったものである。

そもそもこの戯曲には、ダニーとハードレスが直接言葉を交わす場面が驚くほど少ない上に、この場面以降は二人が同時に舞台の上に立つことすらない。エリーを助けようとしたマイルズに銃で撃たれたダニーは、家に帰り着くものの、傷による熱と罪悪感で譫言を言い続け、それを盗み聞きしたコリガンが警察に密告する。だが、警察がハードレスを逮捕しようとした瞬間、マイルズに匿われていたエリーが姿を現し、彼が嫌疑をかけられている殺人事件など存在しないことを証明して大団円となる。しかしこれは、一心同体のはずの乳兄弟にとって、なんと寂しい結末であろうか。

ブーシコー劇が描くのは、血縁としての兄弟が財産や家名をめぐるライヴァルにすらなり得ない、旧社会の秩序が崩壊した後の近代世界である。そこで彼は、血ではなく霊感によってつながる新しい「オカルト的兄弟像」を提示しようとした。『コルシカの兄弟』では成功したかに見えたこの戦略を、だが『コリーン・ボーン』は自ら捨ててしまう。曲がった背骨という身体的な刻印を通じて結ばれたはずのハードレスとダニーの精神的紐帯は、悲しい思い違いでしかなく、イギリスおよびアイルランド演劇が初期近代から描き続けてきた兄弟のトポスの後を継ぐことなどできるはずもない、薄っぺらな関係であった。

だが、失敗した兄弟関係を描くことによって、ブーシコーは逆説的に兄弟劇の系譜の一部となろうとしていたのかもしれない。すでに見たように、ブーシコーは当時流布していた演劇衰亡論において演劇の堕落を招いた主犯格とみなされていたのだが、そのような攻撃に対し黙っている彼ではなかった。特に後年は、新聞や雑誌に反論の筆を執り、積極的に議論に関わっていきすらした。それは、自分が名指しで批判された場合に限ったことではない。例えば、T・W・ロバートソン（一八二九―七一）の『学校』（一八六一）――彼のホーム劇場だった「プリンセス・オヴ・ウェールズ劇場で上演された彼の芝居のなかでも、もっとも成功を収めた芝居」（Jenkins 八八頁）――が独創性に欠けると批評家たちに批判された時に、猛然と論駁したのは作者本人ではなくブーシコーであった。当時はアメリカにいたにもかかわらず、彼は『ニューヨーク・タイムズ』（一八六九年二月二一日付）を媒体に、はるばる大西洋を挟んで、「いい加減、この〈独創性〉に関するばかげたお題目を論破すべき時だろう。……この〈独創性〉というお題目は近年の掛け声だ。シェイクスピアが単なる文学窃盗犯だと告発されたら、目を丸くしたことだろう」（三頁）という意見をロンドン演劇界に突きつけた。

ブーシコーはさらに続けて、「ヴァンブラはシェイクスピアよりひどい。彼はコリー・シバーの芝居を取り上げ、そこに登場する主要人物を全員頂戴して続編を書いたのだから。そのうえシェリダンがヴァンブラの続編を取り上げて、さらに改作したではないか」（三頁）とまくし立てているが、自分とはまったく毛色の違う、リアリズムの家庭劇を得意としたロバートソンのために彼がこんなに熱くなるのは、もちろん背後に自己弁護の意図があるからだ。シバーの『愛の奥の手』（一六九六）からジョン・ヴァンブラの『逆戻り』(一六九六)、さらにはシェリダンの『スカボロー旅行』(一七七七)に至る、一七世紀末から一八世紀に至る改作の歴史を振り返るブーシコーは、しばしば剽窃と謗られた彼自身の作品を間接的に擁護しているのみならず、自分と対立する劇評家たちの権威の拠り所であるシェイクスピアこそが、実際はこうした改作を重ねる演劇伝統の礎だと主張しているのだ。批評家たちによって正典化された「シェイクスピア」という文化資本を、メロドラマ作家の手で奪還しようという彼の意図は、ブーシコー自身がものした「演劇衰亡論」(一八七七)——まったく同じタイトルの演劇論が当時何本も出ており、これは流行のフレーズだった——では一層あからさまに表明されている。

過去百年の間に人間の精神は、科学的な発見を役に立つ用途に応用することを、熱心に求めるようになった——とりわけ、政治的利益と商業的利益を一致させることに血道をあげるようになったのだ。……プロスペローの島は今や繁栄する居留地だし、ロザリンドがアーデンの森に不法侵入すれば、いかつい管理人がすぐに彼女を拘留するだろう。霊的な世界すらも、杭を打ち込んで区画され、権利請求がなされている。リチャード三世の寝床に現れた幽霊たちは、シェイクスピアの公衆が心から信じた霊的存在であった。今では幽霊も特許で守られ、ペッパー教授の機械装置で生まれる仕組みになっている。演劇を実現さしめようとする実証的な世代は、そこまで行ってしまっている。劇作家の精神も実用的で功利主義的であれと、国民精神とぴったり同調せよと、求めている。劇作家は何事も、深く考えてはいけない。観客がついてこられないからだ。

（二三九頁）[*04]

自分のテクストが薄っぺらいのは時代がそうだからだというこの理屈は、一見へぼ作家による自己弁護の強弁のように見える。しかし、出世作である『コルシカの兄弟』以来、四半世紀の長きにわたって商業演劇界の第一線で作品を生み出し続けてきたブーシコーの怒りには、詭弁として看過しがたい真剣さが込められている。ブーシコーは、論敵が指摘する通り、観客がどうしたら喜ぶのかを真剣に考え、そしてそれを察するのがうまいという点で、真の演劇人であったといえる。そのような彼の見方によれば、一九世紀のエピステーメーはシェイクスピア時代のそれとは大きく異なり、実証主義的かつ功利主義的であるため、ヴィクトリア朝人がルネサンス思想の息吹に満ちたシェイクスピア劇を理解するなど、畢竟無理な話である。

この時、彼が具体的に言及するシェイクスピア作品——『あらし』、『お気に召すまま』および『リチャード三世』——が、すべて兄弟の確執を主題に含むものであるのは、単なる偶然であろうか。彼のいう「実証的な世代」とは、別言すれば、兄弟の確執を描くことを不可能にする世代である。とすれば、ブーシコー劇においてまず兄弟がオカルト化され、さらには決定的なすれ違いを見せることは、逆説的にブーシコーが初期近代劇以来の伝統に意識的であったことを示してはいないだろうか。失敗を描き続けることによってブーシコーは、メロドラマの時代における兄弟表象の可能性を、真面目に追求していたのである。

〈不真面目〉な芝居の〈真面目さ〉を読む難しさ

だが、ブーシコーによるこのような泥臭い、真面目な試みを、一九世紀後半の作家たち皆が行っていたわけではなかった。確かに、マイケル・ブースが概括したところによれば、「ヴィクトリア朝の作家たちは涙もろい傾向にあった。感傷のぬるま湯に、欺瞞や悪行や不人情の汚れを清める善行と真実の愛が、彼らの芝居から得られるもの」（一八五頁）だったのだが、それでも笑劇やバーレスクやパントマイムは、アフターピースとして劇場につきものだったし、そこでは嬰児の取り違えや兄弟の生き別れなど、家族形成に対する不安を反映した（メロドラマでは深刻に扱われる）題材が、茶化され、ナンセンス化されていたのだ。

この傾向は、世紀末が近づくといよいよ顕著になってくる。例えば、本章の冒頭でも触れたサヴォイ・オペラの世界では、繰り返しこのネタがおちょくられている。『軍艦ピナフォア号』では、ピナフォア号艦長の娘ジョゼフィンと身分違いの恋をしている熟練水夫のラルフ・ラックストロウが、大詰めで艦長と取り違えられた赤子であったことが判明するが、これではジョゼフィンが実の父親ほどの老人と恋に落ちていたことになってしまい、観客が舞台上で実際に目にしている若々しい美青年水夫というラルフの姿とあからさまな矛盾を見せてしまう。また、ヴェニスを舞台にした『ゴンドラ船頭』では、マルコ・パルミエーリとジュゼッペ・パルミエーリというゴンドラ船頭の兄弟のうち、一人がバラタリア王国の王であったことが突如として判明する。ところが、王子を預かった船頭が実子と預かり子をごっちゃにしてしまったため、どちらが本当の王であるかがはっきりするまで、二人は「一人の個人として」（一幕、五七五頁）共同統治をすることになる。しかも、王には生まれた時から決められていた婚約者がいたため、事態はさらに混乱するが、これまた大詰めで婚約者であるプラッァ＝トロ公爵令嬢が愛していた鼓手ルイスが実は本当のバラタリア王であったことが判明し、万事が丸く収まる。

こうした「家族にまつわる秘密」を繰り返し（しかも不条理な文脈で）用いるバーレスクの世界は、まさにその繰り返しのゆえに、秘密から一切の真剣味を抜き取ってしまう。あたかも、「兄弟と相続」という昔ながらのテーマは、ここでは滑稽化されるためだけに必要とされているかのようだ。何しろ、ヴェニス中で「ただ二人の比類なき男」（五五一頁）として乙女たちの憧れの的だったパルミエーリ兄弟が、実は赤の他人で、しかも赤の他人であるからこそ、「二人で一個人」という一心同体の状態で王位を継ぐのだから。かつて『コリーン・ボーン』を気に入ったヴィクトリア女王は『ゴンドラ船頭』

にもいたく興味を示し、このオペラは一八九一年三月に、ウィンザー城での御前上演という名誉に与ることとなった。[*05] オスカー・ワイルドの『真面目が肝心』も、メロドラマと並行してナンセンス劇が流行していた当時の文脈の中で理解されなければならないだろう。

実際、ケリー・パウエルが『オスカー・ワイルドと一八九〇年代の演劇』で指摘したように、『真面目が肝心』は当時の凡百の笑劇やメロドラマを縦横無尽に着服して生まれた芝居である。古くはW・E・スーターによる一八六三年の『失われた子』から、新しいところでは『真面目が肝心』執筆当時にテリー劇場で上演されていた、ウィリアム・レストクとE・M・ロブソンの『拾われっ子』（一八九四）に至るまで、ワイルドが参照したとおぼしき先行作品は数多い。ジョン・ストウクスはこれに関して、興味深い逸話を紹介している。ヴィクトリア朝の笑劇では、若い恋人たちの障壁となる保守的な老婦人役があまりにありふれていたので、そのパロディたるレイディ・ブラックネルの面白さを、そうした役に慣れすぎた女優自身が理解できなかったというのだ。

二〇世紀に入ってすら事態はそう変わらず、一九三〇年にリリック・ハンマースミス劇場で『真面目が肝心』が再演された際、主人公ジャックを演じたジョン・ギールグッド（一九〇四―二〇〇〇）は、レイディ・ブラックネル役だった叔母メイベル・テリー＝ルイス（一八七二―一九五七）から、「何故、お客さんは笑ってるのかしら？……彼女の台詞は、わたしには別に面白くないのに」と尋ねられたという（Stokes 一七三頁より引用）。『真面目が肝心』は、易々とその二重性に気づけないほど巧妙な、パロディのパロディとして書かれているのである。

かくて、逆説やナンセンスへの嗜好を有するギルバートのオペラやワイルドの笑劇は、その人気にもかかわらず、どちらかといえばヴィクトリア朝演劇界においては例外的な存在であったと言えよう。パウエルが強調するように、「通常のヴィクトリア朝の笑劇は……取り違えのネタで笑いを取ったあとは、すべての登場人物が正しい名前と本来の立場を取り戻して終わる。事実、劇中の偽装生活者は自分たちの偽りの見せかけを、社会のあるべき秩序と正しい基準への侵犯として、悔い改めさせられる」（前掲書、一二〇頁）のが普通であった。ところが、『真面目が肝心』において、そのような〈真面目〉な悔い改めの場面は存在しない。二人の偽装生活者ジャックとアルジー（アルジャーノン）は、自らの不真面目さに極めて真剣であり、中途半端な良心の呵責などまったく覚えないのである。田舎ではアーネストという架空の弟を捏造し、ロンドンでは自身がそのアーネストとして暮らすジャックは、大詰めで自分の本名が「アーネスト・ジョン」であり、悪友アルジーが実の弟であったことを知り、戦慄する。だが彼はこの時、嘘で塗り固めたおのれの生き様を振り返って、悔いているわけではない。「自分が生まれてこの方、本当のことしか喋って来なかったことが突然分かるだなんて、本当に恐ろしいことだよ！」（三幕四六二―六五行）と叫ぶ彼は、自分の人生に嘘がなかったことに戦慄しているのだ。[*06] またしてもパウエルのお洒落な表現を借りれば、この芝居には「嘘の衰退はない」（前掲書、一二〇頁）のである。

さて、よく知られているように、『真面目が肝心』には、「真面目な人々のためのくだらない喜劇」(A Trivial Comedy for Serious People)という副題がついている。だが、『真面目が肝心』にまつわる史料を渉猟して初演時に使用したテクストを注釈付きで再現したジョウゼフ・ドナヒューとルース・バーグレンによると、この副題は舞台衣装を身につけて行う最終リハーサルの時までは形容詞の位置が逆で、「くだらない人々のための真面目な喜劇」であった(九五―九六頁)。初日に合わせて滞在先のアルジェから戻ってきたワイルドが、ぎりぎりになって改変したようである。直前の変更にワイルドが何を思っていたのか、我々には知る由もないが、この改変は実に巧妙に、この芝居から意味を引き出そうとする真面目な批評家達の機先を制することになった。例えば、イプセンの戯曲をイギリスに紹介したことでも知られるウィリアム・アーチャー(一八五六―一九二四)は、『真面目が肝心』を批評することの困難さを、初演からわずか一週間後の一八九五年二月二〇日付『ワールド』誌上でこのように訴えた――「あわれな批評家に一体何ができるというのか。芸術的にも道徳的にも、なんの主義主張も持たず、自ら勝手な正典と伝統を創出する芝居、無責任な知恵を垂れ流すキャラクターを完全に意地悪く描き出したものでしかないような芝居を前にして。……何しろこの芝居は、何をも模倣せず、何をも表象せず、何をも意味せず、要するになんでもないのだから」(Beckson 一九〇頁)。

だが、アーチャーの困惑をよそに、二〇世紀には『真面目が肝心』の批評は百花繚乱の様相を呈した。バンベリズムや改名の問題を記号論やディコンストラクションで読む解釈、登場人物たちのセルフ・イメージを精神分析的に探る解釈、ヴィクトリア朝の抑圧的なイデオロギーに対するラディカルな反抗として作品の乾いた笑いをとらえる解釈等々、その手法は多岐にわたる。特に一九九〇年代以降は、クイア批評への関心の高まりを受けて、ジャックとアルジーの関係および「アーネスト」という名前に隠されたゲイ・コードを読み取る批評が盛んになった。ティモシー・ダーチ・スミスはこうした流れの先駆けで、一九七〇年に出版した『真面目に愛して』で早くも、世紀末から一九三〇年代にかけて少年愛を至高の愛として歌った詩人たちのゆるやかな共同体（ウラニア派）があったことを明らかにした。例えば、ジョン・ガンブリル・ニコルソン（一八六八―一九三一）は、詩集『真面目に愛して』――ダーチ・スミスの書名はここから取られている――を一八九二年三月に出版したが、そこに収録された「男の子の名前について」（"Of Boys' Names"）では、詩人が「記憶の円卓」（一行）にこれまで知った男の子たちの名をずらっと並べながらも、各連の末尾で「ぼくの心を燃え立たせるのはアーネスト」（八、一六、二四行）と三度繰り返す（D'Arch Smith xviii頁）。

パウエルはこれを受け、『演技者《アクティング》ワイルド／羽目を外した演技して《ワイルド》』で、ワイルドがニコルソンの詩を意識していた可能性に触れた上、「真面目《アーネスト》な」という形容詞は当時のフェミニストたちを描写するのにも使われていたことを指摘して、『真面目が肝心』におけるジェンダーの混乱と戯れに光を当てている。ローレンス・セネリックもまた、『理想の夫』（一八九五）や『真面目が肝心』の第一幕など、ワイルド劇に繰り返し現れる「脅迫」のモチーフに、当時の「中産階級の男性同性愛者の決定的な属性」

が「脅迫に対する弱さ」であったという文脈が反映されていると指摘している（一六六頁）。だが、こうした多様な研究成果を通観してなお、一世紀以上も前にアーチャーが述べた『真面目が肝心』の「無意味さ」（nothingness）への困惑は、現在でも依然として批評家達が突き当たる高い壁であるように思われる。

このことは、『真面目が肝心』に彼の〈アイルランド性〉を見出そうとする試みに、特によく表れている。例えばデクラン・カイバードは、心理学者オットー・ランクの議論を援用し、植民地下のアイルランドがイングランドにとっての分身《ダブル》として機能していた歴史的背景を説明したのち、「アイルランド人がイングランド人のために行ってきた奉仕を、バンベリーはおのれの創造主のために行う。……この芝居はバンベリーを始末するか否かについての、長いひと続きの議論なのだ」（一六頁）と論じる。このように、アルジーをイングランドの象徴とし、バンベリーを植民地になぞらえるポストコロニアル的な読みは、バンベリーと彼同様に身元の不確かなジャックを同格に並べることを容易に可能にする。とすれば、『真面目が肝心』の大団円は、植民地が宗主国に対して抱くビッグ・ブラザー・コンプレックスを逆転させた願望充足ということになるだろう。[*07] 何しろ、レイディ・ブラックネルから「細心の注意を払って育てた一人娘を、クローク・ルームに嫁がせて小包と親戚づきあいさせるとでも思っているの?」（一幕五七三―七五行）とまで言われたジャックが、最後にはアルジーの実の（弟ではなく）兄――イングランドの紳士階級の家系の嫡男――であることが判明するのだから。

だが、このように、不真面目さの裏に隠された真面目な意味を解読しようとする試みは、いつだって『真面目が肝心』をつまらなくしてしまうという問題を抱えている。批評家の手を経ると『真面目が肝心』という芝居の背後に深刻さが出現してしまうのだが、これは畢竟『真面目が肝心』を、『ウィンダミア卿夫人の扇』（一八九二）や『つまらぬ女』（一八九三）といった、ワイルドがこれまで書いてきた穏当な社交界メロドラマと同列に置いてしまうことである。しかし、繰り返すが『真面目が肝心』に限っては、嘘の衰退はない。ワイルドが土壇場で変えた「くだらない喜劇」という副題が示すように、徹頭徹尾この芝居は、「くだらなさ」から脱落しない強靭さをもって、既存のコンヴェンションや道徳をただただ笑い飛ばす。この作品に〈真面目さ〉があるとすれば、それはくだらなさそのものに対して真剣だということであって、不真面目さの背後に何かを隠しているわけではないのだ。

『真面目が肝心』が持つメタ化の欲望

さて、『真面目が肝心』が、既存の引用を集めて笑い飛ばす芝居——つまりオリジナルなきコピーの集合体——なのだとすれば、それはこの作品がポストモダンにきわめて近い感性を持っていることを意味するだろう。実際、リチャード・アレン・ケイヴは「馴染みの題材を皮肉に展開する彼の戦略……において、ワイルドの技巧はポストモダニスト劇作家のそれに類似した演劇手法に近づいている……

…。間テクストを用いたこのゲームには、明確に哲学的な目的があるのだ」（一三三五頁）と述べている。ケイヴの言うように、『真面目が肝心』には確かに不条理劇――特に初期のトム・ストッパード（一九三七―）――に通底する要素が見られるが、私見ではそのメタドラマ性はポストモダニズムを先取っているというよりは、シェイクスピア的な〈世界劇場〉の世界を志向しているように見受けられる。この点については後述するが、『真面目が肝心』のメタドラマ性に関して現段階で確認しておきたいのは、この作品は既存の大衆演劇を間テクストとして用いる以上に、ワイルド自身の過去の作品を再利用する傾向があるということだ。

例えば、アルジーは明らかに、『ウィンダミア卿夫人の扇』に登場するダーリントン卿や、『理想の夫』のゴーリング卿といったワイルド的ダンディの末裔なのだが、それに加えて、彼はもっと地味な、ワイルドの初めての戯曲――一八八〇年に出版された後、一八八三年にニューヨークで上演され、失敗と見なされたメロドラマ『ヴェラ、あるいは虚無主義者たち』――に登場するダンディの直系の子孫でもある。帝政ロシアを舞台に、革命組織の女性指導者ヴェラとロシア皇太子が禁じられた恋に落ち、彼女が皇太子を助けるために命を散らすというメロドラマ的な過剰性に満ちた『ヴェラ』と、すべてを茶化してしまう『真面目が肝心』は一見対蹠的な存在に見える。だが、『真面目が肝心』のそこには、『ヴェラ』のモチーフの再活用が見られるのだ。

『ヴェラ』に登場するロシアの首相ポール・マラロフスキー公爵は、帝政ロシアのデカダンスを象徴する人物だが、その頽廃ぶりは彼がラーフ男爵に向かって言う「請け合うが、料理を侮るなんて君は間違っているよ。文化というものは料理にかかっているんだ。わたし自身に関して言えば、唯一望む不滅の名声とは、新しいソースを発明することだけだね」（第二幕、六六三頁）といった食へのこだわりを示す台詞に示されている。そして、『真面目が肝心』において、徹頭徹尾食べることに命をかけている男といえば、もちろんアルジーである。彼は芝居の幕開けから、きゅうりのサンドイッチに並々ならぬ情熱を燃やし、その直後に訪ねて来たジャックに向かい、「もしぼくが一〇分間おばさんを厄介払いして、君がグウェンドレンに求婚する機会を作ってやったら、今夜はウィリスで一緒に食事ということになるかな？」（第一幕二七三―七四行）と、夕飯の約束を取りつけようとする。それに対してジャックが気の乗らない同意をすると、「真面目にやってもらわなくちゃいけないぜ。食事に不真面目な奴なんて大嫌いだ。いかにも浅はかだよ」（第一幕二七八―七九行）と叱咤までするのだが、言うまでもなくこれはほんの一例に過ぎない。そもそもジャックは舞台に登場するなり、アルジーに「いつも通り、また食べてるな、アルジー！」（第一幕四一行）と呼びかけるし、第二幕の幕切れでも傷心のあまりにマフィンを食べまくるなど、アルジーは常に食べ物と結びつけられるが、ここには『ヴェラ』の第二幕でマラロフスキー公爵が延々と振るう、食に関する長広舌のこだまが感じられる。

さて、食の奥深さを理解しない革命主義者たちを軽視する公爵とは対照的に、ロシア皇帝は革命主義者たちをその過激さゆえに心から恐れており、ヴェラがモスクワに潜入したと聞いた途端、「虚無主義者ヴェラがモスクワに！　おお、神よ、こんな状態で生きているくらいなら、奴らが企む通り今すぐ犬のように死んだほうがましだ！　決して眠れず、眠れたとしても、あまりに恐ろしい夢を見るので、それに比べれば地獄ですら平和な場所に思えるほどだ」（第二幕、六六八頁）と、大げさに震える。そして、誰あらん、『真面目が肝心』においてロシア皇帝の恐怖を共有しているのは、作中最強のキャラクター、レイディ・ブラックネルなのだ。というより、彼女は自分の気に入らないことがあると、ことあるごとにそれを「革命の過剰さ」のせいにするという癖を持っていると言ったほうが正確だろう。かくて彼女は、ジャックがヴィクトリア駅で拾われたと知って、次のような感想を漏らす。

レイディ・ブラックネル　……ワージングさん、たった今聞かされたことに、幾分困惑していると言わざるを得ませんね。生まれが――少なくとも育ちが――ハンドバッグだなんて、それが取っ手付きであろうとなかろうと、わたくしには、家庭生活の通常の品位に対する侮蔑をひけらかしているとしか思えませんわ。フランス革命時の最悪の行き過ぎを思い起こさせましてよ。（第一幕五五一―五六行）

レイディ・ブラックネルがここでやや唐突に言及する「フランス革命」の含意を、既に名をあげた批評家の多くは、ヴィクトリア朝の保守的な感受性の表れとして真面目に受け止めている。しかし、彼女の台詞そのものに真剣な意味を読み取ると、その面白さは失われてしまう。ここで重要なのはむしろ、『ヴェラ』では深刻に扱われていた革命の恐怖が、ここではその真剣味をすっかり抜き取られてしまっていることだろう。

同様に、最終幕においても、アルジーがバンベリーのことを片づけようとして、「あいつ、ボンッとなって消えちゃった!」（第三幕一〇〇行）というと、彼女は「爆発したの？ その方、革命的な残虐行為の犠牲者だったの？ 知りませんでしたよ、バンベリーさんが社会主義体制に興味をお持ちとは。だとすれば、ご自分の病に対する因果応報だった訳だわ」（第三幕一〇一―三行）と答えるが、この繰り返しによってワイルドは、レイディ・ブラックネルが見るもの聞くものをなんでもフランス革命に結びつけるのは単なる癖であって、深い意味などないことを観客に訴えているのだ。興味深いことに、彼女の言い回しでは、永遠の病人バンベリーの病が、いつの間にか身体的な病気から「社会主義」という病に転化されてしまう。このように革命の恐怖を病人の身体と同一視することで、『真面目が肝心』はこの作品における革命の脅威を矮小化しているのだが、その効力はこの劇の中だけにとどまるものではない。レイディ・ブラックネルによってパロディ化されることにより、後代の観客／読者にとっては、『ヴェラ』で真剣に描かれたはずの革命への恐怖すらが、遡及的にはなんとなく軽い、滑稽なものになってしまうのである。

同じことはもちろん、アルジーとマラロフスキー公爵の関係にも言えるだろう。アルジーに繰り返されることによって、公爵の食通ぶりまでもが、遡及的にダンディズムから遠ざかってしまうのだ。ワイルドは、自己引用という遊びを通じて、自分自身の作品を脱構築して楽しんでいるのである。不条理演劇が盛んだった時代には、サミュエル・ベケット（一九〇六―八九）がシェイクスピアの読み方を変えてしまったというようなことがよく言われた。*08 それと似たようなやり方で、『真面目が肝心』は、『真面目が肝心』以前のワイルド劇の読み方を変えてしまったのだ。この透徹した笑劇によってメタ化されることにより、『ヴェラ』のようなメロドラマまでが「くだらない喜劇」に変身してしまうのだ。

とすれば、ワイルド劇における「くだらなさ」の鍵は、テクストのメタ化と深い関わりがありそうだ。しかも、『真面目が肝心』がメタ化するのは、作者の過去の作品に限ったことではない。この芝居に登場する人々は、自らをメタ化することが得意なのだ。例えば、ヒロインの一人セシリーは、日記をつけて自らの人生を物語化しているのだが、アルジーに「見ていい？」と尋ねられると、にべもなく「駄目よ。……これは、いとけない女の子の思いとか印象とかを素朴に記録してるに過ぎないものだから、当然出版を考えてるわけよ。単行本のかたちで出たら一冊注文してくれない？」（第二幕四一五―一七行）と言ってのける。同様にグウェンドレンも、どちらが「アーネスト」の婚約者かをめぐってセシリーと険悪になると（二人はそれぞれ人違いをしているのだが）、日記を取り出して「わたし、旅行の際には必ず日記を携帯するの。電車では、何かセンセーショナルな読み物が必要でしょ」（第二幕六三五―二六行）と語る。

自分の人生を劇的なものとして日記に書き込んでいくセシリーとグウェンドレンは、劇作家でもあり、それを演じている点で役者でもあるのだが、彼女たちはそれが自らの人工的な構築物だということも良く分かっており、ロマン化された自分という物語に盲目的に耽溺している訳ではない。自分たちは書かれたテクストを演じているのだという怜悧な感覚が、彼女たち自身のナイーヴなロマンスをメタ化してもいるのだ。そして、この自らが織り上げたテクストを脱構築してゆくメタ化のプロセスこそが、『真面目が肝心』の面白さ（くだらなさ）の肝と言えるのではないだろうか。

こうしたメタ化は、男性登場人物の場合は、警句というかたちを取って現れることが多い。特にアルジーは、何かというと紋切り型の言い回しをもじる人物で、「離婚は天の配剤」（第一幕八一―八二行）だとか、「人前で綺麗なリネンを洗うようなものだ」（第一幕二四四行）だとか言った台詞をジャックに向かって吐き出し続ける。だがジャックは、アルジーの機知にあまり感銘を受けず、大抵は次のような文句をつける。

アルジャーノン　女はすべて母親に似る。それが女の悲劇だ。男は決して似ない。それが男の悲劇だ。

ジャック　それって気が利いてるのか？

アルジャーノン　言い回しとして完璧じゃないか！　それに、文明化された生活への所見として、他の何にも劣らず真実だよ。
（第一幕六〇五―九行）

この場面でも、いかにも警句的な所見が述べられた後で、それについて彼らが話し合いをすることにより、警句そのものの重みが脱色されているかのようだ。しかし、S・I・サラメンスキーは、彼らのメタコメンタリーは、警句の人工性を際立たせると同時に、矛盾するようだが真実味をも強めていると主張する。サラメンスキーによれば、「紋切り型の警句に対するこのメタコメントは、作者ワイルドとワイルドの作中人物によって二重に権威づけられているという事実に目を向けさせる」ばかりでなく、「観客が一方的に聞かされるという直線的な性質により……警句の持つ真実味の効果がさらに増す。この警句は、意味や真実の問題を提示するのみならず、芝居を見るという経験に対する慣習的な概念を転覆している」（一〇八頁）という。

彼女の言い方はやや難解だが、平たく言い直せば、二人が自分で発した警句をメタ的に論じあっているのを一方的に聞かされるこの場面で、ワイルドは観客からパノプティコン的な視点を奪い、劇中人物を観客より優位に立たせようとしているということだ。つまり、サラメンスキーがここでいう「芝居を見るという経験に対する慣習的な概念」とは、観客が一方的に、一段上の層から、作品内世界を全知の視点で見る経験を意味するのだが、ワイルドは作中人物の自己言及という装置を用いて、この一方的な関係に抵抗しているのだ。

私見によれば、こうした劇中人物と観客とのせめぎ合いは、特にワイルドの独創とは言えない。それどころか、これこそは初期近代から連綿と続いてきたイギリス喜劇の伝統であり、ルネサンス演劇のもっとも有名なトポスである〈世界劇場〉を目指すことになるのではないだろうか。次節ではこの点を、シェイクスピアの『夏の夜の夢』(一五九六頃)を題材に確認したい。

『真面目が肝心』と『夏の夜の夢』における〈世界劇場〉

『夏の夜の夢』というメタドラマは、多層的な入れ子構造をもっている。入れ子の中心に位置する小箱は第五幕で劇中劇を演じるアテネの職人たちで、観客である貴族達がそれを一つ外側の階層から見物する。しかし、妖精達がそれをさらに一つ外側の階層から見ていることには、彼らは気づかない。それぞれの階層は、その外部から認知されることによって滑稽な喜劇となっている(もちろん、妖精の層の外側にある一番大きな箱は、われわれ観客だ)。

具体例をあげれば、三幕二場でパックは、間違いで惚れ薬をかけられ、ヘレナを愛するようになったライサンダーを見て、妖精王オベロンに「奴らの他愛ない演《だ》し物でも見てやりましょうか?/ああ、この人間て奴ら、なんて道化でしょうねえ!」(一一四―一一五行)と語りかける。職人たちの劇中劇にはいちいち茶々を入れる貴族たちの行動も、妖精から見れば「他愛のない演し物」なのである。ワイルドの表現を借りていえば、アテネの若者たちが「真面目」にやっていることが、メタ的な視点を持ったパックには、「くだらない喜劇」に見えるということだ。

しかし、そのパックも納め口上では、劇世界での妖精という役割から現実世界での役者という役割へと移行し、もしも自分たちの芝居で気分を損ねたら、居眠りをしていたと思ってくれれば、「この、つまらぬ、くだらぬお話も、／夢を生んだに過ぎぬことになりましょう」（五─六行）と観客に呼びかける。ここでは、劇中において超越的な視点を持っていた妖精が、突如として自ら道化に成り下がり、作品外部の観客の前に頭をさげて、これまで演じてきた劇そのものを、「つまらぬ、くだらぬ話」として再現前しているのだ。もしも、この劇構造を、「存在するとは知覚されることなり」（*esse est percipi*）というジョージ・バークリー（一六八五─一七五三）の観念論を援用して説明して良いものならば、外側の層にいる何者かに知覚されることによって、劇中の存在は面白くなるのだ。

とすれば、バークリーがあらゆる存在の究極的な根拠を、全能の知覚者たる神に求めたがごとくに、〈世界劇場〉とは観客のさらに外部にある超越的視点を感じながら、神のもとに人間はすべて喜劇を生きるという感覚を持つことだと言えなくもないだろう。もちろん、ワイルドがそう考えていたなどと断言することはできないし、するつもりもないが、ワイルドの決定的評伝を著したリチャード・エルマンによれば、彼はオックスフォード大学時代には備忘録をつける習慣があり、それを見ると、彼が専門上必要なプラトーンやアリストテレスのみならず、「ヒューム、バークリー、ミルとも気安い関係にあった」（四〇頁）ことが分かるという。世紀末知識人の該博な教養のなかに、観念論と演劇をつなぐ連想が（具体的に意識されずとも）胚胎していたかも知れないと考えることは、少なくともワイルドにとって喜劇とはなんであったのかを分析するうえで、便利な道具を与えてくれる。

しかし、『夏の夜の夢』と『真面目が肝心』という喜劇のドラマツルギーをさらに複雑にしているのは、実際にはバークリー的な〈知覚する視線〉というのが一方的なものではなく、しばしば双方向だという事実だ。アルジーが観客からの一方的な視点に抵抗していることは既に見たが、『夏の夜の夢』においても、同様の抵抗はさまざまなかたちで行なわれている。例えば五幕一場で、劇中劇でボトムが壁を罵るのを聞いたシーシュースが「この壁はものが分かっているようだから、呪い返すかも知れんぞ」（一八〇行）と茶々を入れると、ボトムは与えられた台詞をはみ出して「いいえ、断じてそんなことはありません。『この俺を騙しおって』は、シスビーが舞台に出る合図なんです。今から登場しますよ。……まあ見てなさい。俺の言った通りになりますから」（一八一―八四行）と、客に向かって芝居の正しい見方を指南してしまう。もちろんこれは、演じる職人たち自身がいかに観劇のリテラシーを欠いているかを揶揄する場面なのだが、しかしこれによって劇中劇の役者と劇中の観客との関係は、パノプティコン的な視点を通じた一方的な笑いよりも、さらに能動的なものになっているのだ。

また、それとどこか通底するようなやり方で、ディミートリアスは、自分の急激な心変わりをシーシュースに弁明するさいに、「けれど、閣下、どんな力によってかは分かりませんが、／けれど何かの力が作用したことは間違いないんですが――ぼくのハーミアへの愛は／淡雪のように溶け去り［ました。］／……／けれど、病気をすると好物が食べたくなくなるみたいに、ぼくはヘレナを嫌いました。／けれど、健康になって、もともとの好みが戻ってきたからには／……／永遠に心変わりなどしないつもりです」（四幕一場一六一―七三行）と、「けれど」（But）を頭語反復的に四度も用いて、妙にくだくだしく語る。

それにしても、彼の「外的な刺激で、正しい愛が目覚めたらしい」というこの弁明は、観客をどこか不安にする。それはもちろん、観客が惚れ薬のはたらきを知っているがゆえに生まれるドラマティック・アイロニーでもあるのだが、それと同時に、この曖昧な言い方により、ディミートリアスは妖精の介入に気づいているのではないかという可能性までもが開けてしまっているため、笑いの中に一抹の不安と驚きが加わるのである。妖精たちの操り人形でありながら、時にその役割を超えてしまうようなディミートリアスと、警句を自在に操って観客の領域を侵犯するようでありながら、全体としては操り人形でしかないアルジーは、いわば相補的な関係にあるが、それでいて両者は、観客と双方向的に関わりながら、自らの台詞を額面通りの意味以上の何かにメタ化していくという点で、ドラマツルギーのうえでは、兄弟のような間柄にあるといえるかもしれない。

多層的な入れ子構造を持つ『夏の夜の夢』の特徴は、その入れ子構造の外側にいる人物と内側にいる人物が双方向的に関わり合っているように感じられることであり、それがシェイクスピア喜劇の喜劇性を豊かに、能動的なものにしている。そして『真面目が肝心』は、ポストモダン劇の先駆的存在でありつつ、同時にこのような初期近代の〈世界劇場〉のヴィジョンをヴィクトリア朝演劇に甦らせた喜劇でもある。すでに確認したように、ワイルドの笑劇においては、劇中人物と観客の眼差しが双方向的に拮抗する有様が、彼らのメタテクスト性を通じて表される。セシリーとグウェンドレンがつける日記や、アルジーが呼吸するように易々と吐き続ける警句の数々が、彼らの全員が凡庸なテクストの集合体であることと、それでいて彼ら自身が陳腐な記号にすぎない自分を楽しんでいることを感じさせるのだ。

しかし、この点においても、やはりその極北に位置するのはジャックである。何しろ彼は赤ん坊の頃に、作家志望であった乳母のミス・プリズムによって「月並以上に胸がむかつくほどに感傷的な三巻本小説の原稿」（第二幕二二九行）と取り違えられたうえ、大詰めでは自分の本当の名前を、『軍人名鑑』に記載された父の名前によって確認するのだから。彼の姓ワージングですらが、赤ん坊の彼を拾った紳士の上着のポケットに、その時ワージング行きの切符が入っていたことに由来している。要するにこの芝居は一貫して、ジャックはテクストの等価物であると主張しているのである。テクストの被造物《クリーチャー》であると同時にテクストの作り手《クリエイター》でもあった他の三人とは違い、ジャックは書き手としての能動的な力を奪われているようにも見える。アーネストという架空の弟の作者であったはずの彼が、弟がいる点でも名前がアーネストである点でも、事実を反復していたに過ぎないことが最後に分かるからだ。とすれば、すでに引用したジャックの戦慄──「自分が生まれてこの方、本当のことしか喋って来なかったことが突然分かるだなんて、本当に恐ろしいことだよ！」──も、実は意外に深刻な自我の危機を表明しているのかもしれない。

実際、『真面目が肝心』を自伝的に読むメリッサ・ノックスは、この作品のみが、ワイルドによる他の喜劇が陥ってしまったヴィクトリア朝的道徳への収斂を最後まで免れているのは、作者が絶望していたからだと説く──「最後の芝居を書いている間だけワイルドは、破滅を招かずに生きて行ける妥協の道を見つけようという考えを手放した。ギリシア悲劇の主人公のように、彼は悲劇的結末の必然的な到来を受け入れているのだ」(九五頁)。ノックスによれば、『真面目が肝心』執筆時のワイルドは、恋人アルフレッド・「ボウジー」・ダグラス(一八七〇─一九四五)との関係のため、父親であるクイーンズベリー侯爵(一八四四─一九〇〇)から訴えられることが確実であると悟っていた。イングランドの「お上品な社交界」から自分が抹殺されることが避け難いと痛感した時に初めて、彼は社交界への遠慮を棄て去って、この急進的な諷刺劇を書くことができたのだという。

ノックスの指摘するような事情は、確かに『真面目が肝心』に影響を与えているだろう。だが、それでもこの芝居の圧倒的な無責任さが醸し出す、能動的なエネルギーに満ちた笑いを、絶望のためだけとは考えたくない。自分が小説の原稿と取り違えられた赤ん坊だったと聞いたジャックは、レイディ・ブラックネルに向かい、まるで当事者ではないかのようのような礼儀正しさで、「あまり立ち入ったことを訊いていると思われたくはないのですが、もし差し支えなければ、一体わたしが何者なのか、教えていただけますか?」（第三幕四〇五―六行）と尋ねる。彼女が「あなたは……アルジャーノンの兄さんです」（四〇九行）と伝えると、ジャックとアルジーは兄弟という新しいアイデンティティを、次のような会話で確かめ合う。

ジャック アルジーの兄さんだって！ ……アルジー、この生意気な若造め、今後はもっと敬意を持って俺に接しろよ。生まれてこのかた、おまえは一度も俺に弟らしく接してこなかったじゃないか。

アルジャーノン 確かに、相棒さん、今日まではね。でも、俺なりに最善を尽くしてただろ、練習不足な割にはさ。（二人は握手する）（第三幕四一〇―一九行）

最後の「練習不足」（out of practice）という表現が端的に示しているように、ジャックとアルジーの二人はどうも、兄と弟という自分たちの関係が、「アーネスト」や「バンベリーの友人」といった、これまで自分たちが行ってきた役割演技の延長線上にあると考えているようだ。しかも、こう言いながら握手をする彼らは明らかに、この新しい役割演技を楽しんでいる。それだからこそジャックは、レイディ・ブラックネルに「甥よ、あなたはどうも軽佻浮薄な徴候を見せているようですね」（四七二―七三行）と言われると、「とんでもない、オーガスタおばさん、ぼくは今こそ人生で初めて、真面目がものすごく肝心だってことを痛感したところですよ」（四七三―七四行）と答え、芝居を締めるのである。

　このフィナーレは、ノックスの言うように、作中のジャックも作者のワイルドも、ともに最終的にはイングランド社会が自分に強いてきた物語を拒絶することができなかったことを意味するのかもしれない。だが、重要なことにジャックは、自分で言うように「生まれてこの方、本当のことしか喋ってこなかった」のだ。つまり、彼が捏造した〈架空の〉アイデンティティと、（作中においては運命、作品の外部においては文学的伝統という）他者が彼に刻印する〈本当の〉アイデンティティの境界線をこの台詞が曖昧にして、ジャックに自分の人生の作者としての地位を復権させているとも考えられる。とすれば、ジャックもやはり他の三人と同様に――あるいはそれ以上に――テクストの操り人形であると同時にその作者という逆説的な二重性を体現しているのだ。

　本当の自分など何処にも存在しない世界で、ジャックは与えられ、かつ自分が書いていた物語の役割を、真面目に〈遊ぶ／演じる《プレイ》〉ことの重要性を「オーガスタおばさん」（ちなみに、レイディ・ブラックネルに対するジャックの呼び方の変化も、叔母と甥が新たな役割演技を難なく受け入れたことを示すだろう）に宣言して終わる。これは、くだらなさに対して全力で真剣である『真面目が肝心』という芝居の終わり方として完璧な台詞であると同時に、ジャックが自分を形成するテクストに対してあくまでも能動的なことをも示している。この時束の間、舞台の上には、世界を喜劇としてとらえる包括的なヴィジョンが立ち昇っていたのではないか。そしてそれこそが、ワイルドが考えていたかもしれない、近現代世界で唯一可能なかたちの世界劇場だったのではないだろうか。

だが、このラディカルで包括的な喜劇的世界観は、長続きはしなかった。周知のように、一八八五年改正の刑法第一一条に新たに加わったわいせつ罪によって逮捕されたワイルドは、一八九五年五月二五日に二年間の強制労働という有罪判決を受け、その日のうちにレディング監獄へと送られた。ワイルドは、その後の獄中生活でボウジーに宛てて長い手紙を書き続け、その一部が、ジャーナリスト(にしてワイルドの元恋人)のロバート・ロス(一八六九―一九一八)の手により、『獄中記』(一九〇五、完全版一九四八)として出版された。しかしそこでは、ワイルドが『真面目が肝心』で見せた能動的な喜劇の感覚が、どこか薄れてしまっている。例えば、一八九七年一月から三月頃にかけて書かれたとされる書簡で彼は、『ハムレット』を次のように論じる。

あらゆる演劇の中でも、芸術という観点から見てこれに匹敵するものも知らないし、観察力の精妙さにおいてこれ以上示唆に富んでいるものも思いつかない。シェイクスピアの描くローゼンクランツとギルデンスターンは抜群だ……。

> 芝居のなかで起こるすべてのことについて、ギルデンスターンとローゼンクランツは、何も理解しない。……彼らはハムレットの秘密の核心にこれほど近くありながら、何一つ分かっていないのだ。彼らに何か教えてやっても、無駄なことだろう。彼らは器が小さくて、自分の容量分しか許容できず、それ以上は何も分からないのだ。劇が終わりに向かうと、他人に仕掛けられた巧妙な罠に引っかかって彼らが暴力的かつ突然の死に遭遇したとか、或いはしそうだとか、そういったことが示唆される。だが、喜劇的な驚きと因果応報の感覚を幾ばくか込めたハムレットのユーモアが緩衝材になっていても、こうした悲劇的な結末は、彼らのような人間には全然ふさわしくない。こういう奴らは決して死なないのだ。
>
> （*Collected Letters* 七七二頁）

〈人間の器〉ということについて語りながら、ワイルドは、ローゼンクランツとギルデンスターンのように知覚の容量が小さいキャラクターは喜劇的存在にしか成り得ないと語っている。彼ら自身はあらゆる点で真面目に生きているにもかかわらず、彼らの器の小ささが、ハムレット（や観客）のような、より広い知覚を許された存在の眼差しによってメタ化された時に、彼らをどうしようもなく喜劇的にしてしまうのだ。だが、「自分で知覚できない」状況が喜劇的だというのは、バークリーの観念論をそのまま喜劇に移植した演劇観であり、ある意味では喜劇の矮小化ではないだろうか。

ここでワイルドが、自ら知覚できるものだけが悲劇的になれるという考えを披瀝しているのは、彼がこの書簡では人生の奥義を〈悲しみ〉だとしているからかもしれない。しかし、入獄以前のワイルドの演劇観は――少なくとも『真面目が肝心』は――自ら知覚できるものだけが喜劇的になれると訴えていたのであり、もっと能動的だったはずだ。獄中生活が彼の演劇観を変容させると同時に、「兄弟喧嘩」という、初期近代の長子相続制度と深い関わりを持ちながら、土地の相続を基盤とした経済が旧弊となった時代にも、かたちを変えながら粘り腰で存在感を示し続けた一つの伝統が、ついに本当の終焉を迎えたのであった。

▽註

＊01　イェイツは、一九〇一年一〇月にアイルランド文芸座の仲間でありパトロンでもあるレイディ・グレゴリーに宛てた書簡で、自分たちの芝居にはろくな客が来ないのではないかという不安に駆られ、「〈ブーシコーの方が好きな［判読不可能］無学な奴ら、我々よりもブーシコーを好む烏合の衆……〉、文学も芸術も何も分かっちゃいない烏合の衆」（第三巻一一七―一八頁）と述べている。コーネル大学出版局の『イェイツ全書簡集』の校訂によれば、イェイツは、「ブーシコーが好きな奴ら」と二度書いて、最後に「文学も芸術も何もわからない奴ら」というかたちに直したのだが、ここから、ブーシコーへの個人攻撃はイェイツにとって抑えがたい誘惑であったことが分かるだろう。だがその一方で、ディアド

ラ・マクフィーリは「イェイツがブーシコーに対してどんな意見を持っていようとも……ブーシコーのアイルランドものメロドラマは、二〇世紀初頭にはっきりとした形を表すアイルランド国民演劇にとって、形成上の影響を持つ要素として理解されねばならない」（一七八頁）と断言している。

＊02 たとえば、『ヴィクトリアン・スタディーズ』が二〇一一年に発行した演劇特集号の巻頭言で、シャロン・マーカスは、「この論集は、パフォーマンスとしてのヴィクトリア演劇に関心を寄せるべき理由と、テクスト読解を超えた研究方法を一覧にしたマニフェストなのだ」（四四〇頁）と高らかに述べている。

＊03 オースティンは発語内行為を、発語行為（locutionary acts）や発語媒介行為（perlocutionary acts）とは区別する。前者は明確な意図と意味をもって発語する行為、後者は発語を介してなんらかの結果を引き起こす行為を指すが、発語内行為はその発話のうちに遂行されている行為が問題なのであって、それがもたらす結果には関与しない。かくして、「『君に警告しとくが』という語は遂行的に用いることができるが、『君を説得しとくが』はできない」（Austin 一三一頁）。警告と違って、説得は相手が説得されて初めて成立する発語媒介行為であるからだ。

＊04 ブーシコーがここで言及する「ペッパー教授の幽霊」とは、板ガラスに映った虚像を舞台上に投影する技術で、照明を調整することで幽霊の姿を自在に出現させたり消したりすることが可能である。ヘンリー・ダークス（一八〇六―七三）が考案した「ファンタズマゴリア」を、王立科学技術院に勤め

ていたジョン・ヘンリー・ペッパー（一八二一―一九〇〇）が改良したもので、ダークスとペッパーは一八六三年に連名で特許を取ったが、装置は「ペッパーの幽霊」という名前で人口に膾炙した。この時期の舞台装置の革新は劇的であり、一八五一年に一斉を風靡した「コルシカの落とし戸」が、わずか一〇年であっという間に素朴なおもちゃに成り下がったことになる。

＊05 エド・グリナートが『ゴンドラ船頭』に付した註釈によれば、ヴィクトリア女王は、共和主義者であったはずが嬉々としてバリタリア王となったパルミエーリ兄弟（の一人ジュゼッペ）が、第二幕の冒頭近くで歌う「朝、早起きして」のリフレイン――「余がこの上なく愛する／王の特権と喜びは／大臣たちの些細なおつかいのために走り回ること」（五八七頁）――を、ことのほか気に入ったそうである（八四八頁）。

＊06 これ以降、『真面目が肝心』からの引用はオックスフォード・ワールド・クラシックス版に拠り、括弧内に幕と行を示すが、それ以外のワイルド作品からの引用は、全集版に拠る。

＊07 アイルランドの象徴としてのジャックと兄弟関係について、詳しくは拙論“Irish Dandy”を参照。

＊08 不条理劇がシェイクスピアの新たな読みを提示した例としては、ヤン・コットの『シェイクスピアは我らの同時代人』が挙げられるだろう。コットは、ベケット演劇的な絶望とおどけが混在した世界を描いた芝居として『リア王』を読み直している（一二七―六八頁）。

おわりに

旧約聖書から世紀末《ファン・ド・シエクル》まで、本書がたどってきた「兄弟喧嘩」をめぐる長い道程が、ここで一応の終着点を迎えた。もちろん、だからと言って、イギリスおよびアイルランドの芝居からすっかり兄弟の姿が消えてしまったというわけではない。兄弟という人間関係がこの世に存在する限り、彼らは劇作家たちに面白い着想や題材を提供し続けてくれるだろう。なにしろ、兄弟姉妹《シブリング》というのは不思議な縁だ。夫婦と違ってもともと他人ではないから、好き嫌いでは選べない。だが一親等である親子の仲よりは一段遠いことになっているし、そのうえ親子よりもずっと年が近いため、現世でおつきあいしなければならない期間が非常に長い。自分が突然病に倒れた時や、親が死んだ時など、（仲さえ悪くなければ）これほど頼もしい仲間もいないが、性格や利害に不一致があったりすると不倶戴天の敵になる

こともある。これほどスリリングな人間関係が、文学の題材にならないはずはないだろう。

しかしそれでいて、本書が追求して来た「家督を相続するライヴァル」としての兄弟喧嘩のトポスは、「家督」そのものの社会的重要性や意味が大きく変貌を遂げた今、やはり失われてしまったようだ。試みに、二〇世紀以降に書かれた兄弟を中心人物とする芝居をいくつか例に挙げてみよう――といったところで、そもそもすぐには思いつかない。現代では、「兄弟もの」の芝居に目立ったものが存在しないということ自体、ジャンルの衰退をはっきりと示している。それでも重箱の隅をほじくるようにしてなお考えれば、ハロルド・ピンター（一九三〇―二〇〇八）の出世作、『管理人』（一九六〇）などが思い浮かぶかも知れない。これは、ミックとアストンという兄弟が暮らすフラットにデイヴィーズというホームレスの老人が現れ、フラットにおける居場所をめぐってアストンと競争関係になる戯曲である。だが、この戯曲の主眼は、「兄弟という絆は赤の他人同士の仲より強いはずだ」という社会的な思い込みが脱構築され、三人が同等の立場で一進一退の権力闘争を繰り広げる不条理性にあるのであって、兄弟ならではのしがらみが作品の中核にあるとは思えない。

これに対して、サム・シェパード（一九四三―）の『本物の西部』（一九八〇）などは、やや似たような設定で、もっと真剣に兄弟の確執を扱っている。この作品では、アラスカ旅行に出かけた不在の母の家を舞台に、留守居役であるハリウッド脚本家の弟が、五年ぶりに再会した盗癖のある厄介者の兄にソールという映画プロデューサーとの打ち合わせを邪魔され、仕事を奪われそうに感じて、最後には兄の首を絞めてしまう。しかし、断るまでもないが、シェパードはアメリカの劇作家である。『本物の西部』という標題からも、作中で弟のオースティンが「ここを出て、荒野に行く」と繰り返し言いながらついに家を出ることのないことからも分かるように、この戯曲における兄弟の確執は、文明化された東部（弟）と荒々しい西部（兄）という、アメリカに固有の文脈を象徴している。やはりこれは、イギリスやアイルランドにおける兄弟ものとは根本的に別種の芝居なのである。

では、『本物の西部』とおおよそ同時代の、イギリスの劇作家ウィリー・ラッセル（一九四七―）によるミュージカル『血盟の兄弟』（一九八三）はどうだろうか。これは、生き別れになった二卵性双生児が対照的な人生を歩む物語である。ミッキーとエディは、清掃人として働くジョンストン夫人がお腹を痛めて産んだ双生児だが、貧しい彼女はとても二人の赤ちゃんを育てることができず、雇い主で不妊に悩むライアンズ夫人のもとへエディを養子に出してしまう。ライアンズ夫人は、ジョンストン夫人が自分の子供を取り戻そうとするのを未然に防ぐため、「生き別れになった双子が、自分たちの本当の出自を知ると、その子たちは二人とも死んでしまう」という迷信を吹き込んで、ジョンストン家からエディを引き離す。時は流れ、エディの方は大学を出て心理カウンセラーになるが、ミッキーは慢性のうつ病に苦しむ元受刑者となっている。ミッキーの妻リンダが夫の身を案じてエディに相談をすると、二人の仲を疑ったミッキーは銃を手に彼の仕事場へ殴り込む。事態が警察を巻き込むおおごとになると、知らせを受けたジョンストン夫人が駆けつけ、兄弟の殺し合いを阻止すべく二人に真実を告げる。

だが、それを聞いたミッキーは、自分の方が養子に出されていたら、おのれに降りかかる不幸がエディのもので、何不自由ない暮らしが自分のものだったかも知れないという考えに却って打ちのめされ、エディに発砲する。その瞬間、彼もまた警官によって射殺され、二人が死ぬという迷信が実現したところで芝居の幕が降りる。以上、やや長々と『血盟の兄弟』のあらすじを説明したが、ここから分かるのは、この芝居の要諦は、二人が自分たちを実の兄弟とは思っていない点にある、ということだ。「血盟の兄弟」が実は「血を分けた兄弟」だと判明した時には——なお、原語の標題"Blood Brothers"には、両方の意味がかかっている——この作品を引っ張っていく動因はもはや失われているのである。このようなミュージカルが、兄弟同士の相続争いを描く伝統的な兄弟ものから遠く隔たったところにあることは明らかだ。しつこく繰り返せば、一九世紀以降の社会構造の大きな変化が、兄弟という人間関係を、親や家との関わり合いという観点から描くことを、事実上不可能にしてしまったのである。

それとは対照的に、長らく等閑視されて来たものの、二〇世紀後半になってから正当な注意を払われるようになってきたと感じられるのは、家族の内部における姉妹の関係だ。これは一九七〇年代以降のフェミニズム批評の台頭に多くを負っており、また、こうした動きは古典作品の読み直しとも深く関わっている。たとえば、一九七四年にロンドンで設立されたウィメンズ・シアター・カンパニー（現在はスフィンクス・シアター・カンパニー）は、作家エレイン・ファインスタイン（一九三〇－）を招いてワークショップを重ね、『リア王』の改作である『リアの娘たち』（一九八七）を製作、上演した。傑出した個人としての「作者」(author)を男性中心主義的な文化構築物として退け、作品の作り手を共同体の集合的なやり取りのうちに求める彼女たちの戦略は、『リア王』では描かれない女性たちの日常生活に光を当てるという作品の主題と密接に絡み合っている。

芝居の時間を、『リア王』に先行する時代に設定し、登場人物をリアの三人の娘および「両性具有の道化」と「育ての母の乳母」の五人に変更したこの戯曲は、女たちがどのような経験を積み重ねた上で、『リア王』におけるゴネリルやリーガンやコーディリアとなり得たのか、書き物としての歴史(historiography)には決して現れない過去を、集合的な想像力の力で立ちのぼらせようとする。まだ幼い娘たちと乳母の会話を通じて観客に提示される、女たちの想像力によって生まれた新しいリア像は、このような感じだ――リアは持参金目当てで母と結婚し、王子が欲しいために何度も妃を妊娠させ、その一方で帳簿の管理など、国政の面倒事は全て彼女に任せて戦争や狩猟に明け暮れ、疲弊した妃は流産で死亡する。母の死後に、代わって「帳簿」を押し付けられた長女のゴネリルは、この城と父から逃れるために結婚することを決意する。

ただし、父に溺愛されているコーディリアだけは、母の葬式の準備をあたかも結婚式のそれのように語り、乳母と姉たちの嫌悪感を誘ってしまう。喪服を選びながら、「ダディが、教会から外に出て、わたしがダディの隣に立ったら、国民がみんな喝采するだろうって言ったわ。わたしがあんまり素敵だから」(第八場、一二一四頁)とはしゃいでみせるコーディリアを見て、「あの子、何者なの?」、「あの人、あの子と結婚でもするつもり?」(同頁)と呟くリーガンの台詞などは、性的な匂いが滲む父と妹の濃密な関係から疎外された中間子の悔しさと、同時に自分がそれを免れていることへの安堵が混じった複雑な感情を簡潔に表現していて、姉妹ならではの確執をよく描き出している。伝統的な文脈での〈兄弟〉という鉱脈が掘り尽くされた感のある現代において、家族という構造に演劇的な緊張感を与えてくれるのは、〈姉妹〉なのかも知れない。

もちろん、現代の新たなサブジャンルとしての〈姉妹もの〉は、古典の改作だけに見られるものではない。『リアの娘たち』より五年も早い、キャリル・チャーチル(一九三八―)の『トップ・ガールズ』(一九八二)などは、その好例と言えるだろう。女性専門のキャリア・デザイン会社トップ・ガールズ社の常務取締役に抜擢されたマーリーンが、後深草院二条(一二五八―一三〇六?)からイザベラ・バード(一八三一―一九〇四)まで古今東西のトップ・ガールズを招いてパーティを催す、不条理演劇風の第一幕があまりにも有名なので、この作品が姉妹の芝居であるとはあまり認識されていないかもしれない。だが、華やかでシュールな第一幕とは対照的にリアリズムの手法で描き出される第二幕および第三幕を見れば、マーリーンが同僚たちに隠している大きな人生の問題を、彼女の姉ジョイスが体現していることが分かる。特に、昇進の一年前に設定された第三幕は、彼女とジョイスの口論に長い時間を割くことで、労働者階級からキャリア・ウーマンにのし上がった自由主義者マーリーンと、学習障害のある彼女の娘アンジーを引き受けて育てながら貧しい労働者として暮らすジョイスの、生きざまの違いを浮き彫りにする。

　家庭内暴力を振るう飲んだくれの父の言いなりで、父が死んだ今は養護施設で死を待つばかりの母親の一生に、しんみりと想いを馳せるジョイスに対し、個人主義者でマーガレット・サッチャーを支持するマーリーンは不甲斐ないと苛立つ。姉に向かって、「労働者階級なんて大嫌い。姉さんはそれにしがみつこうとしてるけど、階級なんてもう存在しない。今はね、労働者階級ってのは、怠け者で愚かってことなのよ」（第三幕、一三九頁）と述べ、さらに女性向けのキャリア会社で働きながらも、「愚かで怠惰で臆病な人たちだったら、わたしは就職の手助けなんかしない。なんでわたしがしなくちゃいけないのよ」（一四〇頁）と啖呵を切る彼女は、母や姉のみならず自分につながり得る全ての労働者階級の女たちを軛ととらえ、それを断ち切ることに成功したかのようである。

　だが、『トップ・ガールズ』という戯曲はそれほど単純ではない。作品はこの直後に、マーリーンが姉に押し付けて母だとすら名乗っていない庶子のアンジーが、寝ぼけて「怖いの」（一四一頁）とだけ繰り返しながら、キッチンにふらふらと現れる姿に遭遇したところで終わってしまう。すなわち、彼女が切り捨てて生きて来た「愚かで怠惰で臆病な人」とは、彼女自身から産まれた娘のアンジーであったのだ。かくて作品は、人は自分の出自からそうそう簡単に自由にはなれないことを少し意地悪に示唆すると同時に、我々観客にも、特に女性にとって家族がまだまだ業の深いものであるということを、改めて教えてくれる。以上、二〇世紀以降に、ポスト兄弟ものの芝居がどのような展開を見せてきたかについて、ごく簡単な私見を述べたが、この時代については、筆者はまだまだ勉強不足である。いつか、この領域についても、もう少し本格的に論じることができればと考えている。

本書は、JSPS科学研究費補助金26370266の助成を受けた研究の成果であるが、この研究テーマ自体はそれよりずっと以前から、長らく筆者の胸で温められて来たものである。つらつら思えば、筆者は幼少時より緊張感あふれる兄弟の物語が気になるたちで、小学校低学年の頃に読んだ日本神話を子供向けに書き直した本の中でも、一番はらはらしたのは「海幸山幸」の物語であった。ヤマトタケルの冒険は、小学生女児には遠すぎる世界の話だったが、海幸山幸には妙なリアリティがあった。「自分のものを使われた」というのは、兄弟喧嘩の発端としてありふれたものである。仲違いすることが分かりきっているのに、なんでこの男は兄の釣り針なんか借りたがるのだろうかと、やや本気で山幸の頭脳の程度を心配したものだ。成長してもこの傾向は変わらず、ドストエフスキーの『カラマーゾフの兄弟』（一八八〇）における「大審問官」の章などは、これまでの読書経験を通じてもっとも情動的に興奮させられたもののひとつだ（「大審問官」を読む態度としては、間違っているかも知れない）。話は文学に限ったことでなく、『頭文字D』という漫画に登場する高橋兄弟や、ザ・イエロー・モンキーというロックバンドに在籍する菊地兄弟など、聖俗を問わず目の離せない兄弟が今でも山ほどいる始末である。

このような、下手をすればキッチュな嗜好に堕しかねない筆者の興味を、「単著にしなさい」と叱咤し続けることで、きちんとしたかたちを持った研究成果になるよう導いてくれた松柏社の森有紀子さんには、お礼の言葉もない。なお、本書は基本的には書き下ろしなのだが、第三章のみは、日本シェイクスピア協会編『甦るシェイクスピア――没後四〇〇周年記念論集』（研究社、二〇一六）に掲載された同名の論文に加筆修正を施したものである。加えて、第八章の前半部分も、『東北ロマン主義研究』第三号に掲載された「『文学評伝』を通じて見たマチュリン演劇の反演劇性」という論考を基にしている。転載を許可してくださった研究社の津田正さんと東北ロマン主義文学・文化研究会には、心より感謝申し上げる。そのほか、筆者が自身の過去の業績から部分的に自己剽窃をした箇所も多くあるが、そのひとつひとつは数語、数節に過ぎないので、割愛させていただく。

また、本書を執筆するに当たっては、これまで口頭発表や論文で断片的に積み重ねて来た個々の成果に対しての、同業の研究者諸氏による厳しくも暖かい意見の数々が、本当に役に立った。関西学院大学の小澤博教授を始めとする皆々様と、わたしを育ててくれた東北大学に深謝したい。最後に、わたしにたくさんの兄弟姉妹をくれた両親と、兄弟というものについて色々な知見を与え続けてくれる岩田瑞生と直也の兄弟に、ささやかながら心よりの感謝のしるしとして本書を捧げる。

二〇一七年三月

岩田美喜

McFeely, Deirdre. *Dion Boucicault: Irish Identity on Stage*. Cambridge: CUP, 2012.
Meeuwis, Michael. "Representative Government: The 'Problem Play,' Quotidian Culture, and the Making of Social Liberalism." *ELH* 80 (2013): 1093-1120.
Powell, Kerry. *Acting Wilde: Victorian Sexuality, Theatre, and Oscar Wilde*. Cambridge: CUP, 2009.
Salamensky, S. I. *The Modern Art of Influence and the Spectacle of Oscar Wilde*. Houndmills: Palgrave, 2012.
Senelick, Laurence. "Master Wood's Profession: Wilde and the Subculture of Homosexual Blackmail in the Victorian Theatre." Ed. John Bristow. *Wilde Writings: Contextual Conditions*. Toronto: U of Toronto P, 2003.
Stokes, John. *Oscar Wilde: Myths, Miracles, and Imitations*. Cambridge: CUP, 1996.
_____. *Oscar Wilde and the Theatre of the 1890s*. Cambridge: CUP, 1990.
Wilde, Oscar. *The Complete Letters of Oscar Wilde*. Eds. Merlin Holland & Rupert Hart-Davis. New York: Henry Holt, 2000.
_____. *The Complete Works of Oscar Wilde*. Ed. Vyvyan Holland. London: Collins, 1966.
_____. The Importance of Being Earnest *and Other Plays*. Ed. Peter Raby. Oxford: OUP, 1995. Oxford English Drama.
Yeats, W. B. *The Collected Letters of W. B. Yeats: III, 1901-1904*. Ed. John Kelly & Ronald Schuchard. Oxford: Clarendon, 1994.
"Theatres &c." An Unsigned Review. *Era*. 29 February 1852. 11.

おわりに

Churchill, Caryl. *Top Girls*. 1982. *Plays 1*. London: Methuen, 1990. 51-141.
The Woman's Theatre Group and Elaine Feinstein. *Lear's Daughters*. 1987. *Adaptations of Shakespeare: A Critical Anthology of Plays from the Seventeenth Century to the Present*. Ed. Daniel Fischlin and Mark Fortier. London: Routledge, 2000. 215-32.

and Writings of English "Uranian" Poets from 1889 to 1930. London: Routledge and Kegan Paul, 1970.

D'Arcy, Geraint. "The Corsican Trap: Its Mechanism and Reception." *Theatre Notebook* 65. 1 (2011): 12-22.

Donohue, Joseph, with Ruth Berggren, eds. *Oscar Wilde's* The Importance of Being Earnest: *The First Production.* Gerrards Cross: Colin Smythe, 1995.

Dumas père, Alexandre. *The Corsican Brothers.* Trans. Henry Frith. London: George Routledge and Sons, 1880.

Ellmann, Richard. *Oscar Wilde.* Harmondsworth: Penguin, 1988.

Fawkes, Richard. *Dion Boucicault: A Biography.* London: Quartet, 1979.

Glinert, Ed, ed., with an introduction by Mike Leigh. *The Savoy Operas: The Complete Gilbert and Sullivan.* London: Penguin, 2006.

Grangé, Eugène, and Xavier de Montépin. *Les frères corses: drame fantastique en trois actes et cinq tableaux, tiré du roman de M. Alexandre Dumas.* Paris, 1850.

Griffin, Gerald. *The Collegians.* 1829. Intro. John Kelly. 3 vols. bound into one book. Poole, Washington D.C.: Woodstock, 1997.

Hitchman, J. Frances. "Decline of the Drama." *Belgravia: A London Magazine.* March 1867. 57-65.

Howes, Marjorie. "Melodramatic Conventions and Atlantic History in Dion Boucicault." *Éire-Ireland* 46. 3-4 (2011): 84-101.

Iwata, Miki. "Irish Dandy: Wilde's *Un*naturalism in *The Importance of Being Earnest.*" *The Annual Reports of Graduate School of Arts and Letters, Tohoku University* 54 (2004): 51-62.

Kiberd, Declan. "Oscar Wilde: The Artist as Irishman." *Wilde the Irishman.* Ed. Jerusha Hull McCormack. New Haven: Yale UP, 1998. 9-23.

Knox, Melissa. *Oscar Wilde: A Long and Lovely Suicide.* New Haven: Yale UP, 1994.

Kott, Jan. *Shakespeare, Our Contemporary.* Trans. Boleslaw Taborski. 1964. New York: Norton, 1974.

Grierson. 12 vols. London: Constable, 1932.
Sealey-Morris, Gabriel. "Coleridge's Moors: *Osorio*, *Remorse*, and the Swarthy Shadow of *Othello*." *Nineteenth-Century Contexts* 35.3 (2013): 297-308.
Sheil, Richard Lalor. *Adelaide; or, The Emigrants*. Dublin: R. Coyne, 1814. MLA Literature Online.
Taylor, Aline Mackenzie. Introduction and notes. Otway xiii-xxx.
Thomas, Sophie. "Seeing Things ('As They Are'): Coleridge, Schiller, and the Play of Semblance." *Studies in Romanticism* 43.4 (2004): 537-55.
Wordsworth, William. *William Wordsworth*. Ed. Stephen Gill. Oxford: OUP, 1984. The Oxford Authors.

第九章　ブーシコーとワイルドの戯曲における、兄弟の終焉の向こう側

Austin, J. L. *How to Do Things with Words*. 2nd ed. Cambridge, Mass.: Harvard UP, 1981.
Beckson, Karl, ed. *Oscar Wilde: The Critical Heritage*. London: Routledge: 1997.
Booth, Michael R. *Theatre in the Victorian Age*. Cambridge: CUP, 1991.
Boucicault, Dion. "An English Playwright on the Question of Originality." *New York Times* 21 Feb 1869. 3.
______. "The Decline of Drama: An Epistle to C__S R__E from Dion Boucicault." *The North American Review* 125. 258 (1877): 235-45.
______. *Selected Plays Dion Boucicault*. Ed. Andrew Parkin. Gerrards Cross, Bucks: Colin Smythe, 1987.
Brooks, Peter. *The Melodramatic Imagination: Balzac, Henry James, Melodrama, and the Mode of Excess*. New Haven: Yale UP, 1976.
Cave, Richard Allen. "Wilde's Plays: Some Lines of Influence." Peter Raby, eds. *The Cambridge Companion to Oscar Wilde*. Cambridge: CUP, 1997. 219-48.
Daly, Nicholas. *Sensation and Modernity in the 1860s*. Cambridge: CUP, 2009.
D'Arch Smith, Timothy. *Love in Earnest: Some Notes on the Lives*

1792.
Gamer, Michael, and Robert Miles. "Gothic Shakespeare on the Romantic Stage." Ed. John Drakakis and Dale Townshend. *Gothic Shakespeares*. Abingdon: Routledge, 2008.
Jackson, J. R., ed. *Coleridge: The Critical Heritage*. London: Routledge & Kegan Paul, 1970.
Johnson, Samuel. *Lives of the English Poets*. Ed. G. B. Hill. 3 vols. Oxford: Clarendon, 1905.
Lewis, Matthew Gregory. *The Castle Spectre*. 1798. Cox 149-230.
Macovski, Michael. "Revisiting Gothic Primogeniture: The Kinship Metaphor in the Age of Byron." *Gothic Studies* 3.1 (2001): 32-44.
Maturin, Charles Robert. *Bertram; or, The Castle of St Aldobrand 1816*. Ed. Jonathan Wordsworth. Facsimile reprint. Oxford: Woodstock, 1992. Revolution and Romanticism, 1789-1834.
______. *Bertram; or, The Castle of St Aldobrand*. Cox 351-83.
______, and William Gifford. "The Tragic Drama—*The Apostate*; a Tragedy by Richard Sheil, Esq." *Quarterly Review* 17. London: John Murray, 1817. 248-60.
Mortensen, Peter. "The Robbers and the Police: British Romantic Drama and the Gothic Treacheries of Coleridge's *Remorse*." *European Gothic: A Spirited Exchange 1760-1960*. Ed. Avril Homer. Manchester: Manchester UP, 2002. 128-46.
Otway, Thomas. *The Orphan*. Ed. Aline Mackenzie Taylor. Lincoln: U of Nebraska P, 1976. Regents Restoration Drama Series.
Puiseau, Fannina Waubert de. "In Search of a Theater: Staging Byron's *Cain*." *European Romantic Review* 22.3 (2011): 423-30.
Ranger, Paul. *'Terror and Pity Reign in Every Breast': Gothic Drama in the London Patent Theatres, 1750-1820*. London: The Society for Theatre Research, 1991.
Schiller, Friedrich. *The Robbers*. Trans. Anon. 1792. Ed. Jonathan Wordsworth. Oxford: Woodstock, 1989. Revolution and Romanticism, 1789-1834.
Scott, Sir Walter. *The Letters of Sir Walter Scott*. Ed. H. J. C.

_____. *The Letters of Richard Brinsley Sheridan*. Ed. Cecil Price. 3 vols. Oxford: Clarendon, 1966.

Smollett, Tobias. *The Expedition of Humphry Clinker*. 1771. Ed. L. M. Knapp. Oxford: OUP, 1998.

Stone, Lawrence. *The Family, Sex, Marriage in England 1500-1800*. 1977. Harmondsworth: Penguin, 1990.

Taylor, David Francis. *Theatres of Opposition: Empire, Revolution, and Richard Brinsley Sheridan*. Oxford: OUP, 2012.

Worth, Katherine. *Sheridan and Goldsmith*. Houndmills and New York: Palgrave, 1992.

第八章　兄弟をめぐる真空の結節点としての『バートラム』

Lord Byron, George Gordon. *Byron's Letters and Journals*. Ed. Leslie A. Marchand. 12 vols. Cambridge, Mass: Harvard UP, 1973-81.

______. *The Complete Poetical Works*. Ed. Jerome J. McGann and Barry Weller. 7 vols. Oxford: Clarendon, 1980-93.

Burwick, Frederick. *Romantic Drama: Acting and Reacting*. Cambridge: CUP, 2009.

Coleridge, Samuel Taylor. *Biographia Literaria*. Ed. James Engell and W. Jackson Bate. 2 vols. London: Routledge & Kegan Paul, 1983. No. 7 of *The Collected Works of Samuel Taylor Coleridge*.

______. *The Collected Letters of Samuel Taylor Coleridge*. Ed. E. L. Griggs. 6 vols. Oxford: OUP, 1956-71.

______. *Poetical Works III: Plays*. Ed. J. C. C. Mays. 2 vols. Princeton: Princeton UP, 2001. No. 16 of *The Collected Works of Samuel Taylor Coleridge*.

Colley, Linda. *Britons: Forging the Nation 1707-1837*. 1992. New Haven: Yale UP, 2005.

Connolly, Claire. "Theatre and Nation in Irish Romanticism: The Tragic Dramas of Charles Robert Maturin and Richard Lalor Sheil." *Éire-Ireland* 41. 3-4 (2006): 185-214.

Cox, Jeffrey N., ed. *Seven Gothic Dramas 1789-1825*. Athens, Ohio: Ohio UP, 2002.

Cumberland, Richard. *The Brothers*. 1769. London: John Bell,

De Salazar, Asier Altuna-Garcia. "The Stage-Irishman Represented through Spain: *The Castle of Andalusia* (1782) by John O'Keeffe." Ed. Maureen O'Connor. *Back to the Future of Irish Studies*. Bern: Peter Lang, 2010. 191-204.

Goldsmith, Oliver. *Collected Works of Oliver Goldsmith*. Ed. Arthur Friedman. 5 vols. Oxford: OUP, 1966.

Hume, Robert, D. "The Multifarious Forms of Eighteenth-Century Comedy." *The Stage and the Page: London's "Whole Show" in the Eighteenth-Century Theatre*. Ed. George Winchester Stone. Berkeley: U of California P, 1981. 3-32.

Kelly, Linda. *Richard Brinsley Sheridan: A Life*. London: Pimlico, 1997.

Kosok, Heinz. "'George my belov'd King, and Ireland my honour'd country': John O'Keeffe and Ireland." *Irish University Review* 22 (1992): 40-54.

Lloyd, Eyre. *The Succession Laws of Christian Countries, with Special Reference to the Law of Primogeniture as It Exists in England*. 1877. Littleton: Fred B, Rothman, 1985.

Mikhail, E. H., ed. *Sheridan: Interviews and Recollections*. New York: St. Martin's, 1989.

Mitchell, L. G. *Charles James Fox*. Oxford: OUP, 1992.

Morwood, James, and Michael Crane, ed. *Sheridan Studies*. Oxford: OUP, 1995.

O'Keeffe, Adelaide. "Memoir." *O'Keeffe's Legacy to His Daughter, Being the Poetical Works for the Late John O'Keeffe, Esq.* By John O'Keefe. 1834. London: British Library, 2011. xi-xxxviii. British Library Historical Print Collections.

O'Keeffe, John. *Recollections of the Life of John O'Keeffe, Written by Himself*. 2 vols. London: Henry Colburn, 1826.

_____. *Wild Oats*. She Stoops to Conquer *and Other Comedies*. Ed. Nigel Wood. Oxford: OUP, 2007. 227-95.

_____. *The World in a Village*. London: J. Debrett, 1793. ECCO.

O'Toole, Fintan. *A Traitor's Kiss: The Life of Richard Brinsley Sheridan*. London: Granta, 1997.

Sheridan, R. B. *The Dramatic Works of Richard Brinsley Sheridan*. Ed. Cecil Price. 2 vols. Oxford: OUP, 1973.

第六章　兄を死なせた運命星に感謝せよ——名誉革命期の喜劇におけるアイルランドをめぐる兄弟像の多様化（二）

Collier, Jeremy. *A Short View of the Immorality and Profaneness of the English Stage: Together with Sense of Antiquity upon This Argument*. London: S. Keble, 1698. EEBO.

Dawson, Mark S. *Gentility and the Comic Theatre of Late Stuart London*. Cambridge: CUP, 2005.

Farquhar, George. *The Works of George Farquhar*. Ed. Shirley Strum Kenny. 2 vols. Oxford: Clarendon, 1988.

Howard, Robert. *The Committee. The Broadview Anthology of Restoration and Early Eighteenth-Century Drama*. Gen. Ed. J. D. Canfield. Peterborough, Ontario: Broadview Press, 2001. 472-525.

Hume, Robert D., ed. *The London Theatre World, 1660-1800*. Carbondale: Southern Illinois UP, 1980.

Ragussis, Michael. *Theatrical Nation: Jews and Other Outlandish Englishmen in Georgian Britain*. Philadelphia: U of Pennsylvania P, 2010.

Shadwell, Thomas. *The Lancashire Witches, and Teague o Divelly, the Irish Priest*. Vol 4 of *The Complete Works of Thomas Shadwell*. Ed. Montague Summers. 9 vols. London: Fortune Press, 1927. 87-188.

Swift, Jonathan. *The Correspondence of Jonathan Swift*. Ed. Harold Williams. 5 vols. Oxford: Clarendon, 1963-65.

第七章　チャールズを探せ——『悪口学校』と『若気の至り』における兄弟像のゆらぎ

Anderson, Misty G. “Genealogies of Comedy.” *The Oxford Handbook of the Georgian Theatre, 1737-1832*. Ed. Julia Swindells and David Francis Taylor. Oxford: OUP, 2014. 347-67.

Bickerstaff, Isaac. *The Hypocrite*. London: G. Griffith, 1769. MLA Literature Collections.

Burke, Helen. “The Catholic Question, Print Media, and John O’Keeffe’s *The Poor Soldier* (1783).” *Eighteenth-Century Fiction* 27. 3-4 (2015): 419-48.

Dennis, John. *A Defence of Sir Fopling Flutter, a Comedy Written by Sir George Etherege*. London: T. Warner, 1722. ECCO.
Elias, Norbert. *The Civilizing Process*. Revised ed. Trans. Edmund Jephcott. London: Blackwell, 1994.
Etherege, George. *The Man of Mode, or, Sir Foppling Flutter*. Ed. George Bernard. London: A & C Black, 2007.
Farquhar, George. *The Works of George Farquhar*. Ed. Shirley Strum Kenny. 2 vols. Oxford: Clarendon, 1988.
Gardner, Kevin J. "George Farquhar's *The Recruiting Officer*: Warfare, Conscription, and the Disarming Anxiety." *Eighteenth-Century Life* 25 (2001): 43-61.
Hughes, Derek. *English Drama, 1660-1700*. Oxford: Clarendon, 1996.
Langford, Paul. *A Polite and Commercial People: England 1727-1783*. Repr. Oxford: OUP, 2005.
McMillin, Scot, ed. *Restoration and Eighteenth-Century Comedy*. New York: W. W. Norton, 1997.
Neill, Michael. *Putting History to the Question: Power, Politics and Society in English Renaissance Drama*. New York: Columbia UP, 2002.
Shadwell, Thomas. *The Squire of Alsatia*. Vol 4 of *The Complete Works of Thomas Shadwell*. Ed. Montague Summers. 7 vols. London: Fortune, 1927. 191-283.
Sprigg, William. *A Modest Plea for an Equal Common-wealth against Monarchy*. London, 1659. EEBO.
Steele, Richard. *The Conscious Lovers*. McMillin 321-83.
Thomson, Peter. *The Cambridge Introduction to English Theatre, 1660-1900*. Cambridge: CUP, 2006.
Velissariou, Aspasia. "*Love for Love*: Patriarchal Politics versus Love." *Restoration* 30.2 (2006): 39-55.
Williams, Raymond. *The Country and the City*. London: Chatto & Windus, 1973.
冨樫剛編『名誉革命とイギリス文学——新しい言説空間の誕生』、春風社、2014年。

Filmer, Sir Robert. Patriarcha *and Other Writings*. Ed. Johann P. Sommerville. Cambridge: CUP, 1991.

Fletcher, John. *The Elder Brother. The Dramatic Works in the Beaumont and Fletcher Canon*. Gen. Ed. Fredson Bowers. Vol. 9 of 9 vols. Cambridge: CUP, 1994. 461-567.

Greenbratt, Stephen. *Shakespearean Negotiations*. Berkeley: U of California P, 1988.

Hirst, Derek. *England in Conflict, 1603-1660: Kingdom, Community, Commonwealth*. London: Hodder Arnold, 1999.

Loomba, Ania. *Gender, Race, Renaissance Drama*. Manchester: Manchester UP, 1989.

Massinger, Philip. *A New Way to Pay Old Debts*. Ed. T. W. Craik. London: A & C Black, 1993.

Nevo, Ruth. "Subtleties of the Isle: *The Tempest*." *The Tempest: New Casebooks*. Ed. R. S. White. Houndmills: Macmillan, 1999. 75-96.

Orgel, Stephen. Introduction. *The Tempest*. By William Shakespeare. Oxford: OUP, 1998. 1-87.

Rouse, W. H. D., ed. *Shakespeare's Ovid, Being Arthur Golding's Translation of* The Metamorphoses. London: Centaur, 1961.

Yates, Frances. *Shakespeare's Last Plays: A New Approach*. London: Routledge, 1975.

第五章　兄を死なせた運命星に感謝せよ――
名誉革命期の喜劇におけるアイルランドをめぐる兄弟像の多様化（一）

Behn, Aphra. *Oroonoko*. Ed. Janet Todd. Vol 3 of *The Works of Aphra Behn*. 7 vols. London: William Pickering, 1996. 49-119.

_____. *The Younger Brother*. Vol 7 of Todd. 355-418.

Canfield, J. Douglas. *Tricksters and Estates: On the Ideology of Restoration Comedy*. Lexington: U of Kentucky P, 1997.

Cibber, Colley. *An Apology for the Life of Colley Cibber*. London: John Watts, 1740. ECCO.

Colley, Linda. *Britons: Forging the Nation 1707-1837*. 1992. 2nd ed. New Haven: Yale UP, 2005.

Congreve, William. *Love for Love*. Ed. M. M. Kelsall. London: A & C Black, 1990.

Fitter, Chris. "Reading Orlando Historically: Vagrancy, Forest, and Vestry Values in Shakespeare's *As You Like It*." *Medieval and Renaissance Drama in England* 23 (2010): 114-41.

King James IV & I. *Political Writings*. Ed. Johann P. Sommerville. Cambridge: Cambridge UP, 1994.

Hale, John K. "Snake and Lioness in *As You Like It*, IV, iii." *Notes and Queries* 47.1 (2000): 79.

Jamoussi, Zouheir. *Primogeniture and Entail in England: A Survey of Their History and Representation in Literature*. Newcastle: Cambridge Scholars, 2011.

Lodge, Thomas. *Lodge's 'Rosalynde': Being the Original of Shakespeare's 'As You Like It'*. Ed. Walter Wilson Greg. London: Chatto & Windus, 1907.

Montrose, Louis Adrian. "'The Place of a Brother' in *As You Like It*: Social Process and Comic Form." *Shakespeare Quarterly* 32. 1 (1981): 28-54.

Robinson, Marsha S. "The Earthly City Redeemed: The Reconciliation of Cain and Abel in *As You Like It*." *Reconciliation in Selected Shakespearean Dramas*. Ed. Beatrice Batson. Newcastle: Cambridge Scholars, 2008. 157-74.

Skeat, Walter W., ed. *The Tale of Gamelyn: From the Harleian MS. No. 7334, Collated with Six Other MSS*. Oxford: Clarendon, 1893.

Traub Valerie. "The Homoerotics of Shakespearean Comedy." *Shakespeare, Feminism and Gender: New Casebooks*. Ed. Kate Chedgzoy. Houndmills: Palgrave, 2001.

Wilson, Thomas. *The State of England Anno Dom. 1600*. Ed. F. J. Fisher. *Camden Miscellany* 16. London: Camden Society, 1936.

第四章　学者の兄が学ぶべきこと

Dod, John, and Robert Cleaver. *A Godly Forme of Householde Gouernment: For the Ordering of Private Families, According to the Direction of Gods Word*. London, 1598. EEBO.

Chapman, George. *An Humorous Day's Mirth*. Ed. Charles Edelman. Manchester: Manchester UP, 2010. The Revels Plays.

Garland, 1979.
Baker, J. H., and Samuel E. Thorne, eds. *Moots and Readers' Cases*. Vol. 2 of *Readings and Moots at the Inns of Court in the Fifteenth Century*. London: Seldon Society, 1990.
Geoffrey of Monmouth. *The History of the Kings of Britain*. Trans. Lewis Thorpe. 1966. Harmondsworth: Penguin, 1973.
Greenblatt, Stephen. *Renaissance Self-Fashioning: From More to Shakespeare*. 1980. Chicago: U of Chicago P, 2005.
Reilly, Terry. "'This is the Case': *Gorboduc* and Early Modern English Legal Discourse Concerning Inheritance." *Tudor Drama Before Shakespeare, 1485-1590*. Ed. Lloyd Kermode, Jason Scott-Warren, and Martin Van Elk. Houndmills: Palgrave, 2004. 195-210.
Sackville, Thomas, and Thomas Norton. *Gorboduc, or Ferrex and Porrex*. Ed. Russell A. Fraser and Norman Rabkin. *Drama of the Renaissance I: The Tudor Period*. Upper Saddle River: Prentice-Hall, 1976. 81-100.
Sidney, Philip. *Miscellaneous Prose*. Ed. Katherine Duncan-Jones and Jan van Dorsten. Oxford: Clarendon, 1973.
Ullyot, Michael. "Seneca and the Early Elizabethan History Play." *English Historical Drama, 1500-1660: Forms Outside the Canon*. Ed. Teresa Grant and Barbara Ravelhofer. Houdmills: Palgrave, 2008. 98-124.

第三章　『お気に召すまま』における「もしも」の効用

Anon. *The True Chronicle History of King Leir*. 1605. The Malone Society Reprints. 1907.
Dixon, Mimi S. "Tragicomic Recognitions: Medieval Miracles and Shakespearean Romance." *Renaissance Tragicomedy: Explorations in Genre and Politics*. Ed. Nancy Klein Maguire. New York: AMS, 1987. 56-79.
Dusinberre, Juliet. "Pancakes and a Date for *As You Like It*." *Shakespeare Quarterly* 54.4 (2003): 371-405.
Earle, John. *Microcosmography. Character Writings of the 17th Century*. Ed. Henry Morley. 1891. Boston: IndyPublish, 2006. 117-70.

第一章　「誰があなたの息子になるのでしょう？」
──中世後期のキリスト教劇における兄弟と相続

Bevington, David. *Medieval Drama*. Boston: Houghton Mifflin, 1975.

Coldewey, John C. "The Non-Cycle Plays and the East Anglian Tradition." *The Cambridge Companion to Medieval English Theatre*. Ed. Richard Beadle and Alan J. Fletcher. Cambridge: CUP, 2008. 211-34.

Coldwell, John C. *Medieval Drama: Critical Concepts in Literary and Cultural Studies*. 4 vols. London: Routledge, 2007.

Diller, Hans-Jürgen. "Laughter in Medieval English Drama: A Critique of Modernizing and Historical Analyses," *Comparative Drama* 36.1-2 (2002): 1-19.

Gardner, John. *The Construction of Wakefield Cycle*. Carbondale: Southern Illinois UP, 1974.

Lancashire, Ian, ed. *Two Tudor Interludes*: The Interlude of Youth; Hick Scorner. Manchester: Manchester UP, 1980.

Middleton, Thomas. *The Collected Works*. Gen. ed. Gary Taylor & John Lavagnino. Oxford: OUP, 2007.

Richardson, Christine, and Jackie Johnston. *Medieval Drama*. Houndmills: Macmillan, 1991.

Potter, Robert. *The English Morality Play: Origins, History and Influence of a Dramatic Tradition*. London: Routledge, 1975.

Stevens, Martin, and A. C. Cawley. *The Towneley Plays*. 2 vols. Oxford: OUP, 1994. Early English Text Society Supplementary Series.

アウエルバッハ、エーリヒ、篠田一士・川村二郎訳『ミメーシス──ヨーロッパ文学における現実描写』、ちくま学芸文庫、上下巻、1994年。

鵜川馨『イングランド中世社会の研究』、聖公会出版、1991年。

杉山博昭『ルネサンスの聖史劇』、中央公論新社、2013年。

第二章　『ゴーボダック』における弁論と宿命

Altman, Joel B. *The Tudor Play of Mind: Rhetorical Inquiry and the Development of Elizabethan Drama*. Berkeley: U of California P, 1978.

Bacon, Francis. *Reading on the Statute of Uses*. Repr. New York:

引用文献一覧

凡例

一　引用の出典はＭＬＡ方式の括弧内傍証で示し、丸括弧内に著者名と頁を示した。ただし、引用した戯曲のテクストが行を明示している場合のみ、括弧内には頁ではなく（幕、場、行）を示した。

二　本文中に引用した文献の一覧はここに示したが、注で書名に言及するにとどまり、実際に引用しなかった参考文献は含めなかった。

三　複数の章にまたがって取り上げた文献については、初出の章でのみ文献情報を記した。

四　本書で取り上げた戯曲について、初演の年が判明している場合には初演の年を、分からない場合には出版年を括弧内に示した。

五　英語の文献からの引用は、すべて拙訳によるものである。

序章　「創世記」における兄弟の表象

Byron, John. *Cain and Abel in Text and Tradition: Jewish and Christian Interpretations of the First Sibling Rivalry*. Leiden: Brill, 2011.

Douglas, Mary. *Purity and Danger. An Analysis of Concepts of Pollution and Taboo*. 1966. London: Routledge, 2002.

Gable, John B., and Charles B. Wheeler. *The Bible as Literature: An Introduction*. 2nd ed. Oxford: OUP, 1990.

Mays, James L., gen. ed. *Harper's Bible Commentary*. New York: Harper, 1988.

Mills, Mary E. *Biblical Morality: Moral Perspectives in Old Testament Narratives*. Aldershot: Ashgate, 2001.

Schlimm, Matthew R. *From Fratricide to Forgiveness: The Language and Ethics of Anger in Genesis*. Winona Lake, Indiana: Eisenbrauns, 2011.

『ブリテン王列伝』（*Hitoria regum Britanniae*） 51, 53, 60
ラシーヌ（Jean Baptiste Racine） 238
『フェードル』（*Phèdre*） 238-39
ラッセル、ウィリー（Willy Russell） 323
『血盟の兄弟』（*Blood Brothers*） 323
ラドクリフ、アン（Anne Radcliffe）
『ユードルフォの謎』（*The Mysteries of Udolpho*） 261
ラム、ジョージ（George Lamb） 225
ルイス、マシュー・グレゴリー（M. G. Lewis） 226, 243, 244, 294
『古城の亡霊』（*The Castle Spectre*） 226, 244
『修道士』（*The Monk*） 243
ルソー、ジャン＝ジャック（Jean-Jacques Rousseau） 268
『ピグマリオン』（*Pygmalion*） 268
ロイド、エア（Eyre Lloyd） 195
『キリスト教国における相続法』（*The Succession Laws of Christian Countries*） 195-96
ロス、ロバート（Robert Ross） 316
ロッジ、トマス（Thomas Lodge） 66, 74
『ロザリンド』（*Rosalind*） 66, 74, 78, 85
ロバートソン、Ｔ・Ｗ（T. W. Robertson） 290
『学校』（*School*） 290
ワーズワース、ウィリアム（William Wordsworth） 229-30, 265
『抒情詩集』（*Lyrical Ballads*） 229-30
ワイルド、オスカー（Oscar Wilde） ii, x, xi, 205, 220, 225, 267-320
『ウィンダミア卿夫人の扇』（*Lady Windermere's Fan*） 300, 301
『ヴェラ、あるいは虚無主義者たち』（*Vera; Or, the Nihilists*） 301, 302, 304, 305
『獄中記』（*De Profundis*） 316
『つまらぬ女』（*A Woman of No Importance*） 300
『真面目が肝心』（*The Importance of Being Earnest*） ii, x, xi, 205-06, 269, 270, 271, 295, 296, 297, 298, 299, 300-18, 320
『理想の夫』（*An Ideal Husband*） 298, 301

『おとうと』（*The Younger Brother*） 133, 141, 142, 143, 144-45, 153
『オルーノコウ』（*Oroonoko*） 143, 144
ベケット、サミュエル（Samuel Beckett） 305, 320
ヘシオドス（Hesiod） 277
『神統記』（*The Theogony*） 277
ベタトン、トマス（Thomas Betterton） 127, 144
ペッパー、ヘンリー（Henry Pepper） 291, 391-20
ベラルミーノ、ロベルト（St Robert Bellarmine） 106, 107, 122
マーテン、ヘンリー（Henry Marten） 143, 144
マーフィー、アーサー（Arthur Murphy） 186, 206
『後見人学校』（*The School for Guardians*） 206
『市民』（*The Citizen*） 186
マーロウ、クリストファー（Christopher Marlowe） 43
マチュリン、チャールズ・ロバート（Charles Robert Maturin） x, 223-66
『宿命の復讐』（*The Fatal Revenge*） 223
『バートラム』（*Bertram*） x, 223-66
『放浪者メルモス』（*Melmoth the Wanderer*） 223
マッシンジャー、フィリップ（Philip Massinger） vi, 91, 114, 117, 118, 119, 136
『お兄さん』（*The Elder Brother*） vi, 91, 114, 116, 117, 118, 120, 121, 123, 136
『古い借金を返す新しい方法』（*A New Way to Pay Old Debts*） 119-20
ミドルトン、トマス（Thomas Middleton） 21, 114
『チープサイドの貞淑な乙女』（*A Chaste Maid in Cheapside*） 114
『ミクルマス開廷期』（*Michaelmas Term*） 21-22
モリエール（Molière） 203, 206
『タルチュフ』（*Tartuffe*） 203
『女房学校』（*L'École des femmes*） 206
モンマス公（James Scott, Duke of Monmouth） 126
モンマス、ジェフリー・オヴ（Geoffrey of Monmouth） 51, 53

ファインスタイン、エレイン（Elaine Feinstein）324
『リアの娘たち』（*Lear's Daughters*）324-26
ファーカー、ジョージ（George Farquhar）ii, vii, viii, 126, 132, 133, 134, 151, 154, 155, 158, 159, 161, 162, 163, 166, 168, 169, 170, 171, 172, 173, 174, 176, 177, 178, 179, 180, 181, 184, 185, 194, 200, 210
『サー・ハリー・ワイルデア』（*Sir Harry Wildair*）156, 157, 172, 178
『誠実な二人』（*The Constant Couple*）156, 157, 172, 181, 210
『伊達男の策略』（*The Beaux' Stratagem*）ii, vii, 132, 133, 162, 168, 169, 173, 174, 176, 179, 180, 185, 194, 221, 270
『双子のライヴァル』（*The Twin-Rivals*）vii, 133, 159, 162, 163, 166, 171, 172, 173
『募兵将校』（*The Recruiting Officer*）132, 154, 166, 167, 179, 180
フィルマー、ロバート（Robert Filmer）106, 107, 122
『パトリアーカ』（*Patriarcha*）106, 122
フォックス、チャールズ・ジェイムズ（Charles James Fox）viii, 188, 190, 191, 192, 193, 221
フレッチャー、ジョン（John Fletcher）vi, 91, 114, 136
『お兄さん』（*The Elder Brother*）vi, 91, 114, 116, 117, 118, 120, 121, 123, 136
フレデリック皇太子（Frederick Lewis, Prince of Wales）191
ブーシコー、ディオン（Dion Boucicault）x, xi, 267-320
「演劇衰亡論」（"The Decline of Drama"）290, 291
『コリーン・ボーン』（*The Colleen Bawn*）267, 268, 281-93, 295
『コルシカの兄弟』（*The Corsican Brothers*）268, 271-81, 284, 289, 292
『流れ者』（*The Shaughraun*）268
『八分の一混血児』（*The Octoroon*）282
ブキャナン、ジョージ（George Buchanan）70, 106
ベイコン、フランシス（Francis Bacon）50-51
『ユース法解釈講義』（*Reading on the Statute of Uses*）51
ベイリー、ジョアンナ（Joanna Baillie）259, 260
『ド・モンフォート』（*De Monfort*）259, 260
ベーン、アフラ（Aphra Behn）133, 141, 142, 143, 144, 153

『コルシカの兄弟』（*Les frères corses*） 268, 271-81, 284, 289, 292
デューラー、アルブレヒト（Albrecht Dürer） 91
《書斎の聖ヒエロニムス》（*St. Jerome in His Study*） 91
《メランコリアⅠ》（*Melancholia I*） 91
ドライデン、ジョン（John Dryden） 135, 141, 238
『全ては愛のために』（*All for Love*） 238
『マク・フレックノウ』（*Mac Flecknoe*） 141
ニコルソン、ジョン・ガンブリル（John Gambril Nicholson） 298
『真面目に愛して』（*Love in Earnest*） 298
ノース卿（Frederick, Lord North） 191
ノートン、トマス（Thomas Norton） 43-64
『ゴーボダック』（*Gorboduc*） iv-v, 43-64, 65, 68→サクヴィル
ハムデン、ジョン（John Hampden） 121
ハワード、サー・ロバート（Sir Robert Howard） 161, 162, 163
『委員会』（*The Committee*） 161-63, 165, 166, 173
バークリー、ジョージ（George Berkeley） 309, 310, 317
バード、イザベラ（Isabella Bird） 326
バイロン（George Gordon, Lord Byron） x, 225, 243-45, 247, 251-65, 270
『カイン』（*Cain*） x, 225, 258-66, 270
『サーダナパラス』（*Sardanapalus*） 259
『ドン・ジュアン』（*Don Juan*） 260
『二人のフォスカリ』（*The Two Foscari*） 259, 260
『マンフレッド』（*Manfred*） 225, 254, 255, 258
バジョット、ウォルター（Walter Bagehot） 274
バッティ、バーソロミュー（Bartholomew Batty） 105
『キリスト教徒のクローゼット』（*Christian Mans Closet*） 105
バリー、エリザベス（Elizabeth Barry） 127
ビカースタッフ、アイザック（Isaac Bickerstaff） 203, 221
『偽善者』（*The Hypocrite*） 203, 221
ビュート伯（John Stuart, 3rd Earl of Bute） 191
ピンター、ハロルド（Harold Pinter） 322
『管理人』（*The Caretaker*） 322

ストッパード、トム（Tom Stoppard）301
スプリッグ、ウィリアム（William Sprigg）130-31
「王国に反して平等な共和国家に向けた、ささやかな提案」（*A Modest Plea for an Equal Common-wealth against Monarchy*）130-31
スペンサー、エドマンド（Edmund Spenser）43, 63
スモレット、トバイアス（Tobias Smollett）208
『ハンフリー・クリンカー』（*The Expedition of Humphry Clinker*）208
ダークス、ヘンリー（Henry Dircks）319-20
ダーフィー、トマス（Thomas D'Urfey）171
『運動家たち』（*Campaigners*）171
ダグラス、アルフレッド（ボウジー）（Lord Alfred Bruce Douglas）313
ダグラス、ジョン／第九代クイーンズベリー侯爵（John Sholto Douglas, 9th Marquess of Queensberry）313
ダッド、ジョン＆ロバート・クリーヴァー（John Dod & Robert Cleaver）105
『神意にかなう家政のありかた』（*A Godly Forme of Householde Gouernment*）105
チャーチル、キャリル（Caryl Churchill）326
『トップ・ガールズ』（*Top Girls*）326
チャールズ二世（Charles II）vi, viii, 122, 124-25, 127, 151, 173, 187, 191
チャプマン、ジョージ（George Chapman）92
『むら気な一日の浮かれ騒ぎ』（*An Humorous Day's Mirth*）92
チョーサー、ジェフリー（Geoffrey Chaucer）122
テイト、ネイハム（Nahum Tate）212
テリー＝ルイス、メイベル（Mabel Terry-Lewis）295
ディー、ジョン（John Dee）99, 113, 117
デニス、ジョン（John Dennis）151, 171
『舞台の有用性』（*The Usefulness of the Stage*）171
デュマ、アレクサンドル（大デュマ）（Alexandre Dumas, père）271-72, 275

『愛の奥の手』（*Love's Last Shift*） 291
『宣誓拒否者』（*The Non-Juror*） 203
シャドウェル、トマス（Thomas Shadwell） vii, viii, 133-34, 135-41, 150-51, 152, 153, 172, 173, 174, 179, 180, 194, 247-48
『アルセイシアの地主』（*The Squire of Alsatia*） vii, viii, 133, 135-36, 139, 141-43, 153, 159, 169, 172, 179-80, 194, 270
『放蕩者』（*The Libertine*） 247-48
『ランカシャーの魔女たち』（*The Lancashire Witches*） 140-41, 149, 161, 173, 174
シャフツベリー伯（Anthony Ashley Cooper, 1st Earl of Shaftesbury） 125
シラー、フリードリヒ（Friedrich Schiller） 224, 226, 230, 231, 233, 237-38
『群盗』（*Die Räuber*） 224, 225, 226-34, 260, 266
ジェイムズ一世（Charles James Stuart; James I） vi, 67, 92, 99, 107, 112, 114
『バシリコン・ドロン』（*Basilicon Doron*） 67, 70, 92, 96, 98
ジョージ三世（George William Frederick; George III） 188, 191, 193-94, 218
ジョンソン、サミュエル（Samuel Johnson） 238
『詩人伝』（*Lives of the English Poets*） 238
ジョンソン、ベン（Ben Jonson） 92, 211
『十人十色』（*Every Man in His Humour*） 92
スアレス、フランシスコ（Francisco Suarez） 106-07
スーター、W・E（W. E. Suter） 295
『失われた子』（*The Lost Child*） 295
スウィフト、ジョナサン（Jonathan Swift） 180-81
『ささやかな提案』（*A Modest Proposal*） 181
スコット、サー・ウォルター（Sir Walter Scott） 223, 243-44, 247, 251, 260
ステュアート、チャールズ・エドワード（Charles Edward Stuart） 187
スティール、リチャード（Richard Steele） 127, 138, 221
『醒めたる恋人』（*The Conscious Lovers*） 138, 221

『お人好し』（*The Good-Natur'd Man*） 193, 221
『負けるが勝ち』（*She Stoops to Conquer*） 185, 187, 221
サウジー、ロバート（Robert Southey） 230, 265
サクヴィル、トマス（Thomas Sackville） 44, 51, 54, 56-59, 62-63
『ゴーボダック』（*Gorboduc*） iv-v, 43-64, 65, 68→ノートン
サザーン、トマス（Thomas Southerne） 144
シール、リチャード・レイラー（Richard Laylor Sheil） 224, 235-36, 238, 240, 242-43, 248-49, 254
『アデレイド』（*Adelaide*） 224, 235-42, 243, 251, 260
シェイクスピア、ウィリアム（William Shakespeare） i, ii, ix, x, 15, 41, 43-44, 53, 66, 72, 74, 87-88, 91, 92, 94, 100, 104, 107, 112, 114, 159, 161, 200, 207-08, 213, 216, 226, 229-30, 253, 266, 270, 283, 290-92, 301, 305, 312, 316-17, 320
『あらし』（*The Tempest*） i, vi, 69, 91, 94, 98-100, 102, 104, 107, 110, 112-13, 115, 117, 121, 136, 292
『お気に召すまま』（*As You Like It*） i, ii, v, 65-66, 71-74, 77, 80, 83, 84, 85, 86, 89, 112-13, 169, 213-16, 270, 279, 292
『から騒ぎ』（*Much Ado about Nothing*） i, 65
『夏の夜の夢』（*A Midsummer Night's Dream*） xi, 308-18
『ハムレット』（*Hamlet*） i, 72, 90, 112-13, 229, 233, 260, 316-17
『冬物語』（*The Winter's Tale*） 98, 253
『ヘンリー五世』（*Henry V*） 161
シェパード、サム（Sam Shepard） 322-23
『本物の西部』（*True West*） 322-23
シェリダン、トマス（Thomas Sheridan） 181, 202
シェリダン、フランセス（Frances Sheridan） 200
『バース旅行』（*A Journey to Bath*） 200
シェリダン、リチャード・ブリンズリー（Richard Brisnley Sheridan） ii, viii, 181, 188-94, 200-02, 205-06, 211, 234, 290-91
『恋敵』（*The Rivals*） 191, 200
『スカボロー旅行』（*A Trip to Scarborough*） 291
『批評家』（*The Critic*） 200, 205-06
『悪口学校』（*The School for Scandal*） ii, viii, 184-222, 270
シバー、コリー（Colley Cibber） 145, 179-80, 203, 221, 290-91

ギルバート、W・S（William Schwenck Gilert）＆アーサー・サリヴァン（Arthur Sullivan）269, 296
『軍艦ピナフォア号』（*H. M. S. Pinafore*）269, 293-94
『ゴンドラ船頭』（*The Gondoliers*）269, 294-95, 320
グリフィス、エリザベス（Elizabeth Griffith）206, 287
『放蕩者学校』（*The School for Rakes*）206
ケリー、ヒュー（Hugh Kelly）193
『誤ったデリカシー』（*False Delicacy*）193, 221
ケンピス、トマス・ア（Thomas À Kempis）29
ゲイ、ジョン（John Gay）180
『乞食オペラ』（*The Beggar's Opera*）180, 185
コードリントン、クリストファー（Christopher Cordrington）144
コールリッジ、サミュエル・テイラー（Samuel Taylor Coleridge）x, 223, 224, 225, 226-34, 235, 238, 242, 247, 248, 250, 251, 252, 253, 258, 265, 266
『オーソリオー』（*Osorio*）233
『悔恨』（*Remorse*）x, 224, 225, 226-34, 238, 251, 260, 266
『ザポリア』（*Zapolya*）224
『文学評伝』（*Biographia Literaria*）223, 224, 225, 227, 252-53, 265
コリアー、ジェレミー（Jeremy Collier）171, 182-83
『舞台の不道徳と不敬に関する管見』（*A Short View of the Immorality and Profaneness of the English Stage*）171, 182-83
コングリーヴ、ウィリアム（William Congreve）vii, 133, 141-51, 153, 154, 179, 184
『愛には愛を』（*Love for Love*）vii, 133, 145, 148, 149-51, 153, 179-80
『世の習い』（*The Way of the World*）145, 151
ゴールディング、アーサー（Arthur Golding）100
ゴールドスミス、オリヴァー（Oliver Goldsmith）181, 184-86, 193, 205
「演劇論」（"An Essay on the Theatre"）184-86, 221
『ウェイクフィールドの牧師』（*The Vicar of Wakefield*）184-85, 208

イェイツ、W・B（W. B. Yeats）265, 267-68, 318, 319
ウィルクス、ロバート（Robert Wilks）155, 156, 176, 177, 178, 179, 183
ウォルポール、ホレス（Horace Walpole）
　『オトラントの城』（*The Castle of Otoranto*）261
ヴァンブラ、ジョン（John Vanbrugh）171, 290, 291
　『「逆戻り」と「挑発された妻」を、不道徳と不敬の点から少しばかり擁護』（*A Short Vindication of The Relapse and* The Provok'd Wife *from Immorality and Prophaneness* [sic]）171
　『逆戻り』（*The Relapse*）291
エサリッジ、ジョージ（George Etherege）127, 146, 151, 153
　『当世伊達男』（*The Man of Mode*）127, 128, 151, 153
エリオット、T・S（T. S. Eliot）265
オースティン、J・L（J. L. Austin）281, 319
オウィディウス（Publius Ovidius Naso）100
　『変身物語』（*Metamorphoses*）100
オキーフ、ジョン（John O'Keeffe）ix, 188, 206, 207, 209, 210, 217, 218, 219, 222, 234
　『アンダルシアの城』（*The Castle of Andalusia*）209
　『貧しき兵士』（*The Poor Soldier*）209, 222
　『村社会』（*The World in a Village*）218
　『若気の至り』（*Wild Oats, or, The Strolling Gentlemen*）ix, 184-222, 270
オトウェイ、トマス（Thomas Otway）133, 211, 224, 238, 240
　『孤児』（*The Orphan*）133, 211, 212, 224, 225, 235-42, 251, 260
カンバーランド、リチャード（Richard Cumberland）206, 224
　『兄弟』（*The Brothers*）206, 224, 225
偽アポロドロス（Pseudo-Apollodorus）277
　『ビブリオテーケー』（*Biblilotheca*）277
キーン、エドマンド（Edmund Kean）260, 273
キーン、チャールズ（Charles Kean）273
ギールグッド、ジョン（John Gielgud）295
ギルドン、チャールズ（Charles Gildon）144

索引

▽作品名

『アブラハム』（*Abraham*） 32, 35, 36, 39, 40, 41
『アベル殺し』（*Mactacio Abel*） iv, 25, 26, 40, 41, 42
『イサク』（*Isaac*） 35, 36, 37, 38
『ガムリンの物語』（*The Tale of Gamelyn*） 74
『堅忍の城』（*The Castle of Perseverance*） iv, xi, 11, 14, 15, 16, 18, 20, 22, 23, 24, 41
『人間』（*Mankind*） 14, 15
『知恵』（*Wisdom*） 14
『聖パウロの改心』（*The Conversion of St Paul*） 14
『万人』（*Everyman*） 15, 29, 30
『マグダラのマリア』（*Mary Magdalene*） 14
『ヤコブ』（*Jacob*） iv, 36, 37, 38, 39, 40, 41
『ヤコブとエサウ物語』（*The History of Jacob and Esau*） 48, 49, 50

▽雑誌・新聞名

『クォータリー・レヴュー』（*Quarterly Review*） 248
『スペクテイター』（*The Spectator*） 127
『モーニング・クロニクル』（*Morning Chronicle*） 234

▽作家・作品名

アーチャー、ウィリアム（William Archer） 297, 299
アール、ジョン（John Earle） 71, 157
　『小宇宙誌』（*Microcosmography*） 71, 157
アウエルバッハ、エーリヒ（Erich Auerbach） 17, 18
　『ミメーシス』（*Mimesis*） 17
アディソン、ジョウゼフ（Joseph Addison） 127

著者紹介
一九七三年生まれ。東北大学大学院文学研究科・文学部准教授。東北大学大学院文学研究科博士課程修了。著書に、『ライオンとハムレット――W・B・イェイツ演劇作品の研究』（松柏社、二〇〇二）、『イギリス文学入門』（三修社、二〇一四、分担執筆）、『フィクションのポリティクス』（英宝社ブックレット、二〇一五、共著）。翻訳に、ジョージ・スタイナー『むずかしさについて』（みすず書房、二〇一四、共訳）など。

兄弟喧嘩のイギリス・アイルランド演劇
二〇一七年三月三〇日　初版第一刷発行
著　者　岩田美喜《いわたみき》
発行者　森　信久
発行所　株式会社　松柏社
〒一〇二―〇〇七二
東京都千代田区飯田橋一―六―一
電話〇三―三二三〇―四八一三
電送〇三―三二三〇―四八五七
印刷所　中央精版印刷株式会社
装　幀　加藤光太郎デザイン事務所
定価はカバーに表示してあります。
落丁・乱丁本は送料小社負担にてお取り替えいたしますので、ご返送ください。

Printed in Japan　ISBN978-4-7754-0241-2